[新]詩論・エッセイ文庫㉔

ふくいの戦後詩断章

—南信雄 岡崎純 中野重治 中野鈴子—

関 章人

土曜美術社出版販売

［新］詩論・エッセイ文庫24

ふくいの戦後詩断章

――南信雄　岡崎純　中野重治　中野鈴子――＊目次

ふくいの戦後詩断章

――南信雄　岡崎純　中野重治　中野鈴子――

南信雄

詩人南信雄の私的回想

(一) はじめに

南信雄は平成九(一九九七)年一月十一日に五十七歳で亡くなった。その翌年の三月に、私なりの追悼の意を込めた「詩人南信雄の原風景」を「丸岡高校研究紀要」に書いている。そこでは、第一詩集『蟹』発刊までの「福井の戦後詩の流れ」を概観し、主として第一詩集『蟹』と第二詩集『長靴の音』までの詩について記している。したがって、この回想では、「詩人南信雄の原風景」と重複しないように心がけたい。

わたしは今年(二〇二〇年)八十三歳になる。この所、何かの折りに不意に南さんが現れる。そんなこんなを私的回想として書き残したいと思うようになってきた。岡崎純さんが亡くなって最初の蝸牛忌で、久しぶりに南さんの英子夫人と一緒になった。二人で並んで歩いているとき、英子さんが「南が亡くなって二十年もたつの。はやいねえ」とつぶやいた。そうか。亡くなってもう二十年もたったのか、と改めて思い返した。英子さんのこの言葉に背中を押されて、この私的回想を書き始めることになったのである。

とは言うものの、何十年も前の記憶をたどっての回想である。手元にある書物や雑誌を探しての記述になるが、思い違いや見落としもあるに違いない。それらを指摘して下さるとありがたい。

また、敬称は、迷った末に本文では基本「氏」に統一することにした。

広部英一の南信雄へのまなざし——盟友として、文学兄弟として

広部英一氏作成の「南信雄年譜」によれば、南氏と広部氏の交流が始まったのは、昭和三十七（一九六二）年に、福井大学文学研究会誌「野火」の合評会に招かれてからという。交流は、広部氏の言葉を借りれば、詩の盟友・文学兄弟として南氏が亡くなるまで続く。「木立ち」八一号は南信雄追悼号として没後四ヶ月ほどして発刊されている。

この追悼号には、津村節子氏と岡崎純氏の弔辞をまず載せている。津村氏は仁愛女子短大に津村節子文学室を設置し、その記念行事として「風花」随筆文学賞を設けたことなど

もあって通夜に駆けつけてくれたのかもしれない。広部氏は葬儀委員長を務めたので、岡崎氏が「木立ち」代表で弔辞を述べた。弔辞の後に「木立ち」の同人であった十三人が追悼文を寄せている。南氏との交流の濃淡に関わらず各人一ページずつが割り当てられている。いかにも広部氏らしい。そのタイトルと氏名を掲載順に記すと次になる。「南君」定道明、「南信雄氏を試みる」川上明日夫、「漁村を愛した南信雄を偲ぶ」岡崎純、「盟友南信雄を哭く」広部英一、「蟹の詩人へ」大橋英人、「何年経っても」今村秀子、「追憶の漁村の果てへ」中島悦子、「たぐいなき詩魂」刑部あき子、「南先生のこと」有田幸代、「想いにのこるいくつかのこと」大杉スミ子、となっている。冷静沈着、ストイックで、めったに生の心情を吐露することのない広部氏の「盟友　南信雄を哭く」のタイトルは際立っている。

追悼文の一部を引用する。

　南氏は僕を兄のように信頼してくれた。文学兄弟のようであったと僕はいま南氏との長い交流を追懐し、次々とよみがえる想い出に胸を熱くしている。そんな心を許し合った間柄だったので、時々、僕は南氏に面と向かってどうしてそんなに急ぐのかと、ブレーキをかけるつもりで南氏の旺盛な仕事ぶりに水を差すことがあった。

　南氏の発病前のころだった。僕たちが出している『木立ち』に寄稿した南氏の詩が、南氏の普段の詩らしくなかったので書き直すように言ったことがあった。こんなことは南氏との三十年にわたる交流で初めてのことだった。電話の向こうで受け答えする南氏の口振りには不満な気持ちがはっきりとあらわれていた。結局書き直しを納得したのだが、発行後、南氏は書き直してよかったといってくれた。

この追悼文は「南信雄さん、ありがとう／南信雄さん、さよなら」で結ばれる。この長くはない追悼文で、タイトルは敬称なしの南信雄、本文では南氏と客観性をもって書き、結びの二行は万感の想いを込めた南信雄さんとなっている。

ところで「詩を書き直すようにいったこと」で、わたしに想い出したことがある。南氏の家で雑談していた時、唐突に「これ、どうや」と清書した南氏の詩稿を出して見せた。これまで南氏から発表前の詩を見せられたのは初めてであった。一通り読んで感想を言った。すると「ここのところはどう思う」と聞く。それでまた読み返して感想を言う。南氏はただ「ふんふん」と聞いている。何度かのやりとりの後で初めて「広部さんから返されてきた」と言った。広部氏のこの追悼文を読むまで、わたしは「広部さんは南さんに時に推敲を促すこともあるのだなあ」と違和感もなく思っていた。改めて思い返しても南氏から発表前の作品を見せられたのはこの一回だけである。詩の着想になった事柄を話すことはよくあった。あるとき「遠心分離器にかけると蟹は前にあるきだすんやと。おもしぇなあ」と一人でしきりに感心していた。それは『蟹』のあとがきの冒頭で、「遠心分離器にかかった子蟹はふらつきながらも横這いではなく前へ歩み始めるということをきいております」と書かれている。蟹は南氏の分身なのである。また或るとき、「地球の上に人が立っているというのは、人から見れば人に地球がぶら下がっているといえるのではないか」と、新しい発見をしたように話したことがあった。第二詩集『長靴の音』の「さかだち1」「さかだち2」「さかだち3」を読んで、あの時の発想がこの詩になったのかと、わたしは合点していた。しかし、詩の草稿を見せてくれることはなかった。

二〇〇四年五月に広部氏が亡くなり十月に出た「青磁」二一号では、広部氏に寄せた四人の追悼文を掲載している。その中で特異なのは渡辺喜一郎氏の「広部さんの或る一面」である。渡辺氏は、広部氏の詩についてほとんど触れずに、「地味ではあるが彼にしかでき得なかった仕事。五十年、百年と残っていく仕事」として二つをあげている。

その一つは「南信雄略年譜」（「木立ち」第八一号所収）の仕事である。「略年譜」とあるが、作家研究者の編む年譜ほどに詳細である。そしてそれほどに、あるいはそれ以上に情熱的であり、偏愛的である。そうでなければ出来得ない仕事であり、だからこそ完璧をめざした彼の意思は「略」を付したその謙虚さに表されている。

もう一つは『戦後福井詩集年表』（一九八八・一一。木立ちの会刊）、『続・戦後福井詩集年表』（二〇〇二・七、木立ちの会刊）を編集・発刊したことである。

いかにもテキストを重視する文学研究者である渡辺氏らしい一つの見識だと感心して読んだ。余談になるが、「木立ち　広部英一追悼号」九六号で、岡崎純氏が作成した「広部英一略年譜」も同じように詳細であり、「南信雄追悼号」と同じ構成になっていることを付け加えておきたい。

広部氏は『続・戦後福井詩集年表』の「後ろ書きにかえて」で、次のように書いている。

（前略）この『続・戦後福井詩集年表』に私よりも遅く生まれ、私より早く死去した詩人の詩集を書き込まねばならなかったことはいかにもつらいことであった。南信雄（一九三九〜一九九七）も、みいろ始（一九四六〜二〇〇〇）も死去した。彼らは私の文学同行者であり、詩友であり、なによりも人生の仲間であった。

彼らの全部の詩集を詩集年表に明記することは、彼らの文学人生の出発から最後までを、そばにいてしっかりと見届けた私にとっては、自分の手で彼らの墓碑銘を年表に深く刻み込む作業でもあった。これが本稿の副題に「同時代詩人の墓碑銘」と付けた理由である。もとより感傷的な思い入れに過ぎぬことは自覚している。が、そんな

思い入れがなかったならば、手間のいる詩集年表など作成することはなかったのではないかと思っている。（後略）

渡辺氏は、広部氏が作成した南信雄年譜を「情熱的であり、偏愛的である」と書いている。例えば、昭和四十四（一九六九）年三月に、南氏が武藤英子氏と結婚したときの年譜の記述の一部。《結納は前年秋、広部英一が越前町小樟の信雄の生家に持参する。漁村の習わしか、信雄の生家の手前百米から海沿いの道を結納の品を捧持しながら歩かされ、また生家での宴席で朱塗りの大杯に清酒をなみなみと注がれて下戸の広部は大いに困惑する。》と書いている。ここでは南氏と広部氏は一体になっている。媒酌人は大学時代の恩師坂本政親夫妻であったが、実質的に結婚までを取り仕切ったのは広部氏である。ずいぶん後になるが、広部氏がその時の様子をわたしに話してくれた。広部氏には珍しく身振り手振りを交えて楽しそうに話してくれたのを思い出す。渡辺氏が偏愛的というのもうなずける。

広部英一の詩と南信雄の詩――木原孝一の解説から

広部英一氏の実質的第一詩集になる『木の舟』は、一九五九年十一月、則武三雄氏が主宰する北荘文庫から刊行され、木原孝一氏が解説を書いている。解説は「Nさん――」で始まる。Nは則武氏の略称である。
《私はこの詩人に一度も会ったことはありませんが、この詩集が書きはじめられた一九五五年頃からほとんど毎月、何篇かの作品を読んできました。》で本文がはじまり、次のような記述がある。

この詩人の住んでいる福井というまちは、おそらく静かな「折鶴」のような町だろうと思います。雑誌「文学兄弟」や「北荘文庫」などを拝見しても、そうした町の「土」のにおい、土俗性とでもいうようなものが、はじめはこの詩人の特徴でした。それがこの「木の舟」によって、にわかにはげしい意味を持つようになってきたと思うのです。ムウドから意味へ、意味から意味を超えるパタアンへ。詩人をたかめていくものはめざめたるいしきしかありません。

この詩人の詩的技術については、もうなにもいうことはありません。この静かなバランスとデリケイトな感受性は第一級の詩人のものです。ただ、私にいえることは、いまの次元を超えること、そしてまたつぎの次元も超えること、それだけです。

南氏の第一詩集『蟹』は、一九六四年に思潮社から刊行され、解説はやはり木原孝一氏が書いている。この頃までの南氏は、いわゆる中央詩壇の人たちとは全く交流はなかった。思潮社や木原孝一氏の解説を依頼してくれたのは広部氏である。木原氏の解説は同じように「──H君。」で始まる。H君は広部を指す略語である。解説は広部氏に当てた手紙の形態をとっている。

この南信雄の詩集には、いわゆる新しい技法もないし、巧妙なメタフォアもない。むしろこの詩人は愚直なまでに、自分の問題だけをかかえ込んでいる。かつての日本海の原人もまた、おそらくこのように愚直であっただろう。まさに原人たちは、自分の手によってしか、自分の力によってしか、蟹を食うことはできなかった。その自己の能力に従い、それに耐えるという愚直な姿勢で、彼らは生きる価値を生きたのである。そうした原人のイメジは、南信雄のうたった父のイメジに即座に重なってくるのだ。そして重要なことは、彼らは決して蟹の缶詰をつくらなかったということである。

缶詰の材料としての蟹は、彼らの中にはなかった。蟹は人間にとって単に喰えるものはなく、そこにはもっと運命的なかかわりがあったのである。

余談になるが、一九六七（昭和四十二）年、北荘文庫から出した川上明日夫氏の第一詩集『哀が鮫のように』の解説もまた木原孝一氏が書いているが、ここでは触れないでおく。

第一詩集『蟹』の刊行と父親の海難死
第二詩集『長靴の音』まで

南氏は福井大学に入学した年の十月に父親を海難事故で亡くしている。その日は海が荒れており、餌の生簀《いけす》が流されないかを確かめるために小舟で出掛けて高波にのまれて亡くなったのである。五十七歳だった。しかし、南氏は父の死に触れた作品を在学中には一度も書いていない。第二詩集『長靴の音』のあとがきに次のように書いている。

二十代のはじめにこの北陸の海で父親を失ったわたしには、この天候と風土のいろ、それに北陸の海岸の濃い色彩をおびた岩肌や、意地ぎたないものの象徴でもあるような海の色の濃さが、わたしには重圧でさえある。わたしの出発はこの重圧からのがれることから始まった。

漁民だった父を失ってからこの重圧をのがれのがれてきたはずなのに、この行為はまさにわたしを海につれて行くそれ以外のなにものでもなかった。三十九年夏に出した第一詩集『蟹』は、みにくくもそのあがきから嘔吐したものである。

一九六三（昭和三十八）年、大学を卒業して四月から仁愛女子高校の国語科教員になり、家からの仕送りに頼らず経済的にも自立できるようになった。南氏は丹生高校に入学してから大学卒業まで下宿生活がずっと続いていたのである。

これまで押さえに押さえていたものが一気に蟹の詩連作としてあふれ出てきた。そしてそれは学校が夏休みに入り自分の自由になる時間ができてからではないかと、わたしは推測する。

二学期に入り十月に、わら半紙五枚を二つ折りにしてホッチキスで綴じたタイプ印刷の個人詩誌『アンソロジィ　小蟹』が出た。私宛のコメントが書かれていた。

関氏。来年は出します。そのためにこうして並べてみました。岡崎氏、と「かもしか」の本腰を入れた人にやってください。　南　ハイ（拝）

わたしは敦賀高校に勤めていて、岡崎純氏を慕って集まる若い教員たちで「かもしか」を出していた。南氏はこの時すでに詩集を出すことを決めていたことになる。十一月からは自分でガリ版をきり翌年二月まで毎月あわせて五冊がわたしに送られてきた。作品数はあわせて二十五篇。書き換えや載せない詩篇もあるにしろ、第一詩集『蟹』の姿はほぼ出来あがっていた。南氏のこころの重圧はすべて父の死に起因する。

ここでは、『蟹』から「父　1」だけ記しておく。

父に喪服をきせたのは蟹だった
父を柩に入れたのは蟹だった
嵐の日に父の柩をひいたのは蟹だった
沖中からわたしの着物や知識を
ひいて来たのは夥しい蟹のむくろだった

詩集『蟹』を脱稿したとき、あとがきの末尾で《「蟹」の第一のモニュメントをここにうちたてます》と書き記した気持ちの高ぶり昂揚感が南氏にあった。それが、「ゆきのした」一一号に寄せた随筆「鉄塔のたもとで」で、七月刊の広部氏の第二詩集『鷺』と前年の六月刊の岡崎氏の第一詩集『重箱』について、《現代をゆるがすほどの詩ではない》と断じることにつながる。

このことについて、南信雄年譜で広部氏は次のように記している。《南信雄の詩的出発に際しての抱負や当時の福井の詩についての感想を知るうえで参考になる。広部英一、岡崎純の詩に不満を覚えた信雄だが、間もなく詩の先輩として広部英一、岡崎純に急接近する。》。南氏の気負った発言は、広部氏、岡崎氏の詩を評価したうえで、彼らの詩を超えた詩を書き続けていくのだという気持ちがさせた南氏らしい勇み足であったと、わたしは受け止めている。

川上明日夫と南信雄との出会い

広部氏作成の南信雄年譜に、川上明日夫氏との交流の始まりを次のように記している。昭和三十九（一九六四）年二月。《川上明日夫らの詩誌「Da6（ダーシックス）」が開催した詩画展に宮川盛彦にすすめられて「石室Ⅲ」「蟹への断章作品14」出品。川上明日夫との交流が始まる。》。宮川氏は福井大学で南氏と同学年で美術を専攻し抽象画を描いており、文学研究会の「野火」に所属して南氏らと一緒に詩を書いていた。「野火」一八号（一九六二年）は現代詩特集で、宮川氏が編集後記を書き、南氏は「或る出生」「少女」「紅魚」の散文詩を載せ、宮川氏は「喪章」の散文詩を載せている。六月に開いた合評会に広部氏が招かれ、この時から南氏との交流が始まった。

川上氏が中心の「Ｄａ６」は見た覚えがあるのだが見つからず、荒川洋治氏が高校生の時に出した「とらむぺっと」や、同人詩誌「目の発言」一号と二号の二冊が出てきた。

「目の発言」は広部氏作成の年譜にも未記載であり、この詩誌に触れた文献もないようである。

また、掲載詩はそれぞれの詩集に収録されており興味深いので、少し詳しく記すことにする。

同人詩誌「目の発言」一号、一九六五（昭和四十）年三月二十六日発行。発行人は岸本英治。タイプ印刷で十一ページ。同人は南信雄、岸本英治、川上明日夫の三名である。

表紙裏に《目の発言　№１「県詩人会」その大いなる戸惑いについて》と題した文章が載る。その概要を引用する。

「県詩人会」という名前を、その空間から引きずって、わたしらは、その筋から、相当のおこごとをいただいた。当然のことであろう。

しかし、わたしたちをして、「県詩人会」と銘うたせたもの、それ自身、わたしらの環境に対する批判でもあるのではないか。鼻柱を出したら風当たりを覚悟しなければならないのはとうぜんであろう。

県内をみわたしてもわたしらの嵐の中には港らしいものはなかった。私らは、県内の詩人たちを統合したり、先輩の存在を否定したりしようとは夢にも思わないのであって、嵐の中でからだごと詩にぶつけていく、若いエネルギーの港として、若い詩を書く人たちが集まってくれれば、握手したい気持ちでいっぱいであり、詩作以外のなにものも望んではいない。

そして最後に、南信雄、岸本英治、川上明日夫三名の名前を列記している。この時、南氏、岸本氏は二十六歳、川上氏は一つ下の二十五歳の若者であった。この詩誌を南氏がわたしに送ってくれたとき「気力あらば　やりませんか。協力して下さい。みなみ」と添え書きがあった。

川上氏の作品は「あなたはひくくたれこめて」「あなたみえない主役に」の二篇で、翌年の第一詩集『哀が鮫のように』に収録され、岸本氏は「海は今日も」「失神」「街について」の三篇で、詩集『愛は湖のごとく』に収録され、南氏の「汗」「さかだち1」「さかだち2」の三篇は第二詩集『長靴の音』に収録されている。

「目の発言」二号は、五月二十六日の発行。発行人は南信雄。発行は県詩人会で十三ページ。川上氏は「夏の意味の何処か」の一篇、則武三雄氏が「魔法」の一篇、岡庭康雄氏は「ことば」一篇、岡崎純氏は「西瓜」「傷薬」の二篇を載せ第二詩集『藁』に収録。岸本氏は「脱ぐ」を載せ、南氏は「はは」「曲芸師」の二篇で『長靴の音』に収録している。広部氏が参加することはなかった。

編集後記は「編集子」となっているが明らかに南氏が書いたものである。《はじらいながらまたさしだします。投げだしたらまたエネルギーが生まれてくるのを期待しながら。ものをいうまえに作品をなげだします。芸術の本質が美であるのか醜であるのか性急に決める権利もなければ義務もない。ためしてみれ《ママ》る範囲で汗をながし、この汗に本質とのかかわりあいがあることを信じながら投げ出した掌の痛さを感じています。》。この詩誌は三号雑誌ならぬ二号で終ったと思われる。

南氏は詩集『蟹』のあとがきの最後に、《「蟹」の第一のモニュメントをここにうちたてます》と宣言した。発刊まもなく八月二十八日付けの朝日新聞の文芸時評で林房雄氏が大きく取りあげた。「詩学」十月号では、詩書批評で南川周三氏が「詩の戦慄」のタイトルで具体的に詩篇をあげて分析している。かなりの長文なので簡略にして紹介する。

《或る詩集に、私にとっての詩の戦慄への萌芽がみとめられたら、私はそれを、さしあたりよい詩集と呼ぶことを躊躇しないだろう。》。《まず南信雄詩集「蟹」をあげたい。》。《蟹ばかりをうたって一巻をなしているこの特異な詩集には、たしかに、原始のエネルギーが充満している。それ自体一つのショックであるが、私はここでは別のことを書きたい。それは、この詩集の作品全体に見られる一種のいかりの感情についてである。》。そしてそのいかりとは、《漠然とした現代へのいかりとか、文明へのいかりとかいったものとも少し違う。しいていえば、それは現代に生きる人間としての氏自身の内面へのいかりとでもいったらよいであろうか。たくましい主題を選びながら、氏自身のこころは、おそらくやりきれなかったにちがいない。と私は思う。やりきれないから氏はそれを詩に書いたのだ。》。《蟹に執するのも、蟹を捨てるのもむろん南氏の自由である。私としては、この詩集をステップとして、氏の詩心がより広い領域を拓くことを期待したい。》。

　短時間に『蟹』一巻を書きあげたときの自負心、それに応えてくれた文壇詩壇からの手ごたえが、南氏の内面にそのまま昂揚感として、『目の発言』の頃まで続いていたにちがいない。

第二詩集『長靴の音』

詩集『長靴の音』は、詩集『蟹』の二年後の昭和四十一（一九六六）年七月に北荘文庫からだされた。Ⅰには十八篇、Ⅱには七篇の作品を収めている。

解説を広部氏が書いているが、もはや解説の域をこえている。南の詩篇と正面から向き合い、漁村がいま置かれている現状を見定めて、《南信雄にとって「海」は、そして「漁村」は、いかなる意味を持つものであろうかを考える》論理的な論考であり、氏のあついおもいは読み手にも沁みてくる貴重な南詩論である。詩篇は六十四ページで、解説は十八ページにもなる。南氏のあとがきは二ページにすぎない、さらにはⅡ部の七篇の詩については、ひと言も触れていない。

詩集『蟹』では全作品が蟹の一点に絞られていたが、『長靴の音』では、あとがきで記すように《わたしらは一年のうちの半分を長靴で暮している》漁民の切なさやあわれさに向けられていく。あとがきで南氏はこう記した。《二十代のはじめにこの北陸の海で父を失ったわたしには、この天候と風土のいろ、それに北陸の海岸の濃い色彩をおびた岩肌や、意地ぎたないものの象徴ででもあるような海の色の濃さが、わたしには重圧でさえある。わたしの出発はこの重圧からのがれることから始まった。》。この詩集は、海で父を失ったことを発条として、漁民の不条理な暮らしを見据えている。その究極に、祖父と母とがいた。「祖父」と「はは　1」の詩をあげておく。

祖父

海で息子をなくした祖父は
父の葬儀のあった夕方
祖父の長年愛用していた舟に
マサカリをふりかざし
集まった野次馬の前で
粉微塵にこわしてしまった
息子をなくしたいかりと
海と別れをつげたことを
浜いっぱいにひろげたてたのである
村人は祖父が
腰をこごめて道あるく
としよりになったことを
承知したのである

南信雄

はは　1

三〇年も
蟹を手にしてきた
ははの掌は
七人のむすこやむすめを前に
蟹の脚をもぎとり
一本ずつあてがったうえ
脚のなくなった蟹の胴をこわしながら
漁民の口調で
海で失ったおっとの
七回忌のことを話しはじめた

広部氏が解説でひと言も触れなかったⅡ部の詩に、「人に　1」がある。わたしはこの詩を読んでほっとしたのをいまも忘れない。

人に　1

霞の向こうから
ひろいれんげの野づら
れんげいろの虹の下を
馬にまたがった
花嫁の行列が
霞の向こうからつづき
行列のあの長い馬の首は
花嫁の父の顔をぶらさげて
れんげいろの虹の下をくぐっていく

南氏に、はなやいだ色彩の詩がようやく生まれた。作の巧拙はどうであれ、正直よかったと思ったのだ。南氏にまつわるもろもろの重圧からのがれた作品に出あえたのは素直にうれしかったのである。この「はなやいだ色彩の詩」は南氏がそなえている感性の一つであり、南川周三氏がいうように「南氏の詩心がより広い領域を拓く」ステップになり、南氏の新しい詩が生まれてくると期待したからでもあった。

参照文献

「詩人南信雄の原風景」(「丸岡高校研究紀要」一五号(平成十年三月刊)
『南信雄全詩集』(一九九八年十一月刊)
『広部英一全詩集』(二〇一二年十月刊)
「木立ち　南信雄追悼号」八一号(一九九七年五月刊)
「木立ち　広部英一追悼号」九六号(二〇〇四年十二月刊)
「青磁」二一号(二〇〇四年十月刊)
『戦後福井詩集年表』(広部英一編　木立ちの会　一九八八年十一月刊)
『続・戦後福井詩集年表』(広部英一編　木立ちの会　二〇〇二年七月刊)
『蟹』(思潮社　一九六四年八月刊)
『長靴の音』(北荘文庫　一九六六年七月刊)
詩誌「目の発言」一号、二号(県詩人会発行、一九六五年三月、五月刊)

（二）農民の詩人岡崎純と漁民の詩人南信雄

今村秀子　岩本龍子『17才のうた』

一九六五年にわたしは敦賀高校の夜間定時制津内分校から丸岡高校に転勤になり、校内人事で城東分校に勤務することになった。城東分校は、主として九州から集団就職で坂井郡内の繊維工場で働くことになった中学卒業生たちが高校で学べるように、県内で初めて開校した昼間二部制の定時制高校である。従って、土曜日も午後三時から授業があり、分校勤務の教員は月曜から金曜にかけて分散し、平日の午後半日が休みになった。その半日休暇のとき、福井に出て品川書店に寄ったり映画を見たりしていた。ふらりと仁愛高校の南氏を訪ねることもあった。南氏の座席は図書館の事務室にあり、女性の司書と二人だけであった。ふと仁愛の図書室を訪ねたある日、南氏が「これ、どうや」と差し出したのが今村秀子　岩本龍子の二人詩集『17才のうた』である。ざあっと拾い読みしながら、「今村さんの詩は岡崎さんの詩の世界やないか」というようなことを言ったと思う。岩本氏の詩はナイーブな感覚で多感な自身の内面の揺らぎを描いた優れた詩篇であった。今村氏の詩篇は、農村の具体的な暮らしを簡潔なことばでスケッチした女子高校生には希有な詩の世界であった。それは詩のタイトルだけでも見て取れる。「新米」「よりんこ」「わらじ」「いろり」「かかし」「送りだんご」「しもやけ」といった具合である。

ここに、詩「ほとこ」を引用しておく。

母は何かもらうたび
色あせた野良着のほとこにしまい込んだ
母は何か悲しい事がおこると
ほとこに手を入れてうつむいていた
母はほとこが重たそうに
前かがみに黙ってあぜ道を歩いていた

巻末には、南氏が《『17才のうた』によせて》を書いている。長くなるが今村氏についての一部を引用する。

ぼくは四年余り前から岡崎純という農村を書くいい詩人をしっている。今村秀子は彼の年齢の半分を越えない農村を書く詩人である。彼女は岡崎を慕い、岡崎純の詩のいいところを吸収している。ぼくはこの尊厳な現象を好意でむかえたい。横光利一が志賀直哉の作品を模倣したことによって、自分の作品の方向をしったという事実からみれば、二人の邂逅は意義あるものである。詩を書くものにとって重要なことは、いい詩人をしり、いい詩人に影響をうけることである。今村秀子が他のどの現代詩人でもなく、岡崎純の後をいくそれ自体、彼女の詩的土壌がはっきりとあり、詩的思想が明らかであることを示している。今村秀子は農民の娘である。農村を一途に書く詩人である。

因みに「四年余り前」は岡崎氏が第一詩集『重箱』を出したときで、南氏は大学四年、卒論は「横光利一論」である。この二人詩集は仁愛女子高校文芸部から昭和四十二年三月二十五日に発行され、文芸部顧問は南氏である。わたしが所持する詩集に「四月二十三日受贈」のメモが記してある。

今村氏が実母の死去を契機に詩作を再開したことは知っていた。しかし、ガリ版刷りの私家版詩集『野菊』を出していたことは全く知らなかった。平成二十八年に活字で復刻され、そこに「まえがき」を書き加えている。その復刻版をもらった。まえがきの一部を引用する。

二十八才《ママ》の初冬、高校卒業後しばらく詩作から遠ざかっていた私に、文芸部の顧問だった南信雄先生から電話をいただいた。

「今でも、少しは詩を書いているか」

母の死から半年、この期を待っているかのような電話だった。母の亡くなった時のことを書きためたものがあった。すぐにそれを読みたいから送る様に言って下さった。送った翌日、電話が鳴った。

「これはなかなかいい。本にしよう。」

驚きと嬉しさ、高校生時代のような歓声は家中に響いた。しかし詩集を作る生活の余裕などない。

「じゃ　ガリ刷りだっていい。がり板《ママ》でやろう」

すぐさま生後八ヵ月の三男を主人にあずけ二才と三才の子を両手に、肩には「野菊」の原稿を掛け福井へと汽車にのった。

本の表紙は薄紫色の厚紙を用意していただいた。

母を「野菊」と名付けた追悼詩集には、農民の娘がまだ生きていた。

岡崎純『重箱』のこと

　ところで、わたしが岡崎純氏とお会いして直接話を伺うようになったのは、サンパチ豪雪の一九六三年四月である。丸岡中学竹田分校から敦賀高校に転勤になり、地元の高校に転勤した小辻幸雄氏の後を引き継いで夜間定時制に勤務することになった。小辻氏はわたしの一年先輩、大学の卒論は長塚節の「土」論で、「土からの文学」が研究テーマであった。

「関が敦賀に来てよかった。岡崎さんはほんもんの詩人やでな、岡崎さんのとこ（所）へ行って、ともかく岡崎さんの話をよう聞きない（聞きなさい）」と進言してくれた。

　岡崎氏の第一詩集『重箱』が前年の六月に出されており、小辻氏が『重箱』をわたしにも届けてくれていた。余談になるが、小辻氏が敦賀高校を卒業したばかりの金田久璋氏を紹介してくれたのもこの時である。

『重箱』の出版は、南信雄氏の大学四年の時で、まだ無名の詩人である。「木立ち」南信雄追悼号で、岡崎氏はこんな回想を記している。

　彼を知ったのは、小辻幸雄氏によってであろうか。私は昭和三七年六月に出した詩集『重箱』を彼に贈っている。詩集出版記念会を七月二八日に持ってもらったのだが、彼にも参加してもらった。また、その年の「北陸三県大学学生交歓芸術祭」で彼の作品（筆者注、詩部門で南の「そして『ぼく』らは？」が入選第一席）を読んだ。こうして彼との交流が始まったのだが、彼が生い育った漁村に目を向けはじめるには、この後あたりではなかったかと思われる。

南氏は詩集『蟹』の短い「あとがき」で、こんなことを記している。

　農民の多くの友が農村を描いて来たように、わたしが漁村を描くのは至極当然のことであり、わたしが蟹をとらえたことについていえば、漁村という生活環境のほかにわたし個人の美学上の事情があります。わたしは、蟹をとらえることによって五年間も沈黙して来た父へのイメージに邂逅することが出来たようです。

「農民の多くの友が農村を描いたように」で、岡崎氏や岸本英治氏の姿があったのは間違いない。山田清吉氏はまだ含まれていないと思う。
脇道にそれるが、岡崎氏と小辻幸雄氏とについて触れておきたい。

小辻氏は退職後に出した著書のあとがきで、「農業は私の小学校時代からの生活の基本であり、そこにはいつも貧乏がつきまとっていた」「教員になってからも、放課後のほとんどは田圃で過ごした」と記している。小辻氏が敦賀高校に赴任して間もなく、岡崎氏の詩に共鳴して二人の深い交流が始まる。詩集『重箱』の解説は則武三雄が書き、詩集に添付されたリーフレットには、森山啓氏と広部英一氏に並んで小辻幸雄氏も寄稿している。その中で、小辻氏は岡崎氏からの私信を紹介している。

《「跋にかえて」を書こうか書こまいか、書くとすれば何をどんなふうにと思っています。次はその断片です。》で始まる。この「断片」から、岡崎氏の生涯をかけた詩業の原点が見えてくる。結局跋文は書かれずに終わったが、跋文のメモ書きを、則武氏や広部氏でなく、小辻氏に手紙で書き送ったのは、小辻氏への信頼と、『重箱』編集の経過を小辻氏が最も知っていたからであろう。

ここでは長くなるので、その断片の一つを引用するに留める。

○わたしが事実上の農民であることをやめたとき（敦賀への転出）自分が農民であることを知った。自分の中のもうひとりの自分「他人」（谷川が使ったことば）が目覚めたのだ。その他人がおまえは農民であると指摘しはじめたのだ。農民の眼と非農民の眼が生きづきはじめたのだ。この他人を認めたときから、わたしの眼は詩のモチーフを農に求

めるようになった。（筆者注、谷川は谷川雁のこと）

これは、南信雄氏にもそっくり当てはまる。南氏が漁村から離れ大学に入り漁民から離れ、父の海難事故に直面したとき、自分が漁民であることに目覚めたのである。それには五年の歳月が必要であった。心の奥底に押さえてきたものが、いっきに溢れ出したのが『蟹』の詩篇である。

山田清吉氏の場合は、二十代の中頃から百姓定年を宣言する六十五歳まで、田畑一町八反歩ほどを耕作する専業の百姓であった。そこには「他人の眼」はない。そこには百姓が置かれている現実がある。それを百姓のコトバで詩に表現することで現実に対峙してきた。そこではワタシではなくウラと書くのは自然に発露したことばなのだろう。

松永伍一著『日本農民詩史』下巻二

松永伍一氏は、岡崎純氏と同じ昭和五年生まれ、福岡県の田舎の自作農の三男。高校を卒業すると村の中学教員になる。谷川雁氏に兄事し、農民運動のため上京、昭和三十三年「民族詩人」を創刊。同人には谷川雁氏、井上俊夫氏、黒田喜夫氏らがおり、岡崎純氏も同人に加わっている。

三巻五冊からなる『日本農民詩史』は松永氏のライフワーク。その下巻(二)の「第六篇　民族詩人の系統」の「第六章　岡崎純のフォークロア的世界その他」で、岡崎氏の詩のあゆみを記している。その書き出しの一節。

「民族詩人」の骨太い百姓や暗く陰惨なイメージにとりつかれた流民たちのなかで、もっとも澄んだ眼を持ち、風土と人間とが織りなした伝承や風俗を体質化していたのは福井県敦賀市の岡崎純であった。論理が勝ちすぎ、ルポ的傾向が詩を荒っぽくさせていたとき、かれはこのグループの大勢に便乗することなく、地味だが正直な自然と生活に根ざした味わい深いリリシズムを示しつづけた。「壺」や「足半草履」がそれであり、北陸の「あわれ」の精神的土壌を伏線としておさえていたそれらの詩は、黒田や井上や松永などに見出せないものとしてあった。

さらに、第一詩集『重箱』や第二詩集『藁』の詩篇を引用しながら解説しているが省略する。その後半で、岸本英治氏と南信雄氏の詩集とその詩に触れている。その一節を引用してみる。

「『民族詩人』には関係なかったが、この岡崎純と同系とみられる岸本英治を取りあげることの意味は大きいとおもう。（中略）テーマは岡崎とは対照的なものだが、岸本は岡崎があるがままにとらえてそれを肯定的に受け止めているところを否定し拒絶し、私怨をイメージ化したというべきだろう。」

いま一人越前海岸に生まれて終始「海」や「漁民」をうたいつづけている南信雄を加えるとよい。漁民だった父を海でうしなってからのかれの海への憎悪が詩集『長靴の音』になって形象化された。（中略）「はは　1」を見れば岡崎純の世界との酷似がわかるだろうし、「祖父」を見ていると、人間の生と死のドラマがいかに鋭く結晶しているかがわかるはずだ。

そしてこの章は、次のように結ばれる。

こうしてわれわれは岡崎と岸本、南の農漁民をうたった詩にフォークロア的世界を確実に見ることができるし、また北陸特有の浄土真宗の湿った宗教感覚とかかわるものも、たとえば中野重治の「かなしい」という発想の類似点として考慮に入れれば、その風土的必然が重く書き手の内面を支配しているのが明らかになるのではないか。

余談になるが、山田清吉の詩集『べと』のことに触れておく。

山田清吉氏の第一詩集『べと』は、一九七六（昭和五十一）年十一月に木立ちの会から刊行され、翌年に第二回「野の花文化賞」を受賞した。この詩集の刊行を機に「木立ち」の同人になった。詩集の巻頭に松永伍一氏が「べとへの献辞」を載せている。氏の献辞の結びの一節を記す。《飾らぬ、質朴な、それでいて百姓の感覚を土台にしたゲラが届いた。うまくはないが本ものの百姓の肉声がきこえる。それがいい。自制をきかせすぎて趣味的になるよりも、百姓として言いたいことを百姓らしい音量で過不足なく喋っているのがいい。》

なお、巻末には広部英一氏が「詩集『べと』のこと」を書いている。

さらになお、『日本農民詩史』下巻一の第三章は、「中野鈴子と道満誠」で、鈴子を詳細に取り上げていることを付け加えておこう。

詩誌「木立ち」創刊の前後

「木立ち」は、広部英一氏の主導で一九六八（昭和四十三）年六月に創刊した。

南信雄氏の第三詩集『水平線』は一九七〇（昭和四十五）年八月の発行、「あとがき」の書き出しを引用する。

第二詩集「長靴の音」を出してから間もなく、詩誌「木立ち」創刊のはなしがあり、広部英一氏、岡崎純氏、川上明日夫氏と「木立ち」の仕事がはじまったのであるが、当時わたしら四人の間では、おたがい全力投球の場を持とうという気持ちをいだいていた。

わたしは、「木立ち」創刊の決意として、「長靴の音」までの仕事を断ち切る作品を書いていきたいと思っていた。その決意のひとつともいえるのだが、もともと、散文的発想の傾向があるわたしの詩を、かたちから散文体にしてしまったらどうなるだろうかという切実な気持ちもあって、「木立ち」での仕事は、散文スタイルを通してきた。

それでは、「木立ち」創刊の経緯を具体的にみていきたい。

『長靴の音』が出たのは一九六六（昭和四十一）年の七月。その五ヶ月前の二月に、第一回「鴉の会」が芦原温泉で一泊二日で開かれ、広部氏、岡崎氏、南氏の三人が参加している。このとき詩誌の創刊のことも話し合われたであろう。

その翌年の一月に第二回「鴉の会」が彦根市の旅館で一泊二日で開かれ、三人に川上明日夫氏があらたに加わっている。「木立ち」創刊時の四名になる。この時点で「木立ち」創刊が決まったのではないか。

そのときに、どんなことが話し合われていたのであろうか。わたしなりに整理すると次の四つになる。

①まず、同人は戦後になってから詩を書きはじめた人に限ること。

したがって、昭和二十年の敗戦以前から詩を書いており、戦後になって福井の詩をリードしてきた北荘文庫の則武三雄氏や「土星」の杉本直氏や「ゆきのした」の中野鈴子氏らに代表される詩人たちを除くことになる。

②同人は自分の個人詩集を出しており、その詩集が一定の評価を受けていること。

したがって同人は限定されてくる。広部氏が「詩集がない人は詩人とはいわない」と言ったのを、わたしも直接広部氏から聞いたことがある。

それでは、「木立ち」創刊時の四人はどうか。

広部英一氏は一九六〇（昭和三十五）年十月に第一詩集『木の舟』を出し、その翌年に県文協新人賞（福井県文化協議会新人賞）を受賞。一九六三（昭和三十八）年七月に第二詩集『鷺』を出している。

岡崎純氏は一九六二（昭和三十七）年六月に第一詩集『重箱』を出し、翌年に県文協新人賞を受賞している。

南信雄氏は一九六四（昭和三十九）年八月に第一詩集『蟹』を出し、翌年県文協新人賞を受賞し、一九六六（昭和四十一）年七月刊の第二詩集『長靴の音』は翌年に中日詩人賞を受賞している。

川上明日夫氏は一九六七（昭和四十二）年一月に第一詩集『哀は鮫のように』を出している。この詩集での受賞はないが、斬新でモダニズム風な清新な抒情が評価されたのだろう。

③定住者の文学を目指す。

雑誌「文學界」五月号の特集「中央文学と地方文学」に触発されて、則武三雄氏が「地方主義」をとなえ、「地方主義」一号を翌年の昭和三十年五月に出したのだが、そのとらえ方は感覚的で理解しにくいものであった。因みに、発行兼編集者は則武三雄と広部英一。参考までに、則武氏が書いたと思われる「あとがき」を引用しておく。

これは地方文化のこえが起こっているのに和するものかもしれない。しかし「文学界」五月号にしめされた「あたらしい地方文化の胎動」とはちがった意味がある。（中略）本県では大学を中心の「野火」、新日本文学の支部の「ゆきのした」が出ている。がわたしたちの場合はより文学的な指向だと考えている。そして各自のちがった立場の独創を大切にしている。「北陸」という地方に限定されない地中海沿岸における地方を予想せしめる地方文学であるとも考えている。

杉原丈夫氏は、「日本海作家」三号（昭和三十三年一月刊）で「地方主義と地方色　地方文学の諸問題」、四号で「中央文学に対する地方文学」を載せて、明晰な論理と分析で提言しているが、長くなるので割愛する。

広部氏は、はやくから、地方文学を「定住者の文学」と明確化していた。五六豪雪のとき、三好達治の詩「雪」を批判したエッセイを朝日新聞に載せ、「日本人の美意識が脆弱なのは、定住者の生活感覚が欠けているからだ」「わたしは定住者を自負する」と書いて反響を呼んだ。これはその率直な表現になる。

④特定のイデオロギーに依拠する詩や詩人を除く。

四人はこれまでに、それぞれいろんな詩誌に所属して作品を発表し、自らの詩集をもち、独自の個性ある詩の世界を確立していたが、「木立ち」創刊以後は、「木立ち」を作品発表の主軸において「木立ち」の詩人として活動するようになっていく。

創刊時の四人の年齢は、岡崎氏が昭和五年生まれで三十八歳、広部氏は三十七歳、南氏は昭和十四年生まれで二十九歳、川上氏は二十八歳、発行責任者は岡崎純、編集責任者広部英一であった。

南信雄の詩と小説

南氏が進学した丹生高校で、杉本直氏が国語科の担当になり、文芸部に入ると顧問は杉本氏だった。南氏はその頃から小説家志望で、長篇小説を書いて杉本直に見せていたと云う。また、杉本氏との出会いを通じて現代詩の世界に目覚め、詩の習作をはじめたとも云う。福井大学では文学研究会に所属して、小説と詩の両方を発表しているが、はっきりと重点は小説にあった。ひょっとすると、芥川賞をとるなどと言っていたかも知れない。わたしは聞いていないが。

杉本氏と南氏とでは詩風も詩法も異なるが、南氏に文学を開眼させてくれた杉本氏を、酒癖にときに辟易することがありながらも「先生」として、ずっと遇してきたようだ。杉本氏の詩集『あおみどろ』の出版記念会で、酔った杉本氏をタクシーに乗せ家まで送り出したが、途中で強引に下車して、通りがかった車にひかれる事故を起こしたときにも、南氏はタクシーで病院まで駆けつけている。

詩集『水平線』で引用したように、「もともと、散文的発想の傾向がある」南氏が、『長靴の音』までの仕事を断ち切る決意をしたとき、「詩をかたちから散文体にしてしまう」のは、必然の成り行きかもしれない。『蟹』の詩人、『長靴の音』の詩人として評価されながら、こころのどこかには、いつも無意識に小説へのおもいが隠れていた。そんな中で、「日本海作家」に関わるのは願ってもないことであった。

「日本海作家」の編集者

一九六六（昭和四十一）年、「日本海作家」の編集を白崎昭一郎氏、大谷嶽夫氏から杉原丈夫氏、広部英一氏と南信雄氏の三人が引き継いだ。杉原氏は、南・広部の両氏が福井大学在学中から文学研究会の顧問教師だったのでよく知っていた。

「日本海作家」一〇号（昭和三十六年）に載せた小説「紅い花」が「文學界」に転載され、山川登美子がよく識られる契機にもなった。題名の「紅い花」は、山川登美子が「明星」八号に「晶子の君と住之江に遊びて」の詞書きを付して「それとなく紅き花みなともにゆづりそむきて泣きて忘れな草つむ」の短歌に依る。また小詩集『荒野』（昭和五十五年）には、昭和三十年「野火」五号に載せた詩「若き詩人への手紙」を収録している。

したがって編集実務は広部氏が担い、南氏が補佐し、杉原氏はそれを見守る役割であったろう。

広部氏が勝手に第三次と名付けた、通巻二三号の「日本海作家」が昭和四十一年四月に出る。編集後記で「編集にあたっては、僕たちのカラーを、おおいにうちだしていきたいものだと、野心満々である」と広部氏が記したように、執筆者に、南信雄、川上明日夫、岡崎純に、田中光子、馬淵常光の名前も見える。しかし広部氏の名前はない。巻頭の小説は南氏の「父の海へ」である。

この小説について、南氏から「どうや」と聞かれ、「これまでの詩を読んできてるでな、やっぱり詩の方がインパクトが強いなあ」と応えたのを想い出す。また、南氏は車の免許がないので、彼を乗せて武生市相生町の大谷嶽夫氏の寿司店に行ったことも想い出す。店はまだ開いてない時間で、カウンターをはさんでふたりは話していた。わたしは少し離れて黙って話を聞いていた。二四号の巻頭に載せた大谷氏の小説「暑い夏」の打ち合わせだったようである。二四号には今村秀子氏が「姉の話」、川上氏が「鏡のなかの馬」を載せ、二五号に上野雅代氏の「記憶の周囲」を載せている。今村・上野の両氏は、その後「木立ち」同人になっている。広部氏は翌年の二八号で、自分の作品をひとつも載せないまま、編集を降板してしまう。これまで「日本海作家」を支えてきた中心メンバーにすれば、身勝手なふるまいにうつったはずである。たぶんこの頃、広部氏の頭の中は「木立ち」創刊のことでいっぱいになっていたのであろうか。

南氏は、「青磁」が創刊されるまで、広部氏の降板後も「日本海作家」に作品をときおり寄せている。

「青磁」の創刊

定道明氏が主宰する「青磁」の創刊は一九八五（昭和六十）年六月で、巻頭に南氏の「たらちね」を載せている。前年の十二月に、南氏は母親を八十歳（年譜は八十二歳）で亡くしている。その母へのレクイエムとして書きあげた。このエッセイの最終章で次のように綴る。

まさに夥しく「生」を生みだし、夥しく「生」をすりへらして生きてきたものの化身のような地母神を薄明かりのなかでみたことがあったが、その地母神をみながら、たくましかった胸板が枯れはててきたわたしの老母をおもいだしていた。土蔵の土の匂いのなかで、恐れ多くも自然にそうおもっていたのであるが、身籠もるだけみごもり、「生」をすりへらしてきて、「生」の不安だけにつつまれて海岸段丘のかげで息をひそめていた老母が逝った薄暗い部屋のなかで、母の亡き骸につきそいながら、逆にあの地母神をおもいだしていた。

第七詩集『地母神』は、九月の刊行であり、詩もこのエッセイと並行しながら一気に書きあげたのであろう。

彼は「青磁」二号では、「風のゆくえ」の総題で、「鳥」、「川とんぼ」、「紙ふぶき」、「風のゆくえ」の掌篇を四つ載せている。以後一一号まで、数篇の掌篇小説を欠かさず発表してきた。一一号は「白い鳥」の一篇だけになる。病状が余力を与えてくれなかったのだ。

南氏はこうした掌篇小説を百ほど書いてみたいと言っていた。わたしが川端康成の『掌の小説』のことを話すと、彼はふんふんとだけ応えた。そのとき「川端なにするものぞ」の自負心を感じた。わたしは文庫本で川端康成の『掌の小説』を散文詩のように読んでいた。そして川端文学のエッセンスが詰まっているように感じていた。

南氏は短い生涯で、十冊の詩集と『ふくいの文学』などの著書があるが、小説集はない。掌篇小説を書きはじめたとき、一冊の書物にする心づもりを持っていたであろう。残念である。

南氏の散文詩集『水平線』は、『長靴の音』と『漁村』にはさまれて、取り上げられることが少ないようだ。しかし、南氏の詩と散文をつなぐ詩集として論じられてもよいのではないか。南氏の掌篇小説には南氏の詩情が脈打っている。

定道明氏が、《広部年譜が詳細であるというが、詩、とりわけ「木立ち」に偏重しすぎている。南の小説やエッセイをきちんと評価していない》と、わたしに指摘してくれたが、もっともな指摘と納得する。

白崎昭一郎氏の『医者の眼・文人のこころ』に、「骨太の詩人　南信雄」の項があり、その一節を引用する。

　彼が結婚する前のころ、英子夫人の父親の武藤正典氏から「彼は芥川賞を取れるでしょうか」と尋ねられたとき、散文家としての彼の才能を私はそれほど買っていなかったので、ごくあいまいな答しかできなかった。しかしこの結婚は無事成立した。
　近ごろ「青磁」をまとめて読み返す必要に迫られて、十号まで毎号載っている彼のエッセーを通読し、散文家としての彼の手腕に感嘆し、昔の不明を愧じた。

中でも逸品は七号の「女郎蜘蛛」であろう。

このあと、「女郎蜘蛛」の長い引用があり、次の文へ続く。

字数の制限があるのに、いくらでも引用したくなる。こうした詩情あふれる細やかな文章を、彼はどこから身につけたのか。やはり詩人としての年輪と、すでに胸に巣くいだした病気とが、このように天衣無縫でしかも隙のない文体をもたらしたのではなかろうか。

最後に近い十号の「夢十片」も、漱石の『夢十夜』に迫る名品であった。

――ベット《ママ》の上で寝ていた。ゆがんでぐんぐんのびてゆく四本の鉄の棒で支えられているそのベットの上で、必死に平衡を保ちながら寝ていた。周囲に壁もなく天井もなく、雲もなく青空の空をゆがんだままベットの脚はどこまでのびていくのだろう。叫んでも声が出なく。――

英子夫人の言葉によると、彼は「短編を書きたい。掌の小説のようなものを百編は書いてみたい」と言っていたそうである。

英子夫人の父親武藤正典氏は、大正七年生まれ、県教育委員会の文化課に勤め、県文化協議会の事務局担当であった。著書や編著も多く、『越前における一向一揆の研究』、『越前若狭　一向一揆関係資料集成』の編集執筆、『福井県の歴史と文化』などのガイドブックも何冊か出している。したがって、白崎氏とは旧知の間柄であった。また、英子夫人は、南氏本人が「芥川賞をとる」と言っていたと話している。

参照文献

『今村秀子岩本龍子2人集　17才のうた』（仁愛女子高校文芸部　昭和四十二年三月刊）
復刻版『今村秀子詩集　野菊』（二〇一六年十月　木立ちの会）
『重箱』岡崎純（一九六二年六月　北荘文庫）
『ある戦後史　中野鈴子とその周辺』小辻幸雄（一九九七年十二月　しんふくい出版）
『日本農民詩史』下巻二　松永伍一（一九七〇年七月　法政大学出版局）
季刊「地方主義」一号　北荘文庫　昭和三十年五月
第三詩集『水平線』南信雄　昭和四十五年八月
「日本海作家」一八五終刊号　平成二十三年十月
「日本海作家」春季号（再復刊一号通巻二三号）昭和四十一年四月
『医者の眼・文人のこころ』白崎昭一郎　平成十七年七月
『北荘詩集』一九六〇年　北荘文庫　一九六〇年九月
「文学兄弟」一号　北荘文庫　発行則武三雄・編集広部英一　一九五八年八月
詩集『荒野』杉原丈夫　一八八〇年三月（非売品）詩脈社発行（岡山県）
「青磁」創刊号　編集発行　定道明　一九八五年六月～一一号　編集発行　定道明　一九九四年十一月

(三) 中野重治研究会と梨の花の会

一九八四(昭和五十九)年に、中野重治文庫記念丸岡町民図書館に事務局を置く中野重治研究会と、定道明氏が主宰する梨の花の会が相次いで発足した。その翌年に、定氏の主宰する散文誌「青磁」が創刊した。これらのことが機縁となって定道明、南信雄、渡辺喜一郎、関章人の四人がよく集うようになっていく。この集いは南氏が死去するまで続いた。

中野重治研究会

一九七九(昭和五十四)年に死去した中野重治の蔵書約一万三千冊が、一九八二(昭和五十七)年に、遺族の原泉(政野)夫人と一人娘の鰀目卯女氏から丸岡町に寄贈された。その翌年の五月に「中野重治文庫記念丸岡町民図書館」の名称で開館する。

この町民図書館の開館を機に、中林隆信氏が《金沢市には中村慎吉さんらの「中野重治を語る会」が随分前からあり地道な活動を続けているのに、肝心の地元の丸岡に中野重治の会がないのは情けない》と、中野重治の会を立ち上げようと友人知人に懸命に働きかけていた。それは執念にも近いものであった。また、丸岡町は新設した町民図書館の内容とその活用を広報したいことから全面的な協力を惜しまなかった。このようにして一九八四年の三月に中野重治研究会が発足したのである。

発足時の主な会員は、中林隆信、坂本政親、越野格、大崎栄太、庄山章信、武藤（南）信雄、渡辺喜一郎、関章人、山下英一、森田智子、小辻幸雄などに、福井新聞から論説委員の和田稔と文化生活部の渡辺数巳、丸岡町から図書館長の牧野正次などの各氏であった。

初めての会合で、会長に福井大学を退官して仁愛女子短大国文学科の学科長に就任した坂本先生、顧問に中林隆信氏と和田稔氏の二人、幹事に中林氏の推薦で武藤（南）信雄氏と関の二人がなることが決まった。そして当面の活動として、①「中野重治を偲ぶ会」（後に「くちなし忌」と改称）の開催、②中野文庫の目録作成と書き込み調査、③研究会の会報発行（年一回）などが決まった。中野重治を偲ぶ会は中林氏が中心で関が補佐し、研究会報は和田氏が担当で南氏が補佐した。書き込み調査は福井大学教官の越野氏と渡辺喜一郎氏が中心ですすめられ、蔵書目録の作成作業は図書館職員があたっている。

それから毎年数回以上は開いてきた中野重治研究会の主な活動の経過を素描してみる。

これまで会の中心になって活動してきた中林隆信氏が一九八七（昭和六十二）年三月に亡

くなり、遺族から多額の寄付金があり、中林氏の熱意を活かすために『文学アルバム　中野重治』の発行を企画した。幾度となく会合を重ねて三年後の一九八九年六月に刊行することができた。その巻末の資料に、中林氏が『若越山脈』第六集に掲載した「抵抗の作家　野の人　中野重治」を再録している。その後、一九九一年七月に『中野重治短篇集』を企画し発行している。また、会員の研究発表や町主催の講演会の講師選定などにも関わってきた。

そして、顧問で会報総括の和田稔氏が一九九六（平成八）年十二月に、その翌年の一月に南信雄氏が相次いで亡くなった。こうして中林氏と和田氏の顧問と幹事の南氏を亡くした中野重治研究会は「中野重治・丸岡の会」と名称を変えて再出発をはかるが、二年ほどで自然消滅していく。

発足時の中野重治研究会では、中林氏と大崎栄太氏二人は、重治と鈴子に深い面識があり格別の強い思いを持っていた。

中林氏は、戦前から重治の作品を読み傾倒していた。すでに記したように『若越山脈』に、「抵抗の作家　野の人　中野重治」と題した評伝を載せている。一本田に近い長崎が生家で、戦後は世事に疎い中野鈴子の相談相手にもなっていたようだ。一九八〇年に決定版とも言える『中野鈴子全詩集』を出版し、その巻末に評伝とも言える長文の解説を書き下ろしている。また長年にわたり実証的に鈴子を調査研究してきた大牧富士夫氏に解題と年譜を依頼したのも中林氏である。

「ゆきのした」の関係者は中野重治が共産党を除名になったことで参加しなかったが、大崎栄太氏だけが会員になった。氏は共産党公認の現職の町議会議員で極めて厳しい立場にあった。しかし、大崎氏が一九六三年に初めて町議会議員に立候補したとき、手製のメガホンを持ち先頭に立って応援してくれたのが中野鈴子であり、推薦文を書いたのが重治であった。そもそも中野文学の影響をうけて入党したのだという。「私にはその恩義をないがしろにはできない」と関に話してくれた。

その他の会員も濃淡の差はありながら、重治の作品を読み、中野文学に関心を持っていた。しかし、本格的に重治を調べたり系統立てて研究してきた人は少なかったとは言えるかも知れない。

坂本先生は明星派の歌人山川登美子の研究者であり、和田稔氏は『本の中のふくい』の著書を持つ視野の広い読書人であった。和田氏は記者として「重治本人とも出会ったし、話も聞いた。作品にしたってひととおりは読んだ。（中略）が、近寄りがたいものがあった。だから記念文庫に出入りできるようになった時は、夢のようであった。重治の書斎に入り込んだ気がしてうれしかった」と会報一号うしろ書きに記している。坂本先生の福大退官後に赴任した越野氏は泉鏡花の研究家であり、渡辺喜一郎氏は『石川淳伝』『石川淳研究』の著書を持つ研究家で、二人とも書誌について厳密であったが本格的な重治研究者ではなかった。

南氏は、仁愛女子短大に国文学科が開設されると近代文学担当の助教授に就いている。また、中林氏が丸岡高校を定年退職して仁愛女子高の非常勤講師になると、南氏のいる図書室で過ごすようになり急速に親しくなっていた。また、南氏が第一詩集『蟹』を重治に届けたところ重治から礼状のハガキが届いた。その文面は「先日は詩集をいただきました。僕は全部読みました。いろいろ面白く思った点があります。ちょっと書きたいと思っていたのですが、いまごてごてしていて書けません。又の機会もあろうかと思います。御健筆を祈ります。九月廿三日」というものであった。このハガキは大切に保存していた。関も見せてもらった。その後重治を訪ねたようだ。彼は重治のふるさとへの思いや、詩のなかの風土に強い関心を寄せていたようである。関も坂本先生が大学での指導教官であり、中林氏とは、関が丸岡高校に勤めるようになったときから重治や鈴子のことなどをよく話し合っていた。中林氏の退職を機に、教え子たちの寄金で出した最初の著作集『命なりけり』の編集は関が担当している。重治との出会いは「梨の花」が新潮に連載されたのを読んだことに始まる。教員になった最初の赴任先が丸岡中学竹田分校で、重治全集を購入して読みふけっていた。その後敦賀高校夜間定時制から丸岡高校へ転勤になり中林氏と出会ったのである。

つまり中林氏にとって、南と関の二人は気心の知れた、会の代表坂本先生とも自由に話ができる都合のよい会員であった。たぶんこれが南と関が幹事になった事由かもしれない。それで、南氏と関の二人だけの幹事の下打ち合わせも欠かせなくなった。

県内で重治に惹かれ入れ込んだ筋金入りは定道明氏である。金沢大学在学中から重治の詩に心を奪われ、文庫本の『中野重治詩集』をポケットに「歌のわかれ」の安吉のように金沢の街をほっつき歩いたという。東京青山葬儀所での重治の告別式にも出席し、その折りの記録映画「偲ぶ中野重治」を福井で上映している。余談になるが、この上映会のとき、「梨の花」を高校三年生の俵万智が朗読していた。これは万智氏が藤島高校の演劇部に所属しており、その顧問が定氏であったことによる。

また、福井新聞に「中野重治ノート」を百回以上も連載している。中野重治研究会発足の何年も前のことだ。一九九〇年に、この連載をベースにして『中野重治私記』を出版した。この著書の「あとがき」で「百余回にもわたって連載できたのは、和田稔氏や堀畑妙子氏の厚意によるもの」と記している。

従って当然ながら中林氏は定氏に入会を依頼したはずだが、定氏はなぜか固辞している。

「梨の花の会」と散文誌「青磁」

一九八四（昭和五十九）年八月、つまり中野重治研究会発足より五ヶ月後に、定道明氏が主宰する「梨の花の会」をたちあげた。集まったのは定氏を含めて渡辺喜一郎氏、南信雄氏、関章人の四人に、越野格氏が一時期入っていたかと思う。定氏以外の者は中野重治研究会の会員である。表だっての会の活動は「中野重治文学の午後」と銘うって夏休みの八月に四人が年に一回研究発表することであった。会場は当時の県立図書館（現・県立こども歴史文化館）や県立博物館であった。発表のあいまに、定氏が顧問格の小劇場熊の会の高村敏広氏が重治の作品を朗読し、早稲田大学に進学していた俵万智氏は司会をしていた。発表会の後には反省会をかねて酒を飲みながらの放談になるのが常だった。何年か後になり、「梨の花の会　例会」と名称を変えて冬に行うようになった。俵万智氏は歌集『サラダ記念日』を発刊してからは来ていない。

「梨の花の会」の発足一年後に、定氏が主宰し発行編集する散文誌「青磁」が創刊されると、自然と四人が同人みたいになり、更によく集まるようになった。定氏と南氏は毎号作品を載せ、渡辺氏もほとんどの号に寄稿している。怠け者の関は数回しか寄稿していないのだが、「梨の花の会」とも重なり、四人の仲間に入っていた。「青磁」創刊時からほとんど毎号小説を寄稿している張龍二三枝氏は「梨の花の会」に参加していないこともあり、四人の集まりには加わっていない。俵万智氏はお盆や正月で実家に帰省したときは、この飲み会に参加していた。彼女は、年がかけ離れた男だけの気まま勝手な飲み会に、実に自然体で加わり談笑しながら一緒になって酒を飲んでいた。また福井新聞の生活文化部にいた渡辺数巳氏も全くの下戸だが飲み会に加わることもあった。四人を主にした和やかな集まりは南氏が亡くなるまで続いた。

中国西安に短期留学

「青磁」創刊から一年後、七月二十九日から十七日間の日程で、中国西安に行くことになった。西安外国語学院（以降は外語学院と記す）の短期留学生扱いで、外語学院の案内によって西安を中心に中国の歴史や文化を見学研修するというものである。メンバーは、定道明と啓子夫人、関章人、武藤（南）信雄、渡辺喜一郎、俵万智に田中光子が加わった七人で全員が教員。この西安行きを企画したのは定氏で、団長に渡辺氏がなり、外部との交渉やまとめ役を引き受けた。この短期留学は福井大学の黒坂満輝教授の仲介により実現した。黒坂教授は大学で中国語を担当し、外語学院から非常勤講師を招致したり、福大の学生を留学させたりしていた。

その全日程を略記してみる。神戸港から鑑真丸で上海へ、上海外国語学院で一泊し、飛行機で西安へ。西安には八月一日から五泊六日滞在、宿泊は外語学院の留学生宿舎。西安から汽車で洛陽へ。ここからの移動は汽車になる。洛陽ではホテルに二泊。蘇州でもホテルに一泊二日。蘇州から杭州へ、杭州美術学院に二泊三日滞在。杭州から上海へ、上海外語学院に二泊して飛行機で大阪に帰着。中国での全行程に付き添ってくれたのは、日本語通訳の王《ワン》健偉さんと外語学院外事処の英語が堪能な蔣《ショウ》さんである。

西安は、往時に咸陽や長安の都があった歴史の古い都市であり、西大門、鐘楼、碑林、兵馬俑、大雁塔、乾陵など旧跡が多く、博物館も充実している。

西安での行動を略記する。朝昼晩の食事は宿舎内の食堂ですませ、午前中は各自のフリータイム。暑いので汚れた衣服を洗濯したり、福井の大野市のような朝市が近くで開かれていて、買い物に出掛けたりして過ごした。王さんは「街に出掛けたとき、生水は絶対飲んではいけません」と念を押していたのだが、わたしが暑いのでつい紙コップ売りのジュースを手に取るとすかさず「ダメです。いけません」と注意された。昼食の後は昼寝、それから外語学院のマイクロバスで旧跡を訪ねる。夕食がすむとビールを飲みながら、その日に買った品物を見せ合い品定め。買い物は南氏と田中氏が双璧で、関と渡辺氏がそれに続き、定夫妻は殆んど買わず、俵氏は買うことはなかった。南氏は思い入れが強く衝動買いして言い値で買ったり、他の人の品物を見て買いそびれた品があると悔しがっていた。

それから翌日の行動を決めて就寝というのが日課であった。七人で俵氏だけが中国語で会話ができた。外語学院主催のレセプションで中国語でスピーチして、その発音の上手さで出席者が驚嘆したほどである。彼女は日本と同じように気軽に中国語で話しかけて人びとに溶け込んでいく。それは身振り手振りで対応するわたしたちへの警戒心を解いてくれる役割も果たしたように思う。

いずれにしろ、文化大革命後の痕跡が垣間見える中国庶民の暮らしを少しは見られた貴重な経験になった。

帰国後に書かれた俵万智氏、定道明氏、南信雄氏の作品を紹介してみよう。作品の選定は、中国での生活の一端がよく描かれた作品にしたことを付記する。

俵万智氏は、一九八七年刊行の『よつ葉のエッセイ』に「さよなら西安」「朝市と夕涼み」「中国紀行　言葉」を載せており、その前年に刊行した『サラダ記念日』には「夏の船」と題して三十七首を載せている。その中の六首を引用する。

ゆっくりと大地めざめていくように動きはじめている夏の船
なつかしい町となるらん西安に今日で二度目の洗濯をする
日本にいれば欲しくはならぬ掛け軸は買う拓本を買う

洛陽に「バナナリンゴ」というリンゴを売る少年の足長かりし
土色の汗をかいてる寝台に悲鳴のような警笛を聞く
いつのまにか吾を「マッチャン」と呼んでいる王さんがいて小蔣がいて

定道明氏の詩「西安外院キャンパス」は、詩集『薄目』に収録された作品。この詩集は、再度中国へ訪れた時の作品と併せて中国詩集として一九九五年に刊行した。

キャンパスの中で野外映画会があった
野外映画会があった時は
料金を払って見に来た市民であふれた
彼等はめいめいが持ち込んだ椅子に腰かけ
木と木の間に張られたスクリーンを
団扇を使いながら見続けた
夏休みのせいもあって
そうしたことでもなければ
キャンパスの中は静かだった
留学生宿舎の前で若い女が一人

長い時間をかけて自転車を磨いていたり
ようやく色付いてきた柿が
二つ三つというふうに下がっているだけだった
ホーローの食器で飯を運ぶ男がいた
ホーローの食器も嫌だったが
白昼に飯を運ぶなんて
飯を運ぶなら
夜になってからにしてくれよな
それだって恥ずかしいことなんだ

南信雄氏は、「南京長江大橋」と「大陸の寝台車で」の二篇を詩集『蟹も夢みる』に収録している。二篇とも汽車での旅が題材だが、詩の雰囲気は対照的である。「南京長江大橋」は、観光客専用の一等車輛で、ゆったりした座席でクーラーも付いて車掌も一人ついていた。一方の「大陸の寝台車で」は、二等で硬座、板張りに汚いアンペラのようなものが敷いてあるだけ。クーラーはなく蒸し暑い。寝台だがカーテンの仕切りもなく丸見え。従って乗客に外国からの観光客はいない。このときは、中国庶民のありのままの生活を体験するためにと、わざわざ選んだのであった。「大陸の寝台車で」だけを引用しておく。

南信雄

寝台に群がる旅行者は
恐竜のあばら骨に巣くう
蟻たちのように
夜昼となく食ったり飲んだり
吐きだしたりしていた
長い眠りからさめて
大峡谷やうねり狂う大河を貫き
ひた走る恐竜の方も
夜昼となく
キエキエと吠えたててばかりいた
深夜にふらふらと通路をゆく
麗人がいて
長いためいきをもらしながら
進行方向へいったが
麗人には列車のなかの通路は
余りに短いらしかった

幾度か車輪がきしみ
見渡すかぎり赤土の
土にとけてしまいそうな駅で
列車がとまり
遠ざかると
ぽろぽろと芥子粒のような旅行者が
褐色の地平に消えていったが
まぶしい太陽が昇っても
黄河の垢にまみれて
眠りこけるものたちのなかに
麗人も沈んでいるのだろう
うなじを細くして
恐竜の機関がとまったのは
夕刻を過ぎていたが　その少し前
小粒で大陸の垢のような
青リンゴをかじりながら
喘息のあえぎに耐えて

ほんのいっときまどろんでいると
恐竜の頭上はるか暗雲を払いながら
飛天が翻る夢をみた

南信雄

私家版詩集『蟹も夢みる』

この詩集は、表紙のタイトルやカットを南自身がかき、本文は英子夫人がワープロで紙面をつくった、文字通りの私家版である。詩篇は「何らかの意味で収録を控えた」拾遺詩集である。

南氏は、詩集『漁村』を出した後にも、拾遺詩集『季節風』を出していた。この二冊の詩集をみていると共通する主題の作品が多いことに気付く。自然の移ろいや身近な風物・草木を詠んだ作品が多く並んでいる。

短詩二十篇を収めた『季節風』の詩の題名をひろってみる。「五月の風にふかれながら」「星」「日の出」「山脈」「はるについて」「黄昏」「椿」「五月雨」「梅雨明け」「合歓木」「こうのとり」「ちょう」「秋雨」「秋景色」と続く。

それでは『蟹も夢みる』はどうか。「鷗」「波の花」「南風」「彼岸花」「燕」「熊川宿」「花まつり」「赤トンボ」「花八つ手」「真冬日」「落葉」「風の日に」「花の時間」というぐあいになる。

蟹と漁村の詩人南信雄にもとより異存はないが、身近な四季のいろどりに心を寄せる繊細な感性を忘れてはならないだろう。「草いきれ　野の花の　夢点てん」は、「南が好きな言葉でよく色紙に書いていた」と英子夫人も記している。

南氏は「うしろ書き」で「それらの詩は日かげの花のようにひよわいが、わたしにとってはいとおしいものたちである」とも書き、次の詩集の構想があることを予告している。

野の花

たんぽぽ　姫女苑《ひめじょおん》から
月見草　彼岸花へ
すすきが
夥しい線を描いている

野の花は
地の底深く

南信雄

いのちをくみあげながら
燃えあがる

その熱気を煽りながら
時折り風が走り
咲くなら
燃えつきるまで　と
大地がささやいている

草いきれのなかの
野の花の
夢点てん

最後の詩集『幻化』

『蟹も夢みる』の「うしろ書き」で、《わたしには「風をみる」以後のわが峯への次の詩集はもう構想としてあるが、その前に「蟹も夢みる」を編んでおきたいとおもったのである》と記している。では、その構想はどんなものだったのか。

『蟹も夢みる』刊行の二ヶ月後に「地球が危ない・私たちの表現」展を開き、南氏は「地球はまるい」「幻化」の詩を出展している。この展示はアースデイにちなんで、和紙の造形作家榲尾正次らと企画して画家、彫刻家、写真家、音楽家、詩人などに呼びかけて開いたものである。余談になるが、詩集『季節風』の表紙カットは榲尾氏が描き、『17才のうた』の表紙カットは夫人の榲尾道子（まきのなぎ）氏が描いている。ちなみに道子氏は今村秀子氏の中学三年間、英語と国語を教えていた。また、『道子追想』に南氏は「まきのなぎさんの文学と美学」を寄稿している。

脇道にそれたので話をもどす。詩集『幻化』の核は立石岬である。南氏は幾度となく立石岬に出掛けている。詩集の「後書きに代えて」で、「半島の椿」「立石岬」「闖入者」の三篇のエッセイを載せている。「立石岬」の一部を引用する。

父が逝ってかなりの年月が過ぎ、敦賀半島のいくつかの入江に原発のドームが建ってから、またかなりの年月が過ぎたいま、どうしても、父の船の舳先が風を切っていった線を、越前岬と経ヶ岬とに結びつけて、自分の眼で辿ってみたいとおもうようになった。（中略）その漁場の拠点、立石岬の灯台のその光源から、父の海原のなかで描いた線をその息子の眼でなぞっておかなければならないとおもっていたのである。

幻化とは耳慣れない言葉である。いま立っている立石岬と、父が生きていた時代とが交錯しあい、幻のように重なりあったもう一つの現実が見えてきたに違いない。

幻化　作品1

ふるさとの岬から半島の突端へと
幾重にも湾曲しながら岬へと入江が連なり
入江をふちどるようにして漁村が連なっている
ふるさとの岬の高みからは
幾重にも突き出ている岬のなまえを
父がよくおしえてくれた
半島のかげのもうひとつの半島と
朝鮮半島の位置をも
父の眼にはみえているかのようにおしえてくれた
その父もそのまた父からおしえられたのであろうか

わたしにも父の目の奥がよくみえた
だから半島の突端の立石岬がよくみえた
その立石岬に新型転換炉「ふげん」ができて
立石岬の裏側の白木にも高速増殖炉「もんじゅ」ができて
ますます岬がみえてきて
幾重にも湾曲しながら連なっている漁村が
防災無線でつながれたいま
漁村の不安が一直線になった
しかし父もそのまた父も「ふげん」や「もんじゅ」を知らなかったから
漁村の不安の一直線の先には
海や半島の自然をすこしずつ食ってきたわれわれの先祖がいない
不安のその先をおしえてくれるものがいないいまま
一直線の不安の先はのびてゆく
白いドームやその排水口が
半島や海の何をどのくらいの速さで食っているのか
いまは知りようがない

この「幻化　作品1」の前に置かれた詩「防災無線」では、漁村の不安がより具体的に示されている。『幻化』に至って南氏の詩は新しい広がりと展開を見せはじめた。

要塞のように
漁港が整備されているというのに
ふるさとの漁村の家々に
防災無線装置がついた
何故いまになってなのか
村人たちは口籠もるだけである
防波堤のなかった頃こそ必要だっただろうに
やはりもっと大きな心配が
この漁村にも居すわってしまったのだろう
高速増殖炉の「もんじゅ」の半島の先から
湾曲し湾曲しながら断続している漁村が
防災無線でつながれたのだ
「安全な原発」を
いつも宣伝しているのに

当然のごとく防災無線がつけられた
「もんじゅ」のドームの脇の
暗い村々から点々と
防災無線がのびてきて
ふるさとの漁村も
原発の「災」につながれたのだ

『幻化』のゲラの校正をしたのは、福井済生会病院で右肺中葉切除の手術を受けたときである。病魔が新しい詩の展開を阻んだのは無念である。退院して活動を再開し、全快したかに思えたのだが、無情にも転移がみつかり右肺全切除の手術を受けることになる。

平成三年から「中野重治記念　全国高校生詩のコンクール」が始まり、荒川洋治氏らと南氏も選考委員になり、最終選考に提出する一次選考も彼は一人で引き受けていた。南氏の負担を軽くしてあげたいとのおもいで、わたしが代わって一次選考をしたことが一度あった。

「木立ち」に載せた最後の詩「水槽のなかの魚」を読んだとき、彼を見舞ったときを思い返していた。病室の四角い窓からみえる空の雲の動きや、すうっと横切る鳥のすがた、蜘

南信雄

蜘が窓ガラスを降りてくる様子などを、彼がわたしに話してくれたのだ。それがオーバーラップしたのであった。

だんだん水槽のなかの魚に似てきた
と妻に言われてから久しい
医者からもじっとしていなさい
と言われてから
だんだんそうなってきたのだろうか
水槽のなかの魚であるわたしは
水草にできるだけ身を隠して
いつも群がらないで
一筋の現実をじいっと守っている
肥った魚の傍へは近づかない
忙しく動きまわる魚からは遠ざかる
小さい心臓と
肺活量の少ない肺に力を込めて
居心地の良い場所の方へ

ときどき移動する
餌の時間も遠慮がちに食べる
しかし水槽のかげで眠りながら
ときどき夢をみて
恋をしたり
鯨のように泳ぎまわったりするが
過去の現実は
もう手繰り寄せられない
わたしだけの現実の一筋の針路は
水槽のなかを静かに泳ぎまわるだけである
水槽のなかにも心の安らぐ水脈があって

英子夫人の全詩集「あとがき」から

英子夫人の全詩集「あとがき」は、最も身近にいた人ならではの内容で、わたしには彼との雑談のあれこれが思い起こされて、何ともなつかしい気持ちになる。

南はいつも何か惚れこむものが必要だったのか、ある時は下手物骨董を買いあさったり、絵画や陶器などを集めてみたり、気に入った音楽に日がな身をひたしたり、旅行に出かけても、その土地の石ころや瓦のかけらなど持ち帰ったりと、すべて自分にとって魅力あるものに夢中になりました。

そして病気になる前の年には、それまでたわむれに書いていた書で飽き足らなくなったのか、墨で魚や蟹の絵を書き始め、和紙と竹紙を張り合わせ、そこにまた書や絵を書き込んだりと、まるで幼な子が無心に遊ぶかのように毎日毎日飽きもせず夜おそくまで描き続ける日々がありました。自分遊びが上手なひとでした。

彼の家の壁面のあちこちに、主として県内作家の絵や写真、書などが掛けてあった。新しく掛かった版画を見付け「これはいいなあ」というと、よくぞ気が付いたとばかり、「ルオーの版画や。見たことないやろ」と得意げに解説をはじめ、購入のいきさつも話してくれた。高価なので広部氏と福大で美学を講じている梅津清行教授との三人で購入して抽選で分け合ったのだという。三人は一九五七年に発足した「福井の文化を考える会」のメンバーである。県立美術館創設をめぐっては、福井城跡に建てるべきとの提言をしている。『わが山　ふくいの詩』に寄せた南氏の短文にも、「ルオーの版画を額にいれたので、広部さんをお連れした」ことを記している。後になって英子夫人が「くじ運に自信がなくて、娘を抽選する県立図書館まで連れて行ったのよ」と笑いながら言っていた。この版画には強い執着心をもっていたようだ。

また、文字を書くのが好きで、柔らかい味のある書体で、中野重治研究会のパンフレットや会報のタイトルなども書いてもらった。中国に出掛けたときにも、何本かの筆や墨に朱肉などを購入していた。色紙もよく書いていたが、あるとき二階の座敷にわたしを連れて上がり、半切の画仙紙に書いた詩をずらりと並べて、「これどうや」と得意げに聞く。市内の画廊で「南信雄書展」（昭和五十九年十月）を開く前のことである。さらに興趣は魚へと移っていく。このときも、ずらりと並べて「どうや」と聞く。率直に感想を言うと、「そうか。関さんはそれがいいか。こっちはどうや」とうれしそうに問い返してくる。これも南信雄詩画展「わが魂の魚たち」（平成三年七月）を開く前だったとおもう。

南家を訪ねたときは、きまって居間のテーブルに向かい合って座った。そしていつも焼物が話題になる。「これまだ、みせてなかったかな」といって、新しく手に入れた染付の皿とかそば猪口を取り出してくる。彼の焼物への関心は染付に限られていた。いわゆる作家物には関心が薄く、無名の職人の自由闊達な筆の運びに惹かれていた。わたしも下手物骨董が好きなので、ときに黙って眺めていたりすると、ライバル意識をむき出しに「どうや、ちょっとしたものやろう」と独りで合点しながら講釈をはじめるのであった。食器棚や窓の上に棚を作り皿やそば猪口を並べていた。この骨董集めはかなり長く続いていた。雑談が一段落すると、書庫から同人誌を何冊か持ってきてテーブルに置き、「まだあげてないのがあるか」と聞くのだった。わたしの知らない同人誌もあったりして「これは?」と聞くと、丁寧に解説してくれた。いま手元に何十冊かある「木立ち」や、県内外の同人誌の多くは、こうして彼からもらったものである。

また、この居間のテーブルで原稿を書いていたことを知ったのは、亡くなってから随分あとになる。「あの人は寂しがり屋だから、ひとりで居れないのよ」と英子夫人が話してくれた。

彼の評論活動や随想エッセイ、さらには、野の花文庫の『ふくいの文学　風土からの照射』など、触れておきたいこともあるが、ひとまず割愛して筆を措く。

参照文献
『中野重治研究会会報』No.1　昭和六十(一九八五)年三月発行から
『中野重治研究会会報』No.11　平成七(一九九五)年三月発行まで
『中野重治　丸岡の会』会報一号(通巻一二号)平成八年六月刊
『中野重治　丸岡の会』会報第一二号(通巻一三号)平成九年三月刊
『文学アルバム　中野重治』中野重治研究会編　一九八九(昭和六十四)年六月刊

『中野重治短編集』中野重治研究会編　一九九一年八月刊
『若越山脈』第六集　青少年育成福井県民会議企画発行　昭和六十年一月刊
『中野鈴子全詩集』中野鈴子　解題解説大牧冨士夫・解説中林隆信　フェニックス出版　一九八〇年四月刊
『命なりけり』中林隆信　中林隆信著作刊行会発行　昭和四十八年十一月刊
『夜の記録』中林隆信　中林隆信「夜の記録」刊行会　一九八五年八月
『本の中のふくい』和田稔　福井新聞社発行　昭和五十四年八月刊
『本の中のふくいII』和田稔　フェニックス出版　平成八年一月刊
『石川淳研究』渡辺喜一郎　明治書院　昭和六十二年十一月刊
『石川淳伝』渡辺喜一郎　明治書院　平成四年十月刊
『中野重治私記』定道明　構想社　一九九〇（平成二）年十一月刊
『蟹も夢みる』南信雄私家版詩集　一九九〇年二月刊
詩集『薄目』定道明　編集工房ノア　一九九五年四月刊
『サラダ記念日』俵万智　河出書房新社　一九八七年五月刊
『よつ葉のエッセイ』俵万智　河出書房新社　一九八八年三月刊
詩集『幻化』南信雄　能登出版　一九九二年七月刊
『わが山　ふくいの詩』増永迪男　広部英一　福井新聞社　昭和五十七年七月刊
『道子追想　櫑尾道子　人と作品』櫑尾正次編　一九九〇年十一月刊
野の花文庫2『ふくいの文学　風土からの照射』南信雄　福井県文化振興事業団　昭和六十三年十月刊

（四）余滴

これまで「詩人南信雄の私的回想」を三回にわたり連載してきた。そのつど文中で関係した方を中心にして数名の方にお届けした。そしてそのつど励ましや感想ご意見をいただいた。

例えば、連載一回目の時には、今村秀子氏から手紙にそえて詩集『野菊』を同封してくださり、二回目にその『野菊』のまえがきの一部を引用した。その後も南氏が解説を書いている詩集『紅蓮』や、詩集『山姥考』、『つまからほどきましょ』を贈っていただいた。その他の方々からも同人誌や著書をいただいたりしている。ありがたいことである。

とりわけ、南氏と住居が近く日頃から親しく行き来し、南氏の小説に注目してきた定道明氏からは、毎回懇切な助言や感想をいただいている。また、英子夫人には毎回手紙や電話などで家庭内のことなどを聞いてきた。ここでは、三回目の掲載についていただいた助言や貴重な指摘について「余滴」として訂正補足する。

定氏から三回目の掲載について、手紙で三点ありがたい指摘があった。

まず、わたしの明白な間違いから記す。

「角」五五号、四五ページの下段七行目からで、《余談になるが、この上映会のとき、「梨の花」を高校三年生の俵万智が朗読していた。これは万智氏が藤島高校の演劇部に所属しており、その顧問が定氏であったことによる。》と書いている。この記述について定氏は《私は俵万智を担任したことも無ければ教えたこともありません。私は藤島高校の演劇部の顧問であったこともありません。右については、俵自身も書いています。》と教えてくれた。これは、わたしの一方的な思い込みによる間違いであり、確認を怠った。次のように訂正する。《これは定氏が主宰する小劇場「熊の会」に万智氏が参加していたことによる。》

手元にある『文藝　特集俵万智』河出書房新社、二〇〇四（平成十六）年冬号に、俵氏の自筆年譜とアルバムを掲載している。この自筆年譜はユニークでおもしろい。長くなるが一九七五（昭和五十）年の項を引用する。

福井県立藤島高校入学。卒業生に詩人の荒川洋治さんがいる。高校の最寄り駅が「田原町《たわらまち》」だったので、誰からも名前を覚えられた。顧問の田辺洋一先生に憧れて演劇部に入部。別役実、清水邦夫、つかこうへいなどの戯曲に夢中になる。演劇部室では、毎日のように仲間と戯曲を読みあったり、部室のノート上で議論を戦わせたりと、文学的な刺激も多かった。他に社会人のアマチュア劇団にも参加。チェーホフの「熊」のヒロインを演じた。きっかけは、図書館でよく会う定道明先生に憧れて（先生がその劇団を主宰していた）。

二年生の秋、しばらく交際していた先輩に失恋。何も手につかなくなる。ただぼーとするか日記をつけるかだけの毎日となった。学年で十番以内をキープしていた成績も急降下。両親はこういう時に、がっかりしたり励ましたりしないタイプで、ありがたかった。三年生になっても受験勉強をする気がおきず、推薦で入れる早稲田大学に決める。学力検査はもちろん面接も論文もなかった。

またアルバムには、《60年3月1日　小劇場「熊の会」第4回公演　福井県民会館大ホール》のキャプションを付した写真一葉や、《86年8月　初めての海外旅行。中国の西安にて》のキャプションで写真一葉を載せている。

余談になるが、わたしが定年退職後に仁愛女子高校で非常勤講師をしていた時、隣りの席に同じ非常勤の田辺洋一氏がいた。田辺氏は、藤島高校では演劇部の顧問をしていたことや、当時の俵万智氏のことなどを話してくれた。また、田辺氏は「心の花」とは別の短歌結社に属して俵万智氏在校中にも短歌を発表していた。それでも、定氏が演劇部に関係してたように思い込んでいたのだ。定氏が演劇活動をしていたことは聞き知っていたのだが、「熊の会」の具体的な活動はずっと知らないままでいたのが原因かもしれない。

二点目は、四五ページ下段一八行目からの二行で、《従って当然ながら中林氏は定氏に入会を依頼したはずだが、定氏はなぜか固辞している》の記述についてである。《私は中林氏から丸岡の「中野重治研究会」に入会を依頼されたことはありません。したがって定の「なぜか固辞」もありません。》と指摘してくれた。

私の記述は正確性を欠くので次のように改稿する。

《従って当然ながら中林氏側の誰かから　定氏に入会の誘いがあったはずだが、定氏は参加していない。》

中林氏が発足時の会員全てに直接に入会を依頼したわけではない。例えば、坂本政親先生には南氏が依頼して内諾を得ているし、小辻幸雄氏にはわたし（関）が電話で入会を依頼している。山下英一氏などは中林氏が直接入会依頼をしている。中林氏は、高校の教え子庄山章信氏や、南氏、わたし（関）などに、個別に話しかけながら会員を募っていたのである。定氏の場合は、定氏と親しい南氏を通して入会を依頼したのではとわたしは推測する。いずれにしろ定氏に声を掛けないことはありえない。

三点目は、四三ページ上段の四行目、《これらのことが機縁となって定道明、南信雄、渡辺喜一郎、関章人の四人がよく集うようになっていく。この集いは南氏が死去するまで続いた。》の記述に対して、《冒頭、「梨の花の会」の集いが南の死去するまで続いたとありましたが、「梨の花の会」主催の「中野重治文学の午後」は、会場を丸岡図書館に移して一昨年までありました。最後は「梨の花」の全章講読を以ってピリオドを打ちました。》と、指摘してくれた。

「梨の花の会」や「青磁」は定氏個人が主宰するもので、その存続は定氏に委ねられている。南氏の没後何年かたって、丸岡図書館を会場に、定氏が主宰する「梨の花の会」主催の「中野重治文学の午後」が開催されていることは知っており、一度その会を拝聴したこともあった。同人とはせずに「これらのことが機縁となって……四人がよく集う」と記し、会の存続に触れないことにしたのだが？　《定氏が主宰する「中野重治文学の午後」や「青磁」はその後も続いていたようだ。》を書き加えてもよい、と思う。

南氏の文学とは直接関係がないので割愛したエピソードを余談として記してみる。

◆音楽好きについて

南氏宅を訪ねたとき、ＢＧＭのようにクラシックが流れていることがあった。音痴で音楽に全く無知なわたしは、どんな曲であるか聞けなかった。英子夫人によれば、よくかけていた曲はバッハで、とりわけ好きだったのはマタイ受難曲で、「おれが亡くなった時にもこの曲で送り出してくれ」と言っていたという。

「木立ち」六号（一九七〇年四月発行）見開き二ページ同人四人の随筆欄に、「ピアノについて」と題して短いエッセイを載せている。かいつまんで引用してみる。

ピアノの音色についておもいをよせてからどれほどになるだろうか。小学も終わりの頃だが、モーツアルトピアノ曲を弾いていた女の先生にほのかに関心をいだいたことがある。茶がかった目と白い肌のすんなりした先生のピアノは、さすがにこの曲にのっているなと思って深く感心したのである。／大学に入った年だったと思う。ソ連からピアニストがこの街にやってきた。／ショパンかなにかだったと思う。途中の曲についてはさだかでないのだが、ベートーヴェンの「熱情」が最後だった。わたしはうっとりして少し荒い呼吸をくりかえしながら、身うちのながれているものがなにかに近づいていく充実にひたっていたように思う。

片田舎の漁村で暮らしながら、小学生の頃からクラシックに魅せられていたのだ。他でも演奏会に出かけたときの感想を短いエッセイで何度か書いている。そのエッセイを読んでいると、南氏の感性は流れる調べに色や匂い温度までを感じ取っている。

◆食べ物について

何かの用件で仁愛短大に行ったとき、話しているとお昼時になっていた。彼がうまいところを見付けたというので一緒に出掛けた。魚市場の近くで、お客の殆んどは作業服で社員食堂の趣きである。惣菜は何段かの棚に小皿に一品ずつ取り分けて並べてある。自分の好みの惣菜を四角いアルミの盆に入れていくセルフサービスである。惣菜は鯖、鰯、カレイ、イカ、アカラ、ハタハタ、メギスなどの地元の漁港で獲れる魚が中心で、醬油味噌の煮物や塩焼きである。サラダなどの野菜の皿もあり、おしまいの所に味噌汁も置いてある。南氏は煮魚がお目当てで、指さしながら「これどうや」とうれしそうにわたしにも勧める。カウンターに行くと、皿数をかぞえ、ご飯と漬物をのせて、「ハイ幾らになります」と値段を言う。テーブルには箸とお茶が置いてある。向かい合って食べながら「うん　これはなかなかうまいなあ」と応じると、満足そうに「今度また来るか」と返してきた。本当にわたしも旨かったのだ。田舎のおふくろの味付けであった。福井で暮らすようになり随分たっても漁村の「おふくろの味」は南氏の体に染みこんでいた。

◆麻雀と囲碁について

仁愛女子高の非常勤講師を希望したのは、一度は南氏と同じ学校で勤めたい思いがあったからだ。国語科の教員に高志高校で担任した人や「青磁」に寄稿していた人などもいて自然に溶け込んでいけた。夏休みの研修旅行（親睦旅行）にも非常勤ではわたしだけが同行していた。夕食後の雑談の折りだったたか、誰かが南氏の意外な一面を話してくれた。

麻雀で振り込みが続くと、時にかんしゃくを起こして卓上のパイを掻きまわすことがあったという。「先生（南）は、自分の配牌ばかり見て、三人の捨て牌は見てないから簡単に振り込んでしまう」と笑いながら言う。別の人が「ぼくも囲碁を打っているとき、碁石を掻き回されたことがある。」という。南氏のよみ通りには彼が打ってくれなかったのであろう。いずれも南氏よりかなり年下の教員である。

わたしに対しては、むきになることはあっても、かんしゃくを起こしたことは一度もなかったので驚いたのだが、すぐに納得できた。南氏は自分の世界にのめりこむと周囲のことが見えなくなる。自分の世界にのめりこむと見境いが付かなくなることは、わたしを含めて誰にもある。気を許した仲間なのでつい発散したのであろう。南氏の骨董集めの衝動買いなどを懐かしく想い出していた。そしてふと、南氏の詩の独創性と詩的リアリティーは、彼の漁村への強い思い入れから生まれたのではと思ったりした。

機嫌のよいときには鼻歌をうたいながら教室へ行ったとも聞いたが、彼がうたっている姿をわたしは見たことがない。

南信雄

詩人南信雄の原風景

はじめに

福井に生まれ育った詩人の南信雄が、平成九年一月十一日、五十七歳の生涯を終えた。彼はその生涯に私家版も含めて、十冊の詩集を残している。

南の第一詩集『蟹』は、昭和三十九年八月に思潮社から発刊され、第二詩集『長靴の音』は四十一年七月に北荘文庫から発刊されている。とりあえず、この二冊の詩集で、南の詩精神のありか、その母胎ともいうべき原風景が映し出されていると、わたしは考えている。

そこで、本稿では、まず、詩集『蟹』が刊行されるころまでの福井の戦後詩の歩みを図式的にたどることで、おおげさにいえば、詩人南信雄の位置付けを探ろうとした。そしてそのうえで、南のこの二冊の詩集の特徴をできるだけ具体的にとらえ、南信雄の詩の原風景を探ってみようとしたものである。

福井の戦後詩の流れ
――詩集『蟹』発刊のころまで

戦後の福井の詩の土壌を耕し、豊かな作物を育ててきた基盤とでもいうべきものを培ってきたのは、明治三十九年生まれの中野鈴子、大正八年生まれの杉本直、明治四十二年生まれの則武三雄の三人の詩人たちに代表されるであろう。

まず中野鈴子は、敗戦前から、兄重治に導かれてプロレタリア文学運動に加わり、すぐれた詩を書いてきていた。しかし、たび重なる弾圧で作品発表の場を失い沈黙を強いられる中で敗戦を迎えたのであった。戦後「新日本文学」が創刊されると、いち早くその会員となり、再び盛んに詩の創作活動を始めた。そして若い仲間たちとともに新日本文学福井支部機関誌として「ゆきのした」を創刊した。それは昭和二十六年四月のことである。

杉本直は、福井師範学校在学中から詩作をはじめ、敗戦前の数年間は、「月刊文章」の百田宗治選の詩欄に投稿していた。戦後は、北川冬彦主宰の第二次「時間」の創刊号からの同人として活動、「馬」の一連の詩は日本文芸家協会編の『現代詩代表選集』に収録されたりして注目された。その一方で、丹生高校などで国語の教師をしながら、詩誌「土星」を創刊したのは、昭和二十三年であった。それから時々途切れはあるものの、県内の若い詩人たちに発表の場を与え続けてきた。

この三人の詩人の中では、とりわけ、則武三雄の存在が大きかった。

則武は鳥取県米子市に生まれたが、十九歳のとき朝鮮に渡り敗戦で帰国するまでの約十七年間を総督府嘱託として勤めた。その間発禁処分となった私家版の『鴨緑江』を出している。帰国後、文学の師と仰ぐ三好達治が三国に疎開していたのを訪ね、そのまま住居を福井に定め、福井の人となった。そして、昭和二十五年に開館したばかりの福井県立図書館の司書になり、翌二十六年、詩集『浪漫中隊』を出版、発行所を北荘文庫とした。「北荘文庫」の誕生である。この「北荘文庫」は、福井の戦後詩の流れをつくる重要な拠点となっていった。則武は北荘文庫から「地方主義」、「文学兄弟」の文学詩誌や、アンソロジー『北荘詩集』を編集発行して、詩の若い書き手を育てていった。北荘文庫から発刊された詩集はこれまで二十冊をこえる。

このように見てくると、福井の戦後詩は、昭和二十六年ごろに実質的な活動が始まったと考えてよいだろう。そしてそれは同時に、戦災と大震災で廃墟になった福井が立ち上がろうとした時期とも重なり合う。因に、福井復興博覧会も二十七年の四月に開催されている。

この三人の詩人たちに導かれながら、戦後から詩を書き始めた若い詩人たちが、福井の詩に新しい息吹と大きなうねりをつくりあげていくのは、昭和三十年から四十年にかけてであった。

その先頭に立ったのが、昭和六年生まれの広部英一と五年生まれの岡崎純である。広部は、福井大学に在学中から詩を書きはじめ、則武のところに出入りするようになっていたが、広部自身が県立図書館に勤めるようになり、その関係はさらに深くなっていく。広部は「詩学」の「研究会作品」に投稿しながら、則武の主宰する詩誌に次々と作品を発表して、高い評価を得ていった。「文学兄弟」に載せた数篇の母を主題にした詩のなかの一篇「窓」は第二回のユリイカ新人賞の候補作品に選ばれたりしている。そして三十四年、第一詩集『木の舟』(北荘文庫)を世にとうた。また、三十七年には、「詩学」の「現代の生命派」の特集で、「私の歯　私の唇」と題する連作七篇の詩が載った。このように中央でも新進詩人としての位置を占めるようになっていったのである。

岡崎純は、福井師範学校本科を卒業し、杉本直の「土星」同人となり、詩作を始めた。二十六年から二年間ほど、杉本にかわって「土星」を主宰したりする。その後、則武の知遇を得て、『北荘詩集』などに作品を発表するようになる。また、松永伍一主宰の「民族詩人」の同人にもなっている。そして三十七年、第一詩集『重箱』を北荘文庫から発刊した。

詩集『重箱』に添えられたリーフレットに、隣の石川県小松市に住む作家の森山啓が、《福井の詩誌と「重箱」》という一文を寄せている。この時期の福井の詩の流れが、うまくとらえられている。

詩誌「樹」「文学兄弟」「北荘詩集」は、いずれも福井の灰燼のなかから再生した不死鳥の羽ばたきの下で生まれた。朝鮮の空へも翔けて行ける珍しい鳥が、翼を休めて、福井図書館に巣を作っていた。それは、則武の詩魂のことだ。前記の三誌はすべて則武の編集で刊行されていた。隣県に住む私は、これらの誌上で、岡崎純の詩文もはじめて読んだのである。岡崎鳥は、敦賀に巣をもつ若鳥だが、恐らく則武鳥の呼び声で詩誌「樹」に飛来したのであったろう。勝手にそのように想像しているだけで、岡崎純の経歴については、まだほとんど何も私は知らない。

一九五八（昭和三十三）年八月発行の「文学兄弟」第一号に載った岡崎の詩「冬眠」、翌年三月発行の同誌所載「足半草履」「大根」、それに『北荘詩集』巻頭の「汗かき地蔵」などが、則武三雄の「李泳駿」（『北荘詩集』）と「短章」十余篇（「文学兄弟」）、広部英一の「木の舟」や「唄」（「文学兄弟」）、長谷川正雄の「吹雪の唄」、前田希代子の「路上で」（「文学兄弟」）などとともに心に残るところがあった。則武三雄のことは、詩集「浪漫中隊」「オルフェ」等の著者として既に知っていたから、「李泳駿」や「短章」のような佳品を発表したのも当然のような気がした。が、未知の人だった広部英一の「木の舟」や「唄」のみずみずしい抒情には一驚させられた。ひなびた哀韻をもっていたが、どんな草笛もこれほどいい音色は出せまいと思われた。近代感覚で選ばれた正確な言葉のすべてが、澄んで冴え返っていた。技巧も自然で申し分がなかった。その後、広部の詩集「木の舟」一巻を通読して、この詩人が挽歌をささげた亡母その人や、父や弟や僧侶が、見事にスケッチされていることを知った。広部英一は、雪だるま一つにも生命を吹き込む術を心得ていたが、決して絵そらごとを歌う詩人ではなく、生きた生活に根ざした抒情詩を作ったのである。その詩が生活と自然に根ざしていることは、詩の涸れない源泉をもつということである。このことを、岡崎純の詩についても感じたのだ。草木が土に根ざして花咲くように彼の詩も生活から花咲いたものである。

福井という地方の風土をも表しているが、単に地方色があるというだけの詩ではない。生活実感から昇華した詩である。おもに農村の自然と農民の生活に目をそそいでいる。だから岡崎純詩集「重箱」のなかに出てくる農村の人間は、蛙や蜻蛉や田螺や石地蔵などと共に実在性を感じさせる。「力綱」その他の悲しい風習も、北陸の僻村に今も遺っているものであろう。農村の遅れた風習に密着している詩が多い。田螺や「ぎゃる」(蛙)や石地蔵をうたってそう華やかな幻想を織りなし得るはずがない。けれども、たとえば「田螺考」という詩に出てくる、田螺のように無口な、いつも語尾のない挨拶をし、何かをこらえているような大きな眼を、苦しい時には閉じてしまう農家の母親に、詩人の誰かが言葉を与えるべきであったのだ。岡崎純が詩に描いた農家の母親は、「田螺考」「力綱」その他によって、「木の舟」の著者広部英一が描いた母とは又ちがった悲しさをもって生かされている。広部詩のような格調の高い抒情の韻律はもたないが、叙事詩風に、時には民話風に、血の通った人間を描出している。農村の因習への嘆きもこめて、いたわり深くうたっている。

第一詩集『蟹』

昭和三十七年六月の岡崎純の第一詩集『重箱』、三十八年七月刊の広部英一の第二詩集『鷺』につづいて、三十九年八月、南信雄の第一詩集『蟹』が刊行された。

南信雄の詩集『蟹』は発刊されるとすぐに中央でも話題を呼んだ。まず朝日新聞の文芸時評で、林房雄が取り上げた。

南信雄氏『蟹』(思潮社)。これも変わった詩集だ。三十編の詩すべてが蟹《かに》をうたっている。底引船と漁師と、雪の中の蟹行商と——蟹の中には売物にならずローラーでつぶされて肥料にされるものもあり、漁師の中にはウインチに巻かれて手足を失うものも死ぬものもある。また親は底引船から海に落ちて死んだ。葬式は蟹たちがしてくれるはずだ。その息子の詩人が蟹を歌いつづける。何の執念、何の因縁であろうか。技巧もない、寓意もない。ウインチで巻き上げた蟹の大群をそのまま読者の前にぶちまけたような詩だ。そこにはただ蟹があり、原始と野性の力感だけがある。

「詩学」の十月号では、南川周三が「詩書批評」で、最大級の取り上げ方をしている。

まず南信雄詩集「蟹」をあげたい。この詩集については、八月二十八日付の朝日新聞の文芸時評で林房雄が感想を記している。林氏の時評での批評は時々見当違いのようなところがあって、それが一寸御愛嬌のようなところがあったが、今回の現代詩についての感想はなかなかおもしろかったし、南氏の詩集についての批評も素直にうなずけた。御愛嬌といえば、その熱心さと意欲は大変なものだと思うけれども、林氏のこの文芸時評全体に一寸ばかり御愛嬌めいたところがなくもない。それはともかく南氏のこの詩集について林氏は「原始と野性の力感」を指摘している。もっとも、それとだいたい同じ意味のことは、もっと緻密な文体で木原孝一氏が巻末の「解説」に書いている。蟹ばかりをうたって一巻をなしているこの特異な詩集には、たしかに、原始のエネルギーが充満している。それ自体一つのショックであるが、私はここでは別のことを書きたい。それは、この詩集の作品全体に見られる一種のいかりの感情についてである。

たとえば、次のような詩がある。

冬にも日焼けして
潮風の風化作用をうけた岩肌のような
顔にはまっている男たちの眼は
いつも沖なかに向けられている
海岸の岩肌にしがみついている老松のように
はえついている男たちの眉は
嵐をつげるどす黒い雲のかたまりに向けて

いつもひんまがっている
男たちの掌は蟹の甲羅よりも
さらに堅いが
潮風に耐えぬいた老松の枝のように
まがったまま酒を飲むときでさえも
蟹をつかまえるかまえで
白埴のさかずきを口へ運んでいく

これは「潮風」という作品である。南氏の詩の特色の一つとして、堅くも柔らかくもないそのわかりやすい文体があげられよう。だからけっして刺激的ではないが、どれを読んでも文学の平常心から生まれた言葉のおちついた魅力がある。読者は安心してその作品の世界にはいってゆけるのである。ところで、私はさっきいかりと書いたが、そのいかりはとくに何に対するものと指摘できる性質のものではない。だがこの作品にも私は氏のいかりを感ずる。ここに見られるものは蟹とりの海の男達のさりげない情景だ。そのどこにもあらわすぎる感情の露呈はない。詩を書く場面では、或いは氏自身もはっきりとは意識していなかったかもしれない。しかしここには、やはりはっきりと、一種のいかりの感情が底深く流れていることを感ぜざるをえない。それはたとえば、漠然とした現代へのいかりとか、文明へのいかりとかいったものとも少し違う。しいていえば、それは現代に生きる人間としての氏自身の内面へのいかりとでもいったらよいであろうか。たくましい主題を選びながら、氏自身のこころは、おそらくやりきれなかったにちがいないと私は思う。やりきれないから氏はそれを詩に書いたのだ。「行商人」一篇もおもしろいが、もう一つ、「父」という短詩を引いてみよう。

父に喪服をきせたのは蟹だった
父を柩に入れたのは蟹だった
嵐の日に父の柩をひいたのは蟹の行列だった
沖なかからわたしの着物や知識を
ひいて来たのは夥しい蟹のむくろだった

この詩でもっとも象徴的なのは、最後の行に見られる「蟹のむくろ」という一語であろう。今日、原始的主題を選ぶ時、何らかのいかりの感情なしに表現を果たしきることはむずかしいのではなかろうか。氏の詩集を読むとそんな感想が湧く。一種の平衡感覚への願望であるといってもよい。そして、「蟹」一巻の骨格を形づくっているものは、あきらかに、南氏の内面にあるその種の誠実な緊張感であるといえるであろう。「〈蟹〉がどこまで続くか」自分にも未知だと氏は「あとがき」で書いている。蟹に執するのも、蟹を捨てるのもむろん南氏の自由である。私としては、この詩集をステップとして、氏の詩心がより広い領域を拓くことを期待したい。

また、詩集を送ると、中野重治からもはがきで返事があった。

先日は詩集いただきました。僕は全部読みました。いろいろおもしろく思った点があります。ちょっと書きたいと思ったのですが今ごてごてしていて書けません。又の機会があろうかと思います。御健筆を祈ります。九月廿三日

ところで、この詩集『蟹』には、南のそれまでの生育と深くつながっていると思われる。それで、この詩集を刊行するまでの南信雄の生い立ちをたどっておこう。

南信雄は、昭和十四年五月に、丹生郡四ヶ浦村（現在越前町）小樟《ここのぎ》に生まれた。二人の兄と四人の姉がいた。越前海岸の小樟浦は古くからの漁港であり、南の家も代々漁業をなりわいとしてきた。

四ヶ浦中学に入ったころのことだろうか、父に連れられて沖なかの漁場にいったが、船

酔いをして、父から漁師失格を言い渡されたというエピソードをもっている。彼は漁村に生まれ育っているが、漁師として漁業に従事したことはなかった。彼の詩に漁師そのものの視線より、漁師を観察する視線の方が何となく感じられるのはそのせいであろうか。山田清吉の詩にある百姓そのものの視線とは少し違うように、私には感じられるのだ。その意味では、山田清吉は文字通りの「農民詩人」であるが、南は漁民詩人ではなく「漁民をうたった詩人」であるような気がするのである。

丹生高校に入学して、国語科の教師で文芸部顧問でもあった杉本直に出会い、それまで小説家志望であったが、現代詩の世界に目覚めて詩も作り始め、大きな影響を受けるようになった。

昭和三十四年に福井大学学芸部中学課程国語科に入学した。そして、その年の十月十五日、父が海で死ぬ。

南がずっと後年になって話したのによれば、その日は海が真冬のように荒れていた。行かないでくれと、母がとめるのを振り切って、三百米沖合にしつらえてあった餌の生贄が高波に流されていないかと気にかかり、それを確かめるために一人で小舟を漕いで行った。そのまま父は高波にのまれて帰らなかった、ということだ。

大学での四年間は、文学研究会に所属し、機関誌「野火」に詩や小説を書いている。三年、四年の時、北陸三県大学学生交換芸術祭の文学コンクールで、詩部門の第一席に入選している。しかし、在学中に父の死にふれた作品は書いていない。南にとって父の死は、身近であまりに重すぎたのであろう。

三十八年、福井大学を卒業し、仁愛女子高等学校国語科の教員になった。そして、その年の十月、『アンソロジイ　小蟹』を出した。藁半紙五枚をホッチキスでとめた手製のものである。作品1から5までの五篇の詩と、「秋」と題した二篇の詩が収められている。たぶん少数部刷って親しい人たちに送ったのであろう。私宛のコメントには「関氏。来年は出します。そのためにこうして並べてみました。」とある。すでにこの時点で詩集を出すことを意識していたようである。

十一月、『アンソロジイ　蟹への断章』を同じ体裁で出した。これには作品1から作品4までの四篇を収めている。

十二月に、『アンソロジイ　続蟹への断章』を出している。これには作品5から12までの八篇の詩を収めている。

翌年一月に、『アンソロジイ　続々蟹への断章』で作品13から16までの四篇の詩を収めている。

二月に『アンソロジイ　蟹』では作品17から19の三篇の詩を収めている。

このように藁半紙を数枚二つ折りにしてホッチキスでとめただけの個人詩誌を、三十八年十月から翌年の二月まで毎月発行した。収められた詩の数はあわせて二十六篇、すべて蟹を題材にしたものである。そのなかの十九篇が詩集『蟹』にとられている。

そして、最後の『アンソロジイ　蟹』には、こんな言葉が添えられている。


Aさん。

まだどもりはなおっていません。はじめは蟹をどう描くかに興味がありました。が、すぐに、わたしには蟹をどう描くかということ以外に蟹をどうとらえるかという問題がのしかかって来ました。わたしの蟹はいわばそういった重圧のもとで私の実存をきわめようとする意志にもうどうにもならなくなりました。でてくるだけ写しました。まだまだ続いています。

Bさん。

こうすることにきめました。この蟹の群を一冊にすることに。気候がよくなったら、お届けいたします。思潮社にたのみました。五月までには出したいと思っています。

Cさん。

「蟹」のアンソロジイはもうお届けしないでおきます。これからうまれてくるものは一冊になったら見てください。友達と一緒に詩誌「嚙」を出すことにします。それはもうすぐです。

Dさん。

気候がよくなったら桜の木の下で逢いましょう。小説は書けましたか。ぼくも一篇はなちます。評論も読んで下さい。

Eさん。

いろいろ御批評ありがとうございました。今後の詩集への御意見ありましたら、どうかいろいろとおしえて下さい。

南信雄の第一詩集『蟹』は、このように全篇書き下ろしに近いかたちで、三十九年八月、思潮社から刊行された。解説は「詩学」編集にたずさわっていた木原孝一が書いている。この詩集刊行に関わった広部英一が、木原へ紹介の労をとったのであろう。広部英一、岡崎純につづく三人目の詩人の登場であった。

広部は詩集『木の舟』で、岡崎は詩集『重箱』で、それぞれ福井県文化協議会の「文協新人賞」を受賞しているが、南も詩集『蟹』で三十九年度の文協新人賞を受賞した。

この詩集『蟹』についていえば、とりあえず「蟹ばかりをうたって一巻をなしている特異な詩集」ということになるだろう。しかし、その蟹はどんな種類の蟹なのか。越前海岸の漁村に生まれ育った南信雄ということになれば、すぐに越前ガニ、ズワイガニ、セイコガニといったものに結び付くだろう。詩集の解説を書いた木原孝一も、「あの手編の籠にはいった細長い蟹の脚は、故郷をもたない私には、未だ見ぬ幻の故郷の味のように思えてならない」などと書き出している。が、この詩集には、固有の名前をもって登場する蟹は、肥料にしかならない「ズボ蟹」だけである。登場するさまざまな種類のカニは、すべて「蟹」の表記ですまされる。無論味覚としての蟹も出て来ない。

南と蟹との出会いは、少し違ったところにあったように思う。最初のアンソロジイには「子蟹」のタイトルがついていた。詩集には採られなかった作品で、「ビルディングの屋上に／夜がのしかかり／街まちに雑踏がわく／不安のたちこめた／大都会を／子ガニは恥じらい　ためらい（略）」と書かれたのがあり、また別の作品では、「楽天的　罪悪的　血生臭い生理的現象を／下腹に孕みつづけた鈍重な／その重みを悉くそのまま腹這って／嘔吐し続けていたくて／錐で眼の奥をあたりかまわず　突き刺すような（略）」とも書いている。

これらの「痩せた小蟹」は紛れもなく当時の南自身の自画像を蟹に形象したものであった。

大学に入った年の秋、漁師の父は非業の死を遂げた。乏しい仕送りを補うため、パチンコ屋でもアルバイトした。作家になろうという野望はもっていたが、未だ自分の文学の核になるものを見つけ出せずにいた。詩集のあとがきの言葉を借りれば、南は無間地獄の重圧にもだえていた。蟹は、南の青春の暗い情念を形象化したものとしてあったのだ。そしてひとりで歩きだした蟹の行き着く先には、父親のむくろが横たわっていた。

暗い情念と父の死というフィルターを通して見えてくる漁村と海は、いつでも暗く荒れており、いまわしい蟹の死臭がただよっている。

この詩集を読んでいくと、「闇夜に宙づりになる」、「黒い蟹の汁がたれる」、「嵐をつげるどす黒い眼は黒ぐろと横たわる沖なかを見つめる」、「嵐をつげるどす黒い雲のかたまりに向けて」、「蟹は黒ずんで腐ってしまう」、「死後硬直のはげしさ」、「かちかたまった蟹の死眼」、「あの黒い一匹の蟹の死」、「臭気フンプンカニは黒みがかった」といったような、暗い、闇、黒い、死、ということばがほとんどの詩に出てくることに気づく。

一五年間、南の胸中に重くたまり続けて来たマグマは、蟹という表現対象を見つけて、一気に吐き出された。吐き出されていくなかで、それまで自ら無意識にタブーとして来た意識下に埋もれていた父の死があらわになった。しかし、父の死の重さは、意識の深層部から浮かび上がって来たものを吐き出すことで、その重圧から逃れることは出来なかったのである。南は、父の死と対峙するよりなかった。父のいない故郷の漁村は、暗鬱で荒涼として色彩のない世界であった。しかしそこにはまた、南の少年時代があり、かけがえのない母の暮らしがあり、肉親たちの生活があった。故郷を断つことなど出来るはずもなかったのである。

そんな思いをこめて、詩集『蟹』のあとがきを読んでいくと、詩集成立のプロセスがかなり忠実に写し出されているように感じられる。

また、二十五歳で、最初の詩集を出す南の気負い、自負心のようなものが感じられてほほえましい。

遠心分離器にかかった小蟹はふらつきながらも横這いではなく前へ歩み始めるということをきいております。

いつのまにか夢中になって蟹ばかりを描いていました。漁民だった父をなくしてから、蟹は単なる生物からはなれてわたしの実存の前に居すわってしまったのです。

農民の多くの友が農村を描いて来たように、わたしが漁村を描くのは至極当然のことであり、わたしが蟹をとらえたことについていえば、漁村という生活環境のほかにわたし個人の美学上の事情があります。わたしは、蟹をとらえることによって五年間も沈黙して来た父へのイメージに邂逅することが出来たようです。

美学にも徹しきれず、生活そのものをも消化しえず、まだわたしの詩は文学のプロセスにすぎないものでありましょう。わたしはこの作業をまじめに経験しているつもりであります。正直いってこのプロセスが無間地獄であるかいなかについて、わたしはまだ疑問におもったことはありません。

蟹をおいつづけて来たわたしは、「蟹」の第一モニュメントをここにうちたてます。「蟹」がどこまでつづくかどうかわたし自身未知であります。

これまでのことから、木原孝一が解説の中で、「一人の人間の執念＝エネルギーがあらゆる事物の存在のなかで、自らその場を求め、方向づけようとするヴェクトルの眼がある」と書いていることの意味が具体的になるように思う。さらに、南川周三が「現代に生きる人間としての氏自身の内面へのいかり」もはっきり姿を見えてくるように思われる。

また、南が、このあとがきで、「農民の多くの友が農村を描いて来たように、わたしが漁村を書くのは至極当然のことであり」と書いたとき、南は明確に岡崎純を意識していたはずである。

南の詩集『蟹』が出る二年前に、岡崎純の詩集『重箱』が刊行され、それに関わった小辻幸雄にあてた岡崎純の手紙が、詩集『重箱』に添えられたリーフレットのなかに紹介されている。

「跋にかえて」を書こうか書こまいか、書くとすれば何をどんなふうにと思ったりしています。

次はその断片です。

○わたしはドモリである。特に詩を書くときそのドモリ具合はひどくなる。

「ドモル」それはことばをもどかしくさがしあてること。

わたしの詩の口ごもったような歯切れの悪さもそのセイである。
○鈍器のような詩。
○黙々としてはげむ勤労意欲を誇らしげにうたいたい時もある。
○農民＝自分自身の中にある何かを摘出した、他者への訴えとしてではなく、自己解放として。
○わたしが事実上の農民であることをやめたとき（敦賀へ転出）自分が農民であることを知った。自分の中のもうひとりの自分「他人」（谷川が使ったことば）が目覚めたのだ。その他人がおまえは農民であると指摘しはじめたのだ。農民の眼と非農民の眼が生きづきはじめたのだ。この他人を認めたときから、わたしの眼は詩のモチーフを農に求めるようになった。
○囲炉裏ばたでの、ある会話を聞きおわったとたん先ほどからのワライとはウラハラに、ロカしきれない「あるニガサ」が生れた。そしてそれを契機として、更に記憶の底にしまいこまれていた深層部のニガミも浮かび上がって来た。話を聞き終わったとたん他者が生まれたのだ。

この手紙の「農民」を「漁民」に置き換えて読むと、南のことばのように思えて来たりする。

例えば「ドモリ」南は実際でも話しているときに少しドモル癖があったが、五年間の重い口ごもりが堰を切って吐き出されたとき、五十篇余の作品が生まれてきた（詩集に収録されているのは三十篇の詩篇であるが、少なくとも五十一篇の蟹をよんだ作品を書いている）。「鈍器のような詩」木原はその解説の中で南信雄を「日本海原人」と評した。またこの詩集を評するとき、「原始性」ということばがよく使われている。

「事実上の漁民であることをやめたとき、自分が漁民であることを知った」南は丹生高校に入学したときから、ずっと下宿生活が続いていた。岡崎純もその意味では「農民詩人」ではなくて、「農民をうたった詩人」ということになるのだろう。

「漁民＝自分自身の中にある何かを摘出した、他者への訴えとしてではなく、自己解放として。」南は自分自身の中にあった何かを摘出した。カニは、記憶の底にしまいこまれていた深層部の「父の死」を浮かび上がらせ、そこへ厳しく収斂していった。しかし、いったんは自己解放したものの、そこから逃れることはできなかった。新たな自己解放を必要としたのである。それが第二詩集『長靴の音』であった。

第二詩集『長靴の音』

詩集『長靴の音』のあとがきで、こんなことを書いている。

二十代のはじめにこの北陸の海で父を失ったわたしには、この天候と風土のいろ、それに北陸の海岸の濃い色彩をおびた岩肌や、意地ぎたないものの象徴でもあるような海の色の濃さが、わたしには重圧でさえある。わたしの出発はこの重圧からのがれることから始まった。

漁民だった父を失ってから、この重圧からのがれのがれてきたはずなのに、この行為はまさにわたしを海につれて行くそれ以外のなにものでもなかった。三十九年夏出した第一詩集「蟹」は、みにくくもそのあがきから嘔吐したものである。「長靴の音」も「蟹」の続きである。昨年の暮れからこの春にかけて雪がちの冬空のもとでことばはほそぼそと、からだにしまいこまれたものを飽きもしないで探りつづけていたのである。

詩集『蟹』一巻は、ひとことでいえば、黒い情念の詩集である。林房雄の言葉を借りれば、「ウインチで巻き上げた蟹の大群をそのまま読者の前にぶちまけたような詩」ということにもなる。そこでは、未完成の部分があったり、荒けずりの作品であっても、情念の濃さがかえって読む人をひきつける魅力になっている。

南は、『長靴の音』のあとがきで、詩集『蟹』は、「みにくくもその（重圧の）あがきから嘔吐したもの」と書いた。嘔吐しつくしたとき南に見えてきたものは何であったのか。蟹の呪縛からの解放は南の詩に何をもたらしたのか。

長靴　1

この重い波のうずまきが
ごぼっと音をたてて
岩のなかに入っていくかに思えたのだ
ごぼっと黒い岩が
そのうずまきからあらわれて
死人の頭のようにふるえている
どもりのおとこがそれを指さしながら

長靴をなげて死人を弔うのだという
どうしてなのだというと
どもりの声で
波にのまれた海のおとこたちからは
長靴のはなれたことがないというのだ
そういえば
水脹れの父の死体から
長靴をぬがしてやるのだといって
祖父が出刃包丁で
長靴を切りとったのをおぼえている

この詩の中の「どもりのおとこ」は、作者の分身である。「長靴をなげて死人を弔う」のは、作者の想念が描いたイメージである。これは『蟹』の世界の想念であるような気がする。しかし、結びのところの「水脹れの父の死体から／長靴をぬがしてやるのだといって／祖父が出刃包丁で／長靴を切りとった」とあるのは、現実のひとこまであろう。南が蟹の世界から解放されたとき、見えてきたものは、父の死から目をそらさず、事実を見据える目であったように思われる。

『長靴の音』を代表する詩「祖父」は、父の死から目をそらさず見据えることによって生まれた詩であるように思う。

祖父

海で息子をなくした祖父は
父の葬儀のあった夕方
祖父の長年愛用していた舟に
マサカリをふりかざし
集まった野次馬の前で
粉微塵にこわしてしまった
むすこをなくしたいかりと
海と別れをつげたことを
浜いっぱいにひろげたてたのである
村人は祖父が
腰をこごめて道あるく
としよりになったことを

承知したのである

四十一年の四月に、南信雄は、杉原丈夫、広部英一とともに第三次「日本海作家」の編集委員になっている。その再復刊一号巻頭に、南は短篇小説「父の海へ」を載せている。因に詩集『長靴の音』の刊行は七月三十日である。

つまり、南は父の死を、小説という散文で客体化できるようにまでなっていたのである。この小説の中には、詩の素材に使われている幾つかのことが書かれているが、祖父のことも出てくる。

祖父は気弱な父に比べて一倍勝ち気であったが、それだけ父を亡くして哀しみも激しいものがあった。祖父は葬儀のあった夕方、えっちゅうふんどし一つになって浜に出ていくと祖父の長年愛用していた舟にマサカリをふりかざし粉微塵にこわしてしまったのである。父の棺が燃えつきてしまって、黄色い煙が山すそを這いのぼっていくのを止めた時、それが祖父の行動の合図ででもあったかのように、夕色濃くなった浜辺で祖父は悍馬のように荒息を吹きマサカリを振るった。祖父は浜いっぱいにあつまった野次馬の前でもう舟に乗らぬという決意を示したのである。祖父にしてみれば海と別れをつげたことを村の人たちに知ってもらいたかったことでもあったろうし、父がこの舟に乗って海で亡くなったというので父の死とかかわりのある舟を残しておくに耐えなかったのである。

それまでかき消されていた少年の日の穏やかな日常もよみがえってきた。しかしいま、「わたしの漁村」が変貌して行く姿を目の当たりにするとき、そのギャップの大きさに、理屈をこえて南の心は「しどろもどろ」になるのである。

岩

帰省のバスの中で
岩がないと叫んでいたのだ
ぼくの家の窓の向こうの
ぼくが泳いでいってつかれたからだを
裸のまま癒した岩なのだ
帰省のバスの中から
帰りついたわが家から
どっかりとぼくの心をおろす岩なのだ

南信雄

岩をどうした
ぶつけるように言うと
港ができるっていうがのう
しどろもどろに母がこたえた
遠洋漁業の船が入れるような
港をつくるのでじゃまになるというのだ
この村のずうっと昔から
富士がたの山のように
ばかでかいこの岩は
裸のからだには母だった
帰省ものには港だった
岩がないので
泳ぎつかれたような
いまのけだるいぼくのからだが
しどろもどろの村を泳いでいるのだ

この詩について、第八詩集『風をみる』（昭和六十四年四月刊）の解説で、定道明がこんなことを書いている。

南にとって「富士がたの山のよう」な岩は「母」であった、そうした岩があるからこそ「港」であった。しかし考えてもみよ。港内の岩が消えたのはそれが暗礁であったからなのだ。これを暗礁とみる立場は、近代的な漁港で生きようとする海の男達のものなのである。（略）小樟漁港の将来にとって、「岩がない」ことがいいことなのか悪いことなのか、そんなことは南ならずとも自明の理であるわけだが、南は、美は美であり、醜は醜であることをあくまで言い続けるつもりなのである。この一見理不尽な美意識に徹して来たところに、南の漁村詩のかぎりない美しさと、同時に反逆があると思われる。「あらゆる日本の海岸から、漁村は息絶えようとしている」と南が書いたことを、南の漁村が「息絶えようとしている」と理解する所以である。

そしてこの詩集には、こんなメルヘンのような詩も採られている。詩作品としてのよしあしは別にして、引いておこう。

人に　1

霞の向こうから
ひろいれんげの野づら
れんげいろの虹の下を
馬にまたがった
花嫁の行列が
霞の向こうからつづき
行列のあの長い馬の首は
花嫁の父の顔をぶらさげて
れんげいろの虹の下をくぐっていく

この詩は、「霞の向こうから」の書き出しから、やわらいだ、おだやかな空気が感じられ、「れんげいろの虹の下」「花嫁の行列」とくると、華やかな彩りがあふれ、花嫁の父の照れたような顔が、ユーモラスな明るさで浮かんでくる。どれもが詩集『蟹』の世界にはなかったものだ。

この詩は詩集『長靴の音』のなかでも異質な作品である。こんな華やいだ明るい作品はただこの一篇だけである。南はこの詩集を編むとき、なぜこの詩を入れたのであろうか。

南はなんども、《「蟹」「長靴の音」とつづいた、漁村にのめりこんだ詩から離れようとしていたのである》が、逃れることはできなかった。「人に　1」の詩は、漁村にのめり込んだ詩から離れようと試みた作品の一つとして採られたのであろうか。いずれにせよ、詩集『長靴の音』は漁村からの解放はできなかったが、情念の世界からは解放されてリアリティを獲得し、詩的広がりと深まりを見せていった詩集であるように思う。詩「人に　1」も、そんな南の詩の世界の広がりを示す作品といえるのではないだろうか。

詩集『長靴の音』は、第七回中日詩賞を受賞している。

おわりに

南さんとの出会いは、彼が大学に入学して文学研究会に入ったときからで、その後も親疎の波はあるものの、交友は亡くなるまでつづいていた。南さんが出した十冊の詩集はそのつど送られて来た。丸岡の中野重治研究会が出来て、南さんとわたしが幹事になり例会で定期的に会うようにもなった。気のおけない仲間七人と二週間余りの中国への旅行もあった。家へも度々お邪魔したし、仁愛高校の図書室へも、仁愛短大にうつってからは研究室へ出かけたりもした。その南さんに死なれた。わたしには、「南信雄が死んだ」というより、「南さんに死なれた」という思いが強いのである。

亡くなった後、わたしなりの南さんの詩人としての歩みを、客観的にたどってみたい思いはあった。しかし、書き始めると、敬称抜きの南信雄では落ち着かないのである。わたしにとっては、南さんはやはり南さんであった。

そんなわけで、本稿は、詩人南信雄論を意図して書いたものではない。当時の詩人南信雄の歩みがそれなりに浮かび上がってくれればよいと考えた。長い引用文が多くなったのも、そのためである。そこから南さんの詩の根っこのようなものが見つかれば、わたしにとって十分なのである。

詩人としての到達点は、やはり、最後の詩集になった『幻化』（平成四年）と病を得てからの詩群にあるように思う。病床についてから、とりわけ秀れた作品を書いている。いつかそれらのことに触れて書きたいとも思っている。

また、本稿を書くにあたっては、次の二つの労作を、部分的引用も含めて利用させてもらった。ともに広部英一の編になるものである。特に、「南信雄略年譜」は、詩の上で南の盟友であり、兄貴分と自ら称する広部さんが、南さんへの深い思いを込めて編んだ詳細な年譜である。

「南信雄略年譜」(「木立ち」八一号　南信雄追悼号　一九九七年五月一日発行)
『戦後福井詩集年表　一九四五年八月〜一九八八年八月』(一九八八年十一月三十日　木立ちの会発行)

岡崎純

詩人岡崎純私記

（一）詩集『重箱』刊行まで

はじめに

「詩人南信雄の私的回想」を不十分ながら書き終えた後、岡崎純さんの詩人としての歩みを辿ってみたい思いが自然とわいてきた。しかし、いざ書こうとすると、岡崎さんについて何ほども知っていないことに気づかされる。当然ながら、これまで岡崎さんについて書かれた論考に頼ることになる。従って、引用が多くなったことは寛恕いただきたい。

なかでも、千葉晃弘さんの『喪失の時代の詩人たち』には、岡崎さんについてのエッセイが五篇収めてあり、多くの教示を受けた。この稿では特に「詩がめしより好きか―杉本直と岡崎純」と「土への志向―岡崎純」の二篇が参考になった。また、千葉さんはこの稿を書くに当たって、「土星」一五号から一九号に、二二号と二三号を加え、「文学兄弟」一号から三号までの岡崎さん関係のコピーを送っていただいた。そして更に、新刊の著書『土間の一灯』まで頂戴した。ありがたいことである。

金田久璋さんが「角」四〇号に載せた、「詩研究『自画像』からの出立―岡崎純の初期詩編」には、「自画像」の詳細が原文のまま掲載されており、貴重な資料になったことも記しておく。

その他にも多くの方の論考を参照させていただいたが、思い違いや抜け落ちている所などがあるに違いない。教示いただければ幸いである。

本文では、迷った末に、特別でない限り敬称を省略することにした。

また、岡崎純と杉本直の年譜事項は、岡崎は日本現代詩文庫45『岡崎純詩集』所収の自筆年譜を、杉本は『杉本直詩集　わが心の昭和天皇』所収の山下英一作成、協力・千葉晃弘・稲木信夫の年譜に依っている。また、わたしが所持し参照した文献の一覧は、本文の末尾に記している。

詩人岡崎純の出立―詩誌「自画像」の発刊の頃

岡崎は一九四九（昭和二十四）年三月、福井師範学校本科を卒業し、四月に敦賀郡東郷村（現敦賀市）の咸新小学校に赴任する。十九歳であった。その翌年に、同年生まれの高橋輝雄と敦賀市神楽で一年間寝食を共にして暮らし、詩誌「自画像」（自筆年譜では自我像と誤植）を出している。その元同僚の高橋輝雄が、一九八九（平成元）年に、初めての詩集『痕跡』を刊行した時、岡崎純が「跋」を寄せている。岡崎の「跋」と著者高橋の「あとがき」を併せ読むと、この頃の二人の姿が概観されており貴重な証言になっている。長くなるが、岡崎の跋から回想の部分を引用する。

彼とは昭和二十五年の一年間、寝食を共にした仲である。戦後の混乱が未だ続くなかで、焼土から樹木が芽を吹き出すように表現への意欲にかられていた。彼と私は夜遅くまで文学について語り合った。とりわけ、萩原朔太郎、室生犀星、三好達治、丸山薫、金子光晴、北川冬彦、中野重治などといった詩人達について話し合ったりした。自己の内面の混沌としたマグマを制御しきれずにいた当時の自分の姿を想い出すと、羞恥が先に立つのであるが、わら半紙一、二枚程度の同人詩誌を出したりして、互いに表現意欲を満たしていたように思う。

そのころ、福井県には、則武三雄や杉本直、横山貞治らの先達詩人がいた。杉本直は「土星」を主宰し、北川冬彦の「時間」同人として作品を発表していた。そんな関係から私たちは、「時間」が標榜するネオ・リアリズムの存在を知った。そして、彼はその後「時間」の同人として作品活動をしたのだった。いわば彼は「時間」によって資質が開花され詩人としての出発を果たしたといえるだろう。

著者の高橋輝雄の「あとがき」の一部を重複する所もあるが引用する。

　私は、昭和二十五年、二十歳の時、偶然、『重箱』などの岡崎純と一年間文字どおり同じ釜のメシを食った。岡崎はその頃から詩人で、村の青年に呼びかけてガリ版刷りの詩誌を出したりしていた。私も影響を受けた。

　私の父親は、文学などに興味を示すような奴はろくでもない共産党で、家を滅ぼし、国を滅ぼすと本気に考えていた。私にじかに、めったにしない意見をしたこともあった。彼の頭の中には、一本田の中野重治があってのことであった。だから、私はその頃妙なペンネームを使った。

　その頃、岡崎も私も北川冬彦の「時間」にせっせと作品を送っていた。そして、私は殿内芳樹氏の推挙で同人となり、時間詩集にも参加して得意であったが、二年ぐらいで脱落する。

同時期、杉本直氏はその主宰する「土星」を岡崎に託して東京に出た。私と「土星」との関係はその時以来のものである。

ところで、北川冬彦は当時ネオ・リアリズムを掲げて多くの俊秀を集め、鮎川信夫らの「荒地」と対立的に文学運動をすすめていた。したがって、私のものはついに「時間」の方向から脱することはなかった。書く姿勢は批評であり、手法としては象徴である。このことは論のあるところであろうし、言を要するところでもある。

そして、昭和三十年代以降は極めて不熱心で、杉本直氏に鞭打たれながらほそぼそと、つかずはなれず今日に至っている。

参考までに、詩集のタイトルになった詩「痕跡」を引く。『詩集ふくい』（一九八三年）に発表した作品である。

ここの松の木は
老木を支える一番大切な部分に
幅三尺ほどの木質部を露出させ
うつむきかげんに立っている

青年期の樹皮に刃物を入れ
にじみ出る樹液をしぼって
特攻機を飛ばそうとした残痕である

松は
傷ついた樹皮の再生を図って
けもののように傷口を舐めたに違いないが
遂に新しい樹皮を作ることもなく
筋肉を大気に晒して生き伸びた

ケロイドは雨に打たれて
時に勲章のように輝くのである

金田久璋が「角」四〇号に、「詩研究『自画像』からの出立―岡崎純の初期詩編」を載せている。この論考には、これまで知ることが出来なかった「自画像」について、掲載した六篇の詩と、「創刊のことば」や「あとがき」なども原文のまま引用しており、貴重な資料である。また、添えられた金田の評言も的確であり、同感したり教えられた所も多々あった。

さて、この資料発掘にいたる経緯を引用しておく。

『岡崎純全詩集』の刊行に向け、四月二十日にようやく笹本淙太郎氏と思潮社を訪ね、小田康之専務にお会いして編集を託した。新年以降再々、玉井常光氏と三人でご家族の協力をいただき、岡崎氏の既刊詩集、発表掲載誌を探索して全編コピーをし、何とか四冊のファイルにまとめることが出来た。

ところで、この論考を読むまで、わたしは岡崎純の自筆年譜に書かれている「自我像」とばかり思い込んでいた。講義も受けられず軍需工場に学徒動員され、滅私奉公で個人の自由が圧殺され、福井空襲で校舎や住んでいた寄宿舎・工場など全てが焼失した。そして敗戦。これまで抑圧されてきたもの、《自己の内面の混沌としたマグマを制御しきれずにいたものが一気にあふれ出てきたのだ。《戦後の混乱が未だ続くなかで、焼土から樹木が芽を吹き出すように表現への意欲にかられていた》のである。なおざりにされてきた自我を発露する。これが「自我像」に違和感を持たなかった理由である。

福井では、戦後いち早く三国に仮寓していた三好達治を軸にして文化文学活動が盛んになり、三好に呼ばれて三国に来た則武三雄は県立図書館の司書になると、北荘文庫を創設している。昭和二十六年には中野鈴子を中心に「ゆきのした」が創刊されている。文化文学活動の高揚は、鯖江や武生、奥越や嶺南などの各地でも同様であった。そこに集う中心は学生や若者たちであった。彼らは新しい価値観を求めて競い合っていたのである。これは、福井に限らず、全国何処でも文化運動や文学活動が盛んであった。そして、その文学活動の中心に詩があったようだ。当時「詩は青春の文学である」とさえ云われた。無論、異論もあったのだが。

さて、「自画像」に戻ろう。以下は金田久璋の論考を参照しての記述である。

「自画像」は、岡崎純と高橋輝雄が同居した昭和二十五年の年の暮れ、十二月上旬に、高橋国雄が加わり同人三人で創刊された。すぐ翌年の二十六年一月に、第二巻一号、通巻二号として出している。しかし、四月に岡崎が南条郡北杣山小学校に転勤になると、継続されるはずの「自画像」は二号で廃刊になっている。岡崎が主導したことによるのであろう。

創刊号に、岡崎は「風景二題」「断章」「秋」を載せ、「創刊のことば」と「あとがき」も書いている。これは、高橋輝雄が詩集『痕跡』の「あとがき」に「岡崎はその頃から詩人で」とあるように、岡崎はその頃すでに杉本直の「群黎」（ぐんれい・庶民の意味）や、「土星」に詩を発表していた。

創刊号と二号から二篇の詩を引用する。

断章――新聞の三面記事

地球の廻りぐわいが悪いのだらふか
やもりわ恥も外聞もなく不覚に
空へついらくする

舌

舌が
よだれをたらしたり
伸びて
口唇を
なめずりだしたら
用心するがいい
舌が　二枚にわかれて
多くの男たちが

材木のように
まきあげられ
しめつけられて
死んだという話だ
又
そいつは
火をふきはじめることもあるのだ

次に、創刊号のあとがき「同人言」と二号のを引用する。創刊号の「同人言」では、
　こういう僕の作品がよいのであるか、わるいのであるかしらない。
とにかく僕が呼吸しているあいだわ続くであらふと思はれる瞬間的なイメージの
吐露である。

続いて二号のを引用する。
　私は一つのことばを、みなさんに紹介しよう。それは「未決囚」という杉本直先生

のことばです。このことばわ、何時何処で如何なる時にも一種の迫力と重量とをもって私にひしひしとせまってきます。

岡崎のこれらの詩、文章を読んだ時、仮名遣いに「おや?」と思われたはずだが、同人筆耕のガリ版ずりで誤植ではない。これは、「現代かなづかい」が敗戦直後の昭和二十一(一九四六)年十一月に内閣訓令告示によって制定されたのだが、発音通りに記述するといった杜撰なものであった。助詞の「は」と「わ」、「へ」と「え」、「を」と「お」などの使い分けが混乱していた。更には、旧かなづかいで育った人たちにとっては尚更である。ここにも時代の混迷が透けて見える。その後、「現代かなづかい」は国語学者の提言で徐々に訂正され、昭和六十年に改正されて現在に至っている。当用漢字の内閣告示も昭和二十一年十一月のことである。

杉本直と北川冬彦の「時間」との出会い

岡崎純と杉本直との出会いから北川冬彦の「時間」の定期購読に至るまでの経緯を整理しておこう。

杉本との出会いは、千葉晃弘の『喪失の時代の詩人たち』所収の「詩がめしより好きか——杉本直と岡崎純」に、岡崎からの聞き書きとして詳細に語られているので引用する。

戦後しばらく、福井師範が鯖江の兵舎跡にあった頃、岡崎純は、空襲をくぐりぬけてきた師範の学生であった。師範に佐藤茂という教官がいて、「君は詩をやるのか。それなら附属中学に杉本直という教師がおるから、会ってみたらどうか」と聞いていた。本科も最後の年の教生（教育実習）は同じく兵舎の跡にあった附属中で行われた。同じ国語科の杉本直と出会うのはこの時である。「杉本さんはその頃はりがあってね」という。十歳年少の後輩を、けげんそうに眺めてから、いきなり、「君は詩が飯より好きか」と切り出すのだった。ぼくも「はい」と答えたという。

昭和二十二年、横山貞治ら鯖江の詩人たちの同人誌「告天子《ひばり》詩集」を杉本が編集していたが、誌名は「群黎」に変わり、一号から一〇号まで続いて、一一号から杉本直個人の詩誌になって以後、「土星」として発行する（注・杉本年譜による）。

岡崎は、この「群黎」九号に詩を載せているという。そして「土星」が昭和二十三年六月に創刊されると同人になる。

北川冬彦は、昭和初期から現代詩革新のために前衛的活動をしてきて、第一次月刊誌「時間」を昭和四年に創刊している。その頃の象徴的作品が次の「馬」と題する一行詩である。

馬

軍港を内臓してゐる

馬が内臓している複雑重厚なエネルギーを表現した作品だというが、当然ながら、この一行でそれを理解できる人がどれだけいるか、それ以前にこれが詩であるか、という反発も多かったようだ。

敗戦後には、「現実の上にさらに新しい詩的現実を」という立場からネオ・リアリズム（新現実主義）の詩運動を主張して、昭和二十五年五月に第二次「時間」を復刊する。

杉本直は、この第二次「時間」創刊号に「馬三篇」を寄稿した。そして、この作品が「馬三章」として昭和二十五年度日本文芸家協会編の『現代詩代表詩選集』に掲載された。これで、杉本は県内で一躍「馬の詩人」として注目された。余談になるが、北川は馬が好きらしく、昭和二十七年に詩集『馬と風景』を出している。岡崎純も創刊号から「時間」を定期購読している。そして、杉本が昭和二十六年に東京大学文学部の派遣聴講生になり、上京すると、「土星」一五号から一九号まで岡崎が主宰することになった。

次に、一五号から一九号までを概観していく。

まず、昭和二十五年五月刊行の「土星」一五号から見ていく。杉本直は「旧土星の皆さんへ」で、《「土星」休刊後、「自画像」を出して勉強されていた岡崎君が「自画像」も含めて「土星」を復刊してくれること》になったと記し、奥付は編集兼発行人は岡崎純、発行所は南条郡王子保村白崎　土星クラブ、となっている。

岡崎はこの号に、「胸部疾患」「廃港」「風景」の三篇の詩と、エッセイ「美意識の方向」を載せている。「廃港」を引用する。

廃港

かつて島々をつりあげ
大陸をもつりあげようとした
起重機

腰が抜けて
海の中に赤さびついたままだ

次に、「美意識の方向」の結びの部分を引用しておく。

私はめまぐるしく移動する時間の頂点（空間）に位置してこう考えるのである。つまり空間に於いての美への対決の態度が問題なのであると。「時間」同人詩誌創刊号で、ある詩人は、「今日の詩人に、もとめられるものは、安逸を許さぬ峻烈な現実への追求であり、現実に対する冷厳な批判精神である……」といっている。そこに私は美意識の基盤があり、現実を認識する態度があると思う。

また、一五号から三回にわたって「マシュー・アーノルドの芸術観」を連載している岡崎豊は岡崎純の実兄であり、名古屋大学文学部英文科を卒業して、県内の高校で英語を担当していたことを付記しておく。

「土星」一六号では、岡崎が詩「天三題」「風景」とエッセイ「観念的なるもの」を載せ、高橋輝雄が谷修平のペンネームで詩「土を数える」を載せている。一七号には、「蛇」「ひげについて」「手」「長雨」「標本」の五篇の短詩を載せ、一八号にも、「腕」「河」「泥について」「みみず」「冬」の五篇の短詩と、「高島高小論」を載せている。また、「時間」同人の山田孝が「土星」一七号で作品評を書いている。一九号には詩「声について」「同じく」の二篇と「指」の三作品を載せている。則武三雄が「或る感想」で岡崎の詩「声について」

の感想を書いており、《これ（「声について」）は好ましい作品だが、私は文芸首都の十月号に掲載されている詩もすっかり解らないし、池田克己の作品も解らない。私は、あまりに私自身に忠実なのかも知れないが、抒情風景（瓜生）も再読したが、これが詩であるかどうかは、私自身には疑問である。》少し屈折した文章で解りづらいのだが、則武が自分に忠実に読むとすっきりとは解らないということであろう。この詩を引用してみる。

声について

とまどっていたら声のかたちがくずれてしまった
唾ばかりが口の中にたまった

同じく

声たちは地面に寝転んでしまった
あおむいているものもいればうつぶせのもののもいた
声たちは一様に歯茎が痛んでいた

乾咳一つも出来なんだ
空腹でもあった
そのうちに
あるものは蒸発した
あるものは地面に吸い込まれていった

主宰した一五号から一九号までの約二年間で、岡崎は二十篇の詩を発表し、エッセイを四篇載せている。

「土星」二二号には、「夕涼み」「声について」の詩二篇とエッセイ「詩人と権威」を載せている。

「詩人と権威」は、この頃の岡崎の詩に対する基本的姿勢を提示している。北川冬彦の「現実の上にさらに新しい詩的現実を」というネオ・リアリズムの詩運動を、岡崎が青年らしい強い口調で断定的に示して、自らを鼓舞したともいえるかも知れない。背景に時代の高揚感と、それに向き合う若者らしい純粋さも感じられる。

「芸術家というものは皆反逆児だ。その中でも詩人がいちばん純粋な反逆児である。（約二行略）今さら抵抗の文学などと事あたらしく言われるけれども、およそ文学と呼ばれる程の文学で抵抗のない文学などあったためしがない。」と村野四郎氏は「今日の詩論」の中でいっているが、此の抵抗の詩人的姿勢として当然考えねばならないことは、詩人の内的権威であろう。詩人の姿勢を決定するものは、詩人の内的権威である。

詩人の内的権威の貧弱さは、抵抗を単なる反抗に終らしめたり、外部的な権威の随順となり追従となり果ててしまったり、詩作品を芸術的価値より引き下げてしまったりするのである。常に変らぬ作品の底に脈うっている一つの生命感は、各々の詩人の内的権威より出発しているのである。

かつてプロレタリア現実主義が、「現実と取り組む」といいながら政治と取り組むことに終ってしまい、プロレタリア詩がイデオロギーのための客観的記述あるいは、表白としての価値に留まってしまったことは、政治思想を背後の支えとした固定的、公式的な政治観念による政治屋的権威による出発でしかなかったからであろう。彼等は純粋な詩人の内的権威を持ちあわせていなかったのである。（後略）

そして、次の文言で結ばれている。《現在我が国に最もその隆盛を示している、私小説家的内的権威と同一視するものではない。この私小説家的権威からの脱却が、今問題とする所の内的権威なのである。》

ここで岡崎がいう権威とは、岡崎の詩への確固たる信条と揺るがぬ自負心を指す言葉と考えていいように思う。この状況に便乗することのない岡崎の姿勢は以後も変わることはなかった。

「夕涼み」を引用し、わたしなりの理解を記してみよう。

夕涼み

子どもの指さす方角には
必ず星があった
世界中の子供たちは
みんな天を指さしているのだ
大人たちの横で

真夏の夕べ、団扇片手に縁台に腰掛けて談笑している夕涼みの情景「現実」を描いているようだが、そうではない。すぐ傍らにいる純粋無垢な子供の心は、果てしない宇宙とそこに煌めく星をさしている。さらにそれは、この狭い地域だけでなく、世界中の子供たちへと普遍化していく「新しい詩的現実」がある。何の説明もないが「大人たちの横で」に、作者岡崎の批評と象徴が込められている。

また、広部英一が「渚」「リズム」「人間性」の三篇の詩を載せている。習作時代の広部を知る参考になると思われるので引用する。

人間性

海の青さに一点　血がにじんで
それがだんだん大きくひろがり
海の赤さに一点　青さがひそんだ
　赤い溺死体は嫌だ

習作時代の広部は「土星」にしばしば詩を載せていた。では、広部はどのようにして習作時代を抜け出したのか。ひとつは、月刊詩誌「詩学」巻末の研究会作品に投稿して、詩の技法を鍛えたことである。ここで木原孝一と出会う。木原は編集者であり、研究会作品の選者の一人でもあった。昭和三十一年五月号に、広部の詩「漁港」が初入選している。年間の研究会作品に選ばれたこともあった。当時大学生のわたしはこれを読んだ記憶がかすかにある。二つ目は、則武三雄の教示で『伊東静雄詩集』(創元選書)を読んだことだ。

後に広部は「人生を決定する一冊になった」と述懐している。広部の第一詩集『木の舟』に影を落としているに違いない。

「土星」二三号（昭和二十九年二月）に、岡崎は「軍港」「桜の国」「黒子」の三篇を発表している。その中で「軍港」は珍しくどぎつい表現なので引用してみる。

軍港

まさしく海の恥部である
陰毛のベールにちらつく
フリゲート艦や水上機
目を覆いたくなる媚体である
すでに恥部が桜色に痙攣している
凶暴な淫乱の相である
潜水艦を胎みたいのである
あくことなき欲望に
狡猾な血を吹く陰部である

ここで、「土星」時代の岡崎純を要約する。

杉本直に出会い、北川冬彦の「時間」を購読する。「時間」が掲げる「現実の上にさらに新しい詩的現実を」と「詩は批評であり象徴である」に共鳴し影響を受けている。このことは、岡崎詩の底流となって尾を引いていくように思う。随分と後になって岡崎から、「まあ、ぼくの詩は、事実を書いているようにみられるけど、ひとつの象徴であるつもりやけど」「直接は書かんけど、ぼくなりの批評もふくんでいるんや。」などと聞いている。

また、「土星」を主宰するなかで、北荘文庫の則武三雄や「木立ち」で盟友となる広部英一などと知り合った。そして昭和二十九年頃から、岡崎は詩作品の発表舞台を則武三雄の北荘文庫へ移していく。

則武三雄の北荘文庫に参加のころ

わたしは二十九年に福井大学に入学し、学内の同人誌「野火」に所属していた。それで則武の北荘文庫から出ていた詩誌を読んでいた。また「野火」の顧問は文芸誌「ふくいの文学」編集者の杉原丈夫教授であった。それで、直接の面識はないが岡崎や広部の詩を読んでいた。

手元に在る北荘文庫刊の「地方主義」「北荘詩集」「文学兄弟」と「ふくいの文学」、県文化協議会発行の「文協」に発表した岡崎の詩を年代順にみていく。それは、詩集『重箱』の構成や内容と関係すると考えるからである。

詩集『重箱』は、第一部の「重箱」二十一篇と、第二部「皿」の九篇、第三部「花粉」の五篇、併せて三十五篇の詩からなる。当然第一部がこの詩集の中核になる。

それでは、第一部収録の詩が何年ころからか、年代順にみていこう。

昭和三十年五月刊「地方主義」に、「耳」「蚊」の二篇を掲載。

昭和三十年十一月刊「文協」六号に、「岬から」「羊」「蜘蛛」の三篇を掲載。「羊」は、『重箱』の第二部「皿」に、六行から四行になり、語句も推敲されて掲載されている。短い詩なので推敲の後をたどる（↓部分が削除・改稿）。

「文協」掲載時の「羊」

ねこそぎに剪毛された羊の聚落
苛酷な不毛　↓　削除
羊の皮膚に収斂する皺　↓　改稿
枯れた植物のような羊の群れが、しきりに　↓　改行

木柵を噛んでいる
はかない原形を食む食欲

↓ 削除

『重箱』掲載の「羊」

ねこそぎに剪毛された羊の聚落
褶曲する皮膚たち
枯れた植物のような羊の群れが
しきりに木柵を噛んでいる

また、『重箱』の第二部に、同名の「蜘蛛」があるが、「文協」に載せた作をヒントにして新しく創られた作品である。

昭和三十一年十一月刊「文協」七号に、「旗」「鍬」「貝殻」「方解石」の四篇を掲載。「貝殻」の前半が推敲改変され、第二部に「断章三」として収録。

昭和三十三年八月刊「文学兄弟」一号に、「水族館」「冬眠」の二篇を載せる。「水族館」は『重箱』の解説で則武が引用。「冬眠」は、後半部分の二十行を削除して第二部に収録。

昭和三十三年十一月刊「文学兄弟」二号に、「おとむらい」「石」「墓地」の三篇を載せた。

「おとむらい」は農村の弔いの様子を描いた作品。「石」は同じ題材で第一部に「石　1」に推敲されて掲載。

昭和三十四年三月刊「文学兄弟」三号に、「足半草履」「大根」の二篇を載せ、二篇とも第一部に収めている。「足半草履」は語句の一部を修正しているだけであるが、「大根」は後半の理由付けや説明部分の十六行ほどを削除している。

昭和三十五年九月刊「北荘詩集」には、「その男」一篇を載せる。「その男」は「足音」と改題され、第二部に収録。収録に際し、書き出しの九行ほどはそのままに、後半を削除し三十二行の詩が十六行に圧縮されている。状況説明の所である。

私の手元に在る昭和三十年頃から三十五年頃までの詩誌を辿ってみるだけでも、幾つかのことが見えてくる。観念的な表現や説明・理由付けが姿を消し、簡潔になること、福井の方言が出てくること。第二部から昭和三十四年頃を境に第一部掲載作品が書かれるようになることなどである。

千葉晃弘の「詩がめしより好きか」に、岡崎純と小辻幸雄から聞いたことが記されている。昭和五十年代前半になっての聞き取りであろう。

岡崎氏は言う。「則武さんや、杉本さんは〝樹〟であった。そこにあるというだけで、ぼくらはよかった。詩誌に作品を出してみないかといわれることが、励ましであった」

と。同氏からの直接の影響はなかったと、氏は語られる。

小辻氏は言う。「岡崎氏はマルクス主義には、それほど関心を示さなかった。だが直さんの詩には一目おいていた」と。

松永伍一の「民族詩人」と小辻幸雄との出会い

昭和三十三（一九五八）年、岡崎は、松永伍一が主宰する「民族詩人」の同人になっている。松永は福岡出身で農民運動に入り、丸山薫、谷川雁らと「母音」を復刊、その後上京して昭和三十三年に黒田喜夫、谷川雁、田村正也、松永伍一を編集委員として「民族詩人」を創刊した。しかし、編集委員の農民詩への考え方（詩論）の違いが顕わになり、互いに譲りあうことが出来ず、六号まで約一年半の活動で挫折している。

岡崎は、昭和三十三年七月刊三号に「壺」を、三十四年三月刊の五号に「天秤棒」を、同年六月刊六号に「足半草履」と三篇載せている。いずれも『重箱』の代表作と評される作品である。なお、「足半草履」は同時期に「文学兄弟」三号にも載せている。また付記すると、山田清吉も同人になり、一号から三号までの各号に三篇の詩を載せている。

岡崎は自らの詩のアイデンティティを確認するために「民族詩人」に参加したのかもしれない。

松永が昭和四十五年に法政大学出版局から出した『日本農民詩史』三巻五冊は毎日出版文化賞の労作である。その下巻（二）に、「岡崎純のフォークロア的世界その他」と題して十五ページの論考を記している。『重箱』『藁』について論究し、その他で、岡崎の詩と同系統として岸本英治と南信雄の『蟹』と『長靴の音』を取り上げている。

松永はこの論考で、岡崎が「民族詩人」に参加したことで、《農の詩的体系化をめざす方向と自己の詩意識とをかかわらせる具体的な機会をもったことは、マイナスではなかったと想像される。》と書いている。

ところで、小辻幸雄は、昭和三十四年に福井大学を卒業し、四月に敦賀高校に新採用になり夜間定時制に籍を置く。大学では「野火」に参加し、農作業を描いた小説を書くなど大学入学時から一貫してテーマは農民文学であった。農業は小学校時代からの生活の基本であったと言う。小辻は岡崎がその頃から発表しはじめていた農民詩に共感し岡崎を訪ね、そこから二人の交流が始まる。二人で夜が更けるのも忘れて何度も話したことを昨日のように岡崎がわたしに語ってくれた。わたしが初めて岡崎を訪ねた昭和三十八年のことである。岡崎は小辻との出会いで農民文学さらにいえば農民詩への認識が広まり深まったとわたしは推測する。

三十五年に犬田卯《いぬたしげる》の妻住井すゑを二人で訪ねたのもその一例であろう。住井すゑの名前は『橋のない川』の作者として知っていても、犬田を知る人はまずいない。犬田は貧農の生まれで、「土からの文学」を主張し農民文学運動を生涯つづけてきた。その犬田が三十二年に亡くなり、遺稿調査のため小辻が住井を訪ねたのに岡崎も同行したのである。住井はあたたかく二人をむかえ入れ家に一泊させて三人で話し合ったと、小辻がわたしに話している。

岡崎は、こうした人との出会い、詩誌や読書のなかから、自身の「土からの文学」にたどりついたのであろう。

それは、声高な主張「叫び」の詩、イデオロギーに依りかかった詩から距離を置き、百姓の思考や感覚の根もとにおりて、人間としての百姓の姿を書くという信条であった。そしてそれが、封建的であろうと、いかに頑なであろうと、ありのままの百姓の姿の奥にあるものを見届けること、それを詩に表現することであった。しかし岡崎には冷徹に見すえる眼差しはない。広部英一は言う。「岡崎純の詩にはぬくもりがある。詩の言葉に肉親の情を通わせているからである」と。岡崎詩の原点である。

詩集『重箱』は三部からなり、一部は詩集の中核をなす農民詩であるが、ただ農村の土俗や民俗性を描く目的からでないことは自明である。二部は「時間」のころを軸にした作品であり、詩法が斬新で批評性象徴性を強く打ち出している。三部は結婚して新しい生命の誕生を迎える素直な思いの作品になる。

一部の詩篇の中に、「時間」で培った詩法や批評性象徴性が流れていることに留意したい。詩集のタイトルになった「重箱」でみておきたい。

詩「重箱」は三連からなり、一連は「昼寝の季節が済むと／部落の祭りが来る／お寺の報恩講さんが来る／法事が来る／御馳走が重箱に詰められる」と村の季節の習俗をそのままに点描する。農閑期などと概念的な言葉でなく「昼寝の季節が済むと」と端的表現である。祭り、報恩講、法事などが列記されるがその説明はしない。しかし詩を読む人には、村人が集い和やかに話しあう姿や声まで聞こえてくるのだ。そこに御馳走が詰められた重箱がある。話題もいっぱい詰まっているのだ。それが二連では、「ぬりのはげかけた／黒い重箱の／その底から／こんのちの／文字にならない／いびきが洩れる」と一転して意表を突く表現になる。昼ご飯のあとに体を横にするとすぐに寝入りいびきをかく。早朝からの農作業の疲れだ。ここでも苛酷な労働などの説明はない。三連は「昼寝の／父の／えっちゅうから／光らしきもの／火種がのぞいている」で、最後の一行は「火種がのぞいている」である。農繁期の苛酷な労働からつかの間解放されほっとくつろいだ「火種」が、農閑期に村の行事が続くきっかけになっていることを明かすのである。

詩集『重箱』の刊行

詩集『重箱』は昭和三十七（一九六二）年六月に刊行した。解説は則武三雄が書き、詩集未収録の「水族館」と「補習」の詩を取り上げて解説する。また別刷りで八ページのリーフレットを添えている。この小冊子には、森山啓、広部英一、小辻幸雄の三人が寄稿している。森山は明治三十七年生まれ。父は旧制中学校の数学教師で父が福井中学に転動したことで、大正十三年福井中学（現・藤島高）に入学、四年で金沢の四高入学まで首席を通したという。先輩に中野重治、同級に深田久弥がいた。東大では新人会に参加。詩人評論家として活躍、小説も書いた。戦後は小松市に在住し、作家活動を続ける。福井とは縁が深く知悉しているので、則武は県内で発行した詩誌や文学関係の著作をせっせと送り届けていた。広部は三十四年に詩集『木の舟』を出し翌年に県文協新人賞を受賞し、岡崎と交遊を深めていた。小辻は岡崎より六歳ほど年下で詩歴は全くなく、「ゆきのした」などに評論を寄稿していた無名の若者であった。その小辻に寄稿を依頼したのは、『重箱』成立のいきさつをよく知り、全幅の信頼を寄せていたからであろう。岡崎が詩集『重箱』を出すとき、混迷する思いを書き送った相手も、広部や則武ではなく小辻幸雄であった。

小辻は、この冊子に「岡崎純の位置」と題して寄稿し、文章の最後に岡崎の私信を載せている。岡崎の当時の詩への思いが率直に書かれている。次に私信のほぼ全文を引用しておく。

「跋にかえて」を書こうか書こまいか、書くとすれば何をどんなふうにと思ったりしています。次はその断片です。

○わたしはドモリである。特に詩を書くときそのドモリ具合がひどくなる。

○鈍器のような詩。

○黙々としてはげむ勤労意欲を誇らしげにうたいたい時もある。

○農民＝自分自身の中にある何かを摘出した、他者への訴えとしてではなく、自己解放として。

○わたしが事実上の農民であることをやめたとき（敦賀への転出）自分が農民であることを知った。自分の中のもうひとりの自分「他人」（谷川が使ったことば）が目覚めたのだ。その他人がおまえは農民であると指摘しはじめたのだ。農民の眼と非農民の眼が生きづきはじめたのだ。この他人を認めたときから、わたしの眼は詩のモチーフを農に求めるようになった。

○囲炉裏ばたでの、ある会話を聞き終わったとたん先ほどからのワライとはウラハラに、ロカしきれない「あるニガサ」が生まれた。そしてそれを契機として、更に記憶の底にしまいこまれていた深層部のニガミも浮かび上がってきた。話を聞き終わったとたん他者が生まれ出たのだ。

この時点では、「角」創刊号に岡崎が載せた「詩人のワキ的存在の重さ」の明確な認識や自覚はまだ曖昧であったように思う。

広部英一と同じように、発刊の翌年『重箱』が県文化協議会新人賞を受賞したことを付記する。

参照文献

1　岡崎純の詩集

『重箱』北荘文庫発行　昭和三十七（一九六二）年六月刊

　＊解説　則武三雄

＊別冊リーフレット　森山啓・広部英一・小辻幸雄

『藁』北荘文庫発行　昭和四十一（一九六六）年二月

＊「詩集「藁」に」丸山薫　＊解説　木原孝一

『極楽石』紫陽社　荒川洋治発行　昭和五十二（一九七七）年二月刊

　＊跋　黒田三郎　＊あとがき　岡崎純

『岡崎純はがき詩集』昭和五十九（一九八四）年、山東郵趣会

＊「郵便屋さん」岡崎純
道府県別　現代詩人全集『福井の詩人　則武三雄・岡崎純・広部英一』
　昭和六十三（一九八八）年十月刊　教育企画出版
＊編集・解説南信雄
『岡崎純詩集』日本現代詩文庫45　平成三（一九九一）年三月刊　土曜美術社
＊解説　広部英一・斎藤庸一　＊岡崎純年譜
『寂光』平成八（一九九六）年十一月刊　土曜美術社出版販売
＊あとがき　岡崎純　＊岡崎純略歴　＊帯文　松永伍一

2　詩誌

「地方主義」昭和三十（一九五五）年五月刊　北荘文庫
＊詩「耳」・「嫂」
「文協」六号　昭和三十（一九五五）年十一月刊　福井県文化協議会
＊詩「羊」・「蜘蛛」
「文協」七号　昭和三十一（一九五六）年十一月刊　福井県文化協議会
＊詩「旗」・「鍬」・「貝殻」・「方解石」
＊県内文学要覧　詩誌「土星」再版　岡崎純
「文学兄弟」一号　昭和三十三（一九五八）年八月刊　北荘文庫
＊詩「水族館」・「冬眠」
「文学兄弟」三号　昭和三十四（一九五九）年三月刊　北荘文庫
＊詩「足半草履」・「大根」
「北荘詩集」一九六〇（昭和三十五）年九月刊　則武三雄発行
＊詩「その男」、『重箱』では「足音」に改題

『ふくいの文学』昭和四十四（一九六九）年　ふくいの文学刊行会・杉原丈夫編集・坪川健一発行
＊詩「礼」・「椿の木の上に」
「角」創刊号　昭和四十四（一九六九）年十一月刊　角の会・岡崎純編集発行
＊詩「絵」・エッセイ《詩人の「ワキ」的存在について》
「土星」再刊一号・通巻三〇号　昭和四十八年八月号
＊エッセイ「山田孝一と高島高のこと」
＊参考資料　杉本直の回想、《「土星」今昔》
＊「岡崎豊」の名前あり
「木立ち」九六号　広部英一追悼号　平成十六（二〇〇四）年十二月刊
＊弔辞　岡崎純　＊広部英一略年譜作成
「角」九号（復刊一号）平成十七（二〇〇五）年十月刊　角の会
＊詩「目薬」＊エッセイ「拝啓　岡崎純様」河原正実
「角」四〇号　二〇一六年六月刊　角の会
＊「詩研究『自画像』からの出立―岡崎純の初期詩編」金田久璋
『一篇の詩より』平成二十一（二〇〇九）年八月刊　鯖江詩の会・編
＊エッセイ《「たんぽぽ」の詩人》
「現代詩手帖」平成二十九（二〇一七）年十一月号
＊「蝸牛の眼差し　追悼岡崎純」笹本淙太郎
「角」四〇号　二〇一六（平成二十八）年六月
＊「詩研究『自画像』からの出立―岡崎純の初期詩編」金田久璋
「角」五〇号　二〇一九年六月刊
＊岡崎純「角」掲載リスト　（安井杏子作成）

「果実」―果実六十周年記念号　八四号　令和三（二〇二一）年五月刊

＊エッセイ「出会いの一篇とその人」藤井則行

「詩界」二六八号　二〇二一（令和三）年四月　日本詩人クラブ発行

＊「時代閉塞と寓喩の詩法―岡崎純の小さな叙事詩」金田久璋

■省略した詩誌。

①詩誌「角」創刊号から五六号まで全号。

②詩誌「木立ち」七九号までを中心に三十数冊。

③詩誌「土星」再刊一号からの七冊ほど。

（二）第二詩集『藁』の刊行まで

長い詩歴の割に詩集の刊行が少ない中で、第一詩集『重箱』から第二詩集『藁』までの刊行期間は、四年あまりで最も短い。ここでは、『重箱』から『藁』への経緯を辿ってみたい。

教員岡崎（安井）勇 ─子どもの詩の指導

一九四九（昭和二十四）年、十九歳で教員になると《子どもの詩に関心を持ち、以後子どもの詩の指導に取り組んでいく》（自筆年譜）。更には、作文教育にも関心を持ち、子どもたちの日記指導に取り組むようになっていった。そして、その成果は研究会などで繰り返し発表してきた。これらのめざましい教育成果が評価され、一九六一年には三十一歳の若さで、敦賀市教育委員会から「国語課指導員」を依嘱された。以後も一九六八年まで継続されて、三十八歳で「指導主事」に昇格している。

わたしは高校に勤務していたので、その具体的な内容は残念ながら承知していない。ただ何かの雑談のおり、次のようなことを聞いている。「（子どもは詩で）、ぽんと思いついたことを書いて、何も説明したり、変な理由づけはしない。ぼくらの思いもよらぬ発想で、こちらが教えられることもある。」「それが中学生になると、観念的になったり、概念的になって面白くなくなってくる」と。岡崎さんの子どもの詩や日記指導が岡崎純の詩作にも影響を与えたのではないかと、わたしは思っている。

「つるが文学の会」「かもしか」

わたしは、三八豪雪の四月に山間の丸岡中学校竹田分校から敦賀高校に転勤になり、兄事する小辻幸雄からの強い進言があり、岡崎宅を訪ねた。この間のことは「角」四四号「追悼岡崎純特集」に書いている。また、小辻の紹介で金田久璋とも初めて出会ったのである。そして自然な形で「つるが文学の会」に参加したのだが、「つるが文学の会」結成の経緯については知らない。ただ、会員は、地元の詩に関心を寄せる若者たちと、敦賀市内の小中学校に新採用になって一、二年目ほどの教員たちであった。教員は皆、大学の頃からの知り合いだが、文学や詩的な活動をした者はいない。この会に参加したのは、教員としての岡崎勇に共鳴し魅せられたのだろう。直接岡崎さんと話し合える場が欲しかったのが一番の動機に違いなかろう。わたしも含めて素朴な習作を「かもしか」に書いていたが、岡崎さんを囲んでの自由気ままな話し合いは楽しかった。殆どが前年に出た詩集『重箱』を読んでいないので、わたしの所持する『重箱』が回し読みされた。そのとき詩集添付のリーフレットの紛失をおそれて手元に残しておいた。そのリーフレットを探し出したら、敦賀高校夜間定時制の女生徒の手紙がはさんであった。彼女は文芸部の雑誌「かたらい」で活動していた。冒頭を引用する。《大切な詩集をおかりして　ありがとうございました。全部書き写しましたのでお返しします。本を読むのが　こんなにむつかしいものとは思いませんでした。（以下略）》。彼女も「かもしか」同人であった。

敦賀在住の人たちについては、金田の他には田野中勤を少し知っているだけである。金田はまだ十代で一番若かったが、モダニズム風の先鋭な詩を書き、意気軒昂として自説を展開して皆を驚かせていた。その金田が「角」四四号「追悼岡崎純特集」の「岡崎純の詩の位相　―追悼文にかえて」は、「かもしか」の状況を的確に記しているので引用する。

（前略）高校二、三年生のころから再々お宅へもお邪魔し、もっぱら詩の雑談や世間話を通して、詩が何かを教えていただいた。習作をお見せしても、決して添削はしない。淡々と感想を述べられるだけである。基本的に「詩は手ほどきすることが出来ても、詩の奥義は教えられるものではない。けれども習うことはできる。」という、一見して禅僧のような背筋を伸ばした詩作への姿勢を生涯崩すことはなかった。禅語の「不立文字」の教えが詩作を支えているのだ。（後略）

「かもしか」と「ゆきのした」

千葉晃弘は、「民俗の闇の中へ　―金田久璋」（『喪失の時代の詩人たち』所収）で、《昭和三十八年には「ゆきのした」系の「かもしか」という雑誌を堀耕一、岡崎純らと発行する。その創刊号に真樹乱というペンネームで登場する。》と記している。《「ゆきのした」系の「かもしか」》に、わたしは違和感がある。国鉄の敦賀機関区勤務で組合活動家もいたし、わたしも「ゆきのした」の定期購読者の一人だったが、「つるが文学の会」は岡崎さんを慕う多様な人の集まりであったと、思っている。

「ゆきのした」は、中野鈴子が新日本文学福井支部の機関誌として創刊し、鈴子没後に、ゆきのした文学会と改称し、幅広く県内の文学を取り込んで発行するようになってきた。従って、「ゆきのした」に作品を載せたことで「ゆきのした」系とは限らない。岡崎純が『重箱』刊行から「かもしか」終巻のころまで、「ゆきのした」に掲載した詩やエッセイを記してみる。
「ゆきのした」一九六二年四月、五七号に、詩「木綿糸」を掲載。この詩は『重箱』からの再録。裏表紙一面に詩集『重箱』の広告が載り、購読の予約募集もしている。この号には他に則武三雄が詩を、小辻幸雄がエッセイ「『かたらい』の詩と真実」を載せている。

翌年の一九六三年五月、六八号の巻頭に、「山本計一氏のこと　―「奥の細道」原本の発掘者―」の追悼評伝を掲載。急逝した山本計一は俳人で、郷土史家でもあり、敦賀市の文化財保護委員をつとめ、西村家伝来の素竜自筆の西村家『奥の細道』を発掘した（平成になり芭蕉自筆の『奥の細道』が発見されている）。このエッセイに続いて、詩「田螺考」「石　Ｉ」「汗かき地蔵」「石　Ⅱ」の四篇を載せる。詩はいずれも『重箱』からの再録である。

同年九月、七二号に、エッセイ「戦争詩について」を掲載。これは昭和十七年二月発行の『大東亜戦争決戦詩集』をもとに、岡本潤、北原白秋、高村光太郎、草野心平、深尾須磨子、室生犀星、白鳥省吾、壺井繁治、阪本越郎、中西悟堂、西条八十らの詩篇の一部を引用し、当時の岡崎の姿を重ね合わせながら寸評を加えたものである。このエッセイの結びは以下のようである。

私はこれら詩人たちの恥部にふれる思いがして気の毒な気がしたし、追い打ちをかけるようで嫌な思いもした。しかし、再び「いま直ぐここで、理由も訊かずに死にますか？」「はい」などということのないようにするためにも、また、ここで上げたような画一的な貧しい詩、いつわりの詩を書かないでもよいような平和な時代のために、あえて登場してもらったのである。

当時、戦争詩やその詩人たちを一方的に批判する風潮が強かったのだが、岡崎はその風潮には与しない。戦争詩の非を暴くのではなく、《いつわりの詩を書かないでもよいような平和な時代のために、あえて登場してもらった》と記す。そこに明確な岡崎の立ち位置がある。

「ゆきのした」一九六四年九月、八三号には、小辻幸雄が農民文学史ノート（別記）として、「三冊の詩集　―『重箱』『鷺』『蟹』―」を載せている。三人の詩人の《真摯さと努力に脱帽した》うえで、詩精神の方向性に「さびしさ」を感じている。《作品の完成度でいえば、岡崎の作品は、ほとんど完璧に近い》とし、《かれの作品をまとめれば、秀作はやはり「足半草履」であり、「壺」や「冬眠」がそれに続いている。「二つの家」「花粉」はかれにとって過失であった。》と記している。また、《岡崎純が俳諧精神の体得者だとすれば、広部英一は短歌精神の体得者である。》とも書いている。

次の八四号に、「かもしか」同人の田野中勤、金城文一、池内良成がそれぞれ詩を二篇載せている。八六号には、小辻幸雄作成の「犬田卯年譜」（未定稿）の広告、「かもしか」

八号の広告も載っている。確かに「かもしか」の活動時期と「ゆきのした」への掲載が重なり合うのだが、その内容をつぶさに見ていくと、わたしには「かもしか」が「ゆきのした」系とは思えないのである。「かもしか」の合評会などでも「ゆきのした」が話題になることはなかった。「かもしか」が二年で終わったのは、同人の教員たちが二、三年して自宅から通勤できる嶺北に転勤したことも原因だったと思われる。

『重箱』から『藁』へ
―日本現代詩文庫45『岡崎純詩集』を参照しながら―

『岡崎純詩集』は、日本現代詩文庫の一冊として刊行されたので、統一した体裁やページ数などの制約があり、それまでの作品の取捨選択を岡崎がすることになる。定年退職した翌年一九九一（平成三）年三月の発行であり、この時点での岡崎の詩や文学にたいする立ち位置がみえてくるように思う。

詩作品の取捨選択を『重箱』と『藁』でみていく。

詩集『重箱』では、第Ⅰ部の二十一篇のうち「田螺考」「二つの家」二篇を削除している。「田螺考」は改稿して『藁』に再録し、それを決定稿としている。ネオ・リアリズム系の

第Ⅱ部では、九篇の作品から「爪」「羊」「冬眠」「断章」の四篇を削除。第Ⅲ部の五篇は五篇とも収録している。一方で詩集『藁』三十六篇のうちで削除したのは「死期」の一篇だけである。

「二つの家」を削除したのは何故か

その参考にもしたいので、『岡崎純詩集』に収めている十二篇のエッセイのタイトルを順に記しておく。

詩人の「ワキ」的存在について
地方における私の詩
亀井勝一郎——追憶
詩人白崎禮三のこと
黒田三郎のこと
木原孝一追悼
「丸山薫詩集」のことなど

中野重治のこと
母を思う
私の祖母
叔母
少年の頃の冬

「二つの家」の具体的な内容を知ったのは、千葉晃弘の「土への志向　―岡崎純」（『喪失の詩人たち』所収）によってである。わたしの詩集『在所』を高志高校勤務時代の上司で英語科担当の上司に差し上げたところ、その返書の末尾に以下のことが記してあった。《うしろ書きに岡崎純先生とありましたが、私は純先生の兄さん武生高校英語科の先生岡崎豊先生とおつきあいしている時、話が出て少々お話を聞いたり、詩集『重箱』などをもらったことがあり　岡崎家は高山藩金森長近公の家老の家柄で武生の白崎町は幕府直轄で、その所に陣屋や屋敷があり　その任にあたっていたが、明治に入り養子に委ねた人が相手が亡くなった時戸主の権限で財産を持って一戸を構え同じ部落で二軒の岡崎が出来、残された家は困難を極めたとの事。純先生の詩の中に二つの岡崎という詩がある筈で、それが詩歌の道へ進んだ原因だとおっしゃっていたのを思いだし　付け加えさせていただきました。》

また、「角」四四号に寄せた安井杏子の「祖父について」で、こんなことを記している。

（前略）私が繰り返し聞かされていたのは、実家の岡崎や主家であった金森氏のこと、また師範学校での生活や空襲のことだった。詩との出合いや詩友と呼ぶ人達についても、語ることはできたはずだが、そうゆうことを孫に向かって話したいとは思わなかったのだろう。（中略）祖母の話によれば、祖父は初稿を書き上げると、それを祖母に向かって読上げ、その度に言葉を削り、もともと短い詩がさらに短くなっていくことが多かったと言う（後略）

期せずして二人の肉親が二つの（岡崎）家について語り、千葉のエッセイも岡崎純から直接聞いてのことであろう。

詩集『重箱』には、一読して二つの岡崎家と理解できる作品に「二つの家」と「茶菓子」の二篇がある。削除しなかった「茶菓子」を引用する。

ある日ふたりの男がやって来た／ぼくと祖母しかいなかった／ふたりははいりこむなり／タンスや長持／鏡台やミシンなどに封印をはじめた／不思議なことをするものだと／鼻をほじっているぼくを急きたて／祖母は茶菓子を買いに走らせた／ビスケットに塩せんべいだった／／祖母はかるさんを取って／お茶の用意をした／そうす

れば少しでも／軽くて済むとでも思ったのか／腰を低くしてそれをふたりにすすめた／ふたりの帰りぎわに／茶菓子の残りまで持たせていた

次に「二つの家」を引用する。

五つ違いの
二番目の弟が生まれたとき
祖母は背中のぼくに　しみじみと言った
　　どちらかが
　　もう一代早く
　　生まれていてくれれば　と

一つの部落で同じ姓を名乗る
二つの家の貧しい反目について
どんなに　悲しかったかを
祖母は死ぬまで　ぼくに言い言いした

祖母は四十で寡婦になった
三人の娘があった
姉に教員の養子をもらった
一年ほどして　娘は突然みまかった
スペイン風邪だった

そして　ある日
男はきょうから家を出ると言いだして
しかも　戸主には戸主の権利があると言い
天正以来のなけなしの不動産を持ち去った
先生をしているものがと　哀願もし
罵りもし　訴えもしたが
こうして　一つの部落に同じ姓を名乗る
二つの家が生まれたのだ

その日から
親と言い子と言いした仲の反目

眉毛のそりあとのような悲しみ
お歯黒のような祖母のためいきの話

女ばかし産んだ悲しみ
男を産めなかった悲しみ
わからぬまでも　男とか女とか
性に上下のあることの悲しみ
無学ゆえに　さらさら日本のおきてについて
ふっつり　あきらめきれぬ悲しみ
——もう一代早く
　生まれていてくれれば　と
臨終のうわごとにも吐いた悲しみ

「二つの家」は、詩集『重箱』第一部の最後に置かれた作品である。岡崎はこの詩を入れるかどうかを迷ったに違いない。これほど生々しくストレートに岡崎家の恥部を書き込んだ作品はほかにない。二つの岡崎家の思いの方が勝ったのであろう。詩作品として以後二つの岡崎家に触れることはなかったが、岡崎の内部に消え去ることはなかった。ずいぶん後になってからでも孫には繰り返し聞かせ、エッセイ「私の祖母」では柔らかくして触れている。

「二つの家」から肉親の鎮魂へ

『藁』は、Ⅰ部二十八篇、Ⅱ部八篇からなり、Ⅰ部は、四歳で亡くなった妹、祖母、そして父母と順に並べた岡崎家の墓碑銘といえるだろう。
祖母の詩は二篇、「土産」を引用してみる。

いまだその時刻でもないのに
祖母は雨戸を閉めよという
いまだ明るいのに
夜がふけたという
眼がまいってきたのだ
それから戸棚に
土産があるからという

岡崎純

娘に持っていくのだという
祖母は先だった娘のところへ
逝こうとしているのだ
戸棚の中には
土産らしきものはひとつもない
ぼくたちには見えない
祖母にだけみえているもの
娘が逝って以来
祖母の胸の戸棚の中に
いつも用意されていた土産は
いったいなんだったろうか
いつも食べずに残してくれた
菓子のようだったか
祖母は明かさずに逝った
ぼくたちは祖母の土産が
なんなのか知りたかった

ぼくたちには見えないで祖母にだけ見えているものは何か。二つの岡崎家の恩讐を超えて、今ある平穏な岡崎家のことを逝った娘に報告できることなのか。読み手に委ねられている。

二つ目の詩「土」も引用する。

ふるさとの土が欲しいという／ふるさとの土に交じれば／早く土になれるという／祖母の逝った日／柩に入れる一握りの土を／わたしは祖母のふるさとへ／とりに帰った／祖母よ／ふるさとの土です／祖母が跣足で／育った土です／わたしは祖母の柩に／そのふるさとの土をまく

ふるさとの土から生まれ、土に還るとは、命の始まりからその最後を見届けることをシンボライズした詩句であろう。「現実の上にさらに新しい詩的現実を」みたように思える。詩作品「土産」もまた、物品としての土産ではなく、生まれてからこのかたまでの胸中深くにしまい込まれていたものを亡き娘に届ける土産であったに違いない。金田のいう「不立文字」である。

また、詩集『重箱』の「田螺考」は『藁』に再録するとき、三連目からの十八行をすっぽり削除した。その部分を引用する。

ぼくたちは田螺をみつけると／何故か無性に小便がしたくなった／畦道に立って／ぼくたちは一斉に放水する／目を閉じるように／田螺は少時動くのをやめる／こんどはめったに命中しないのだが／小石を投げる／ぼくたちは田螺が／一瞬背を丸めたように思う／だが暫くすると／何事もなかったかのように／田螺は動きはじめる／ぼくたちはなぜもっと／田螺は暴れんのだろう／蛇のように暴れればいいのにと思う／いっときの田螺いじめがすむと／ぼくたちは一様にさぶしくなった

母への鎮魂の詩であるから、ぼくたちの田螺への所業が省かれるのは当然であるが、岡崎のエッセイ〝詩人の「ワキ」的存在〟をつい思い浮かべてしまうのである。『藁』を読み返しながら、《わたしは、詩人のワキ的存在の重さを思うのである。橋懸りのむこうから、（シテを）呼び出さねばならないと、しきりに思うのである。》が浮かんでくるのだ。

第二詩集『藁』

『藁』は、一九六六（昭和四十一）年二月の刊行で、岡崎は三十六歳であった。『重箱』に引き続き、則武の北荘文庫からの発行で表紙も小野忠広。解説は則武から木原孝一になり、丸山薫が跋文を寄せている。また、中日詩賞次席賞を受賞したが、農民文学賞では候補であった。候補に留まったのは、岡崎の詩がシテの農民をワキとして描いていることが、評価する側から弱さとして映ったのかも知れない。同じく農民詩人として知られる山田清吉と岡崎純との決定的な違いは、山田は農業を生業とする耕作者でシテであると同時に、ワキではなくシテとして作詩していることである。つまり、山田にシテとワキを区別する意識はない。もちろん詩の優劣を言うのではなく、詩への立ち位置の違いである。

さてこれまでに、主として『藁』について二つのことをみてきた。一つはⅠ部の肉親への鎮魂詩篇は「二つの家」からの超克であったこと、以後、二つの岡崎家を詩の素材にすることはなく、岡崎の「胸の戸棚の中」の思いは詩からエッセイにすることで満たすことになった。『岡崎純詩集』の「エッセイ」項に、「母を思う」「私の祖母」「叔母」の三篇を収録していることでも推測できる。二つ目は、詩にあっては、亡き人への魂ふりであるならば、シテは亡き人、作者はワキに徹するのは当然である。そのことが、詩人はワキ的存在であることを意識させていくのである。

ここからは、次の三つのことを記しておきたい。①『重箱』のⅡ部ネオ・リアリズム系の詩篇はどう受け継がれていったか。②子どもへの詩の指導活動が岡崎の詩篇に与えた影響について、③北荘文庫からの自立について、である。

①は、秀作「古井戸」に明瞭に影を落としている。詩に対する基本的姿勢として「現実の上に、さらに新しい詩的現実を」と「詩は批評であり象徴である」は、項目を立てるまでもなく、岡崎の詩作の基本的姿勢として受け継がれていく。

②まずは、『重箱』もそうだが、子どもを素材にした詩が多いことである。岡崎の子どもへの詩の指導は、詩を教えるのではなく、子どものこころのなかにある詩を引き出し育てることにあっただろう。それは期せずして岡崎に眠っていた少年期を呼び覚ますことにもなったのである。

「角」九号（復刊一号）に、図書館勤務の河原正実が「拝啓　岡崎純様」を寄稿している。二十年ほど前から図書館員たちの勉強会で小中学校で「ブックトーク」をしていることの報告である。《八年前に岡崎先生の詩集の中から少年をモチーフにして書かれたものを集めて「岡崎純……少年詩を読む」を開催したことがあるのです。岡崎先生は、谷川俊太郎のように子どもを対象に詩を書いておられる訳ではないと思いますが、先生の詩は、子どもの深層心理に触れるものが相当あるのです。現に、少年詩の朗読会はとても評判が良かったのです。》と書き、具体的に実例を挙げていき、最後に《このように、岡崎純の詩の世界には子どもの魂をも揺るがす何かがあるようです。》と結ぶ。

また、岡崎純は初稿を書き上げると、それを妻に向かって読み上げ、その度に言葉を削り、もともと短い詩がさらに短くなっていくことが多かった、と孫の安井杏子も書いている。

岡崎が子どもから学んだことは、話しことばである。子どもにとってことばは、活字ではなく話すことばである。母親が子どもに繰り返し話しかけることで、子どもはことばを一つずつ覚えていったのだ。そこに暮らしの中から生まれた土着のことば方言が入り込むのも自然なことである。しかし、岡崎は活字化するときに、その意味を付与することは忘れなかった。「ははがいった」は「母が逝った」に、詩「極楽石」の終連では、「あのころの／村の若者たちは／かわるがわる／この陽あたりのいい極楽石に／腰をかけては／出かけて征った」と漢字をあてている。「出征した」とは決して書かないのである。

岡崎の詩にある繰り返しやリズム感や音感なども、話しことばから生まれてきた、と思う。

「角」創刊号からの同人笹本淙太郎は「現代詩手帖」二〇一七年十一月号に寄せた「蝸牛の眼差し　追悼岡崎純」の結びで、《その世界観は素朴で美しい。簡潔で平易な日常語が温かい。肌触り慎ましく、ふわり木綿錦を羽織る思いだ。観念の色には染まらない淡彩の言葉を織り上げて叙事の叙情を創った。礼儀正しい日本語の口語を育んで醇厚の詩篇を生んだ。》と記している。

③の則武が主宰する北荘文庫からの自立について。

広部英一は第二詩集『鷺』を一九六三（昭和三十八）年七月に発行し、森山啓が序文を寄せており、南信雄は第二詩集『長靴の音』を一九六六（昭和四十一）年七月に発行、解説を広部が書いている。岡崎純も第二詩集『藁』を一九六六（昭和四十一）年二月に発行、丸山薫が跋文、木原孝一が解説を書いている。いずれも則武三雄が主宰する北荘文庫の発行だが、則武が詩集に主体的に関わった形跡はない。また、岡崎の『藁』発刊の二月に、広部の紹介で芦原温泉で開かれた中村光行の主宰する第一回「鴉の会」に、広部に岡崎と南の三人が参加している。「木立ち」の創刊は四十三年の六月になるが、この夜の宿舎で三人を軸にした同人誌を出すことが話題になったかも知れない。北荘文庫からの自立である。戦後に詩作を始めた三人が二冊目の詩集を出し意気盛んであり、自分たちの世代で独立した福井の同人詩誌を創ろうとするのは自然な成り行きであろう。

（三）詩集『極楽石』の刊行まで

季刊詩誌「木立ち」の創刊

一九六七（昭和四十二）年二月、前年に続いて彦根市で開かれた第二回「鴉の会」に、岡崎、広部、南の三人に川上明日夫が加わり四人で参加した。この時、広部主導で同人誌発行の具体的な話し合いがあったと思われる。

翌年の昭和四十三年六月に、「木立ち」が創刊された。同人は岡崎、広部、南、川上の四人、発行責任者は岡崎純、編集責任者は広部英一である。

創刊号の後記に、《詩誌をはじめることにした。思うに私たちは、自由な発言の場、作品発表の場を得て、鯔《ぼら》のようにエネルギッシュに、「わいて」みたくなったのかもしれない。夏の木立ちにつづけて秋の冬の春の木立ちと続刊できれば幸いである。》（広部英一全詩集年譜）と記している。

以後も春夏秋冬の季刊発行を堅持し続け、岡崎、広部、南の三人は毎号必ず詩を掲載している。また、五号から発行責任者が岡崎純から南信雄になり、一四号からは広部英一が編集発行責任者になり「木立ち」を主導していく。広部は二〇〇四（平成十六）年五月に亡くなるが、その前年発行の九五号まで編集発行責任者を続け、季刊発行も守ってきた。

一九七二（昭和四十七）年に、「木立ちの会」が福井県文化奨励賞を受賞し、「詩学」十二月号に、「木立ち」の作品特集が組まれている。岡崎、広部、南、川上の四人と、松山豊顕、上野雅代が作品を発表している。これは、二年経過した八号から上野が加わり、一〇号から松山が加わったことによる。松山は福井と縁りはないが、木原孝一から広部に紹介があり加入したという。

またこの特集に、「鴉の会」の中村光行が「木立ちのこと」を掲載している。

「木立ち」には、一一号から大橋英人、一二号から定道明、二五号から山田清吉、三三号から今村秀子、五一号から中島悦子などが加わり、県内外で最もよく知られる詩誌になっていった。岡崎純は、「木立ち」創刊から広部が亡くなるまで毎号欠かさず詩を載せている。

詩誌「角」の創刊

一九六九（昭和四十四）年十一月に詩誌「角」を創刊した。編集・発行は岡崎純。同人は岡崎の他に、金田久璋、小林繁美、笹本淙太郎、田辺武光、馬淵（玉井）常光の六名で、敦賀市とその周辺の者で、岡崎の詩と人柄を慕って集まった人たちである。そこには、かつてのつるが文学の会「かもしか」の流れも在ったような気もする。「木立ち」には詩集を持たない者は同人にしないという不文律（広部英一のこだわり）があったが、岡崎には、詩集の有無を問わず、地元で詩を書こうとする若者を育てようとする包容力と寛容さがあった。

創刊号の「あとがき」で、《敦賀はむかし「角額」「都怒賀」「角鹿」と書いた。任那から敦賀に来着した神の額には、角がはえていたという。敦賀の地名の起こりである。また憶説には牛をともなって来たのではないかといわれている。その由来にあやかったわけではないが、わたしたちは、『角』という詩誌で出すことにした。》と書いている。また表紙は、「木立ち」とあわせたかのように、四号から千葉半崖の前衛書体の「角」の一文字だけになった。

岡崎は創刊号で、〈詩人の「ワキ」的存在について〉を載せている。短いエッセイであるが、岡崎の詩の創り方をみるには、重要なキーワードになるだろう。四号には、〈詩人「白崎禮三年譜」ノート〉を載せる。地元の敦賀でもあまり知られていない三十一歳で夭折した詩人白崎禮三について、その文学活動と、詳細な年譜を付したものだ。白崎は、旧制三高時代に百田宗治主宰の詩誌「椎の木」の同人になり、織田作之助にも深い影響を与えたという。白崎禮三を知る上で必須の文献である。
「角」は創刊時では季刊詩誌を目指していたのだが、不定期刊行になり、一九七四（昭和四十九）年十一月刊の八号で休刊した。
七号掲載の詩「四十九日」は詩集『極楽石』に「読経」とタイトルをかえて掲載され、八号の詩「喉仏」も一部推敲されて載せている。参考までに、「喉仏」の推敲をたどってみる。

「角」八号

（前略）
炭火でゆっくり焼くのがこつです
おんぼは重ねて言うのだった
あなたの
おっかさんの心のように
仏の肩はなで肩ですと
掌の上に喉仏を立てて
おんぼは見せるのだった
私は古里の山に似ていると想った

『極楽石』

（前略）
炭火でゆっくり焼くのがこつだと
隠亡は重ねて言うのだった
おっかさんの仏はなで肩ですと
掌に喉仏を立てて
おんぼは私に見せるのだった
私は在所の山の姿に
似ていると思うのだった

詩誌「地球」同人

一九七三（昭和四十八）年四月、秋谷豊が主宰する第四次「地球」の同人になる。

大正十一年生まれの秋谷豊が主宰する詩誌「地球」は、「地球年表」によると、昭和十八年に創刊し、昭和二十二年に復刊するも二号で休刊。昭和二十五年に第三次「地球」として再復刊している。同人には丸山薫、木下夕爾、中江俊夫、谷川俊太郎、杉本春生などが参加し、更に、松永伍一、新川和江、大野純、嶋岡晨なども参加。一年休刊後の昭和四十一年から、鶴岡善久、吉原幸子などを加え四十一名で第四次「地球」となる。次第に社会派の抒情詩を目指すようになったようである。また、世界詩人会議、アジア詩人会議を主催するなどの活動もあり、有力な国内同人詩誌として知られている。

岡崎の同人加入はこれまでの詩作の評価は勿論であるが、交流が続いている松永伍一からの誘いや、広部の影響があったのかも知れない。同人に加入以後、岡崎純は県内では「木立ち」を、全国詩誌では「地球」を主軸にして発表していく。

因みに、盟友の広部英一は「木立ち」創刊の時には「地球」に詩を載せており、一九七七（昭和五十二）年に詩集『邂逅』で、第二回地球賞を受賞している。

詩集『極楽石』

一九七七（昭和五十二）年二月に詩集『極楽石』を刊行。第一七回中日詩賞を受賞した。「あとがき」で、岡崎は詩集に込めた想いを凝縮し簡潔に吐露している。次にその「あとがき」を引用する。

私は、これまでにいくたびか血縁、地縁につながる者たちの死に出会ってきた。この者たちの死に出会うことは、この者たちの凝縮された生命に触れることであった。

この者たちは、北陸の農村に生まれ、ただひたすらに土に汗して生き、安らかな死を願望しつつ生を終えていった。寡黙な生であり、寡黙な死であった。なるほど、この者たちは、それぞれの運命を享受し、後生を願いつつの静かな死に顔を見せてくれたが、この者たちはこの者たちなりのいうにいわれぬ此岸での悲しみを抱え、それを彼岸への情念として、生き死にしていったのである。私は、この者たちの切なる情念がいとしくてならない。

詩集『藁』以後、およそ十年間のものを集めて『極楽石』とした。主に詩誌「木立

ち」「地球」に発表してきたものである。（以下略）

詩集は三部からなり、Ⅰ部は地縁の死と村のフォークロアをふまえた作品の十三篇を収め、Ⅱ部は血縁の死と凝縮されたその生涯の十六篇、Ⅲ部は新たないのちと、小さな生き物たちの十一篇、からなる。

Ⅰ部巻頭の「弥五郎芋」は、「木立ち」二一号に掲載、村の伝承を素材にした作品で、詩集『藁』にも機織り姫の池にまつわる伝承を素材にした詩「池」があった。詩集『極楽石』には、詩集のタイトルにもなった「極楽石」をはじめ、「撫仏」、「幽霊の話」、「椿」など、民間伝承をふまえた詩篇が見受けられる。しかし、単に村の伝承をそのまま作品としたのではない。伝承に作者の新たないぶきを与えて、現在に受け継いでいるのだ。

たとえば、詩「極楽石」の結びの連では、「あのころの／村の若者たちは／かわるがわるに／この陽あたりのいい極楽石に／腰をかけては／出かけて征った」と結ばれている。

また、詩「椿」では、「椿の木が年を経ると／女になるというのでありました／／ある朝／椿の木の下に／赤子のなき声がありました／老婆が引きとって育てました／夜ごとに／女があらわれて／子に乳をふくませました／椿の花の香りがしました／／ある夜／女は泣くのでした／道が拓かれて／切り倒されると／／別れに／子に口づけしました／女は椿の花の形を／子の額に残しました／／その子がいよいよ背丈伸び／戦に出て逝きました／老婆は椿を植えて／墓守りをするのでありました」となっている。

この詩は、更に肉付けされ具体的状況が描かれた童話になり、「木立ち」一九号（春号）に、八枚の童話「椿太郎」として発表された。

詩の結び《その子がいよいよ背丈伸び／戦に出て逝きました／老婆は椿を植えて／墓守りをするのでありました》が、童話の結びでは、《椿太郎は、たくましく成長しました。しかし、残念なことには、太平洋戦争が始まりました。椿太郎は、少年飛行士となって、南の島の戦場で戦死してしまいました。おじいさんとおばあさんは、椿太郎の小さな墓の前に、椿の木を植えてやりました。》となった。村に残る伝承は、鮮やかに蘇るのである。

岡崎の青春は戦争であった。椿の老木のたましいが女に化身し、木が切り倒されるとき、その子に椿の花の形を消えぬ痣として残した。岡崎にも同時代を生きた者広部にも、戦争は消えぬ痣として残っている。わたしはかつて岡崎から、「詩はひとつの象徴であり、更には私なりの批評でありたい、そう思いながら創っているつもりだ。」と聞いたことがある。岡崎の批評は、声を荒らげて批判するのではなく、小さなものや、かよわいもの、土に生きる村人たちに、いつでも寄り添いながらつぶやくのである。

一九号の広部の「後記」全文を記す。


本誌掲載の岡崎純「椿太郎」は、南信雄「まんごうふぐぷう」定道明「まちこ」に続く、木立ち八枚の童話シリーズの第三作である。岡崎純の詩の世界の根底には、常に農村の風土に土着して生きる人間への愛情が流れている。この童話「椿太郎」も農村風土を舞台にフォーク・ロアの興趣を盛り上げながら、人間と自然への限りない愛情を、砂金のように沈ませている創作である。切り倒された椿の大木も、あわれであるが、戦死した椿太郎も、なおあわれである。大輪の椿の花の季節にふさわしい佳篇をお届けできて幸いである。〈英〉

同じ一九号に載せた詩「少し遅れて」は『極楽石』に採録している。改稿は単語ひとつ。固有名詞の「おとく」が一般呼称の「家内」にしただけである。しかし、一つの単語の変更は、妻を亡くした男たちの思いへと広がっていく。

余談になるが、「木立ち」は冊子の中ごろの見開き二ページに、同人が原稿用紙二枚程度の随想を書いていたが、同人一人で書く八枚の童話シリーズになり、さらには同人以外の人も八枚の随筆を載せたりして、後には広部の知友で二人の共著もある登山家で山岳エッセイストの増永迪男が連載するようになった。

話を元に戻そう。Ⅱ部は、血縁の死と凝縮されたその生涯を主題にした作品になる。『極楽石』のあとがきで岡崎は次のように記した。《安らかな死を願望しつつ生を終えていった。寡黙な生であり、寡黙な死であった。》しかし、《この者たちなりのいうにいわれぬ此岸での哀しみを抱え、それを彼岸への情念として、生き死にしていったのである。私は、この者たちの切なる情念がいとしくてならない》と。だとすれば、残された自分（岡崎）が作品を通して、その者たちの情念を詩で表現し継承していきたい。わたしには、そんな岡崎の声が聞こえてくる。

次に「木立ち」六号に掲載の詩「撫でる」と、『極楽石』の「撫でる」を見てみよう。

「木立ち」六号

人はすべて　死ねば
眼を閉じるとは限らない
あの戦場で
多くの兵士がそうだったように
閉じていた眼を見開いて
おふくろは息を引きとった
息を引きとるには
せめて鍬の柄を握るくらいの

『極楽石』

人はすべて
死ねば眼を閉じるとは限らない

閉じていた眼を見開いて
おふくろは息を引きとった

力はいるだろう
おふくろのまぶたを
わたしは撫でる
人並みに
眼を閉じさせるために
眼を閉じたおふくろは
ようやく眠ったように見えてくる
枕をはずすと
死人らしく見えてくる

おふくろのまぶたを
わたしは撫でる
人並みに
眼を閉じさせるために

閉じていた眼を見開いて、息を引きとったおふくろの眼に、切なる生涯の情念を感じ取り、その情念がいとしくて、安らかな彼岸への旅立ちを願いながら、眼を撫でたのである。そしてこの「撫でる」の背後には、「木立ち」六号のような岡崎の思いも隠れていた。戦場での兵士の死や、眼を撫でるときの岡崎の様々な思いは推敲のなかで省かれていく。それらすべてを読者に委ねているのである。岡崎が言う象徴と批評とはそういうことであろうか。

また、血縁の死となれば、前の詩集『藁』のI部の詩篇と当然重なり合う。『藁』掲載の父の最後のときの詩「死期」は、『極楽石』では詩「わからなかった」として改めて創っている。改めて父への想いをかみしめるのだ。
　次に同じタイトルの詩「土」を読み比べてみよう。

　『藁』掲載の「土」
ふるさとの土が欲しいという
ふるさとの土に交じれば
早く土になれるという

祖母の逝った日
柩に入れる一握りの土を
わたしは祖母のふるさとへ
とりに帰った

祖母よ
ふるさとの土です
祖母が裸足で

育った土です
わたしは祖母の柩に
そのふるさとの土をまく

『極楽石』掲載の「土」

いくつになっても
他家《よそ》から嫁いできた者は
きた者であるらしかった
此家《こんのち》の土になるには
なかなからしかった
家の土になったつもりで
いくたりの子どもを産み
孫の顔を見る齢になっても
死の際には
里に帰りたいと
むずかるのであった
水を飲んできたいというのである

土を踏んできたいというのである
此家の子どもを産んだくらいでは
とても此家の土にはなれんらしかった
息を引きとって
ようやく此家の土に収まるのであった

祖母の死という岡崎個人の体験は、村落の習俗へと普遍化されていく。詩集『藁』では肉親の死を主題とした第Ⅰ部に収めたが、詩集『極楽石』では、地縁を主題とした第Ⅰ部に収めている。

『極楽石』の第Ⅲ部は、新しい生命の誕生とその成長を主題にした詩篇と、日常の暮らしの一こまを描いた作品に続いて、海鼠やとかげ、枝虫といった身近で小さな生き物を素材に取り上げた詩篇を収めている。

教員の同人詩誌「果実」六十周年記念号（二〇一二年刊・八四号）に、藤井則行は、『極楽石』収録の詩「正座」について、「出合いの一編とその人」のタイトルで次のように書いている。

『果実』の創刊号から昨年の八十三号までに発表されたおよそ千編近い同人の作品か

ら、もし「私の一編」を選ぶとすれば、迷うことなく第六号（昭和四十二年）に掲載された岡崎純氏の「正座」を挙げたい。

お前が
生まれるので
ぼくは正座している

夕方の
満潮を待ちながら
ぼくは正座している

詩を書き出してまだ間もなかった私にとって、「正座」は衝撃の一編だった。日常生活の中で感じたごくささやかな出来事を、そのまま日記風に書いて満足していた私に、「詩とはどういうものか」について、「正座」が教えてくれた衝撃は、今なお記憶に新しい。単にわが子の誕生を待つ父親のありふれた思いをはるかに超越して、この一編には作者の厳粛な思いが漲っていた。その厳粛さに私は圧倒されたのである。女性の生理が、月の巡りに深い関係があり、子の出産も「満潮」に合わせて生まれると

か。そうした宇宙の神秘に同化して安産を祈る敬虔な心情が、おのずと「正座」という姿勢になったに違いない。（以下略）

岡崎の「詩に余計なレトリックやありふれた感情移入はいらない。」の言葉をわたしは思い浮かべた。正座の一語に全てを凝縮し、リフレインで、正座の時間と、そのなかでの父親の思いの経過が暗示されていた。

また、身近にいる「小さないのち」を素材にした詩篇でも、小さないのちに人間の生死を投影している。詩「枝虫」では、枝虫の遅々とした歩みを、岡崎自身の歩みになぞらえて、「目を足許に移せば／私の矮な影」と結ばれる。詩「飛翔」では、「わずかに／青空の見える／岩の上で／とかげが／骸になっている／空を／翔んだ姿で」でも、人間の生死が重なり合って視えてきたのである。

Ⅱ部には、逆に人間が小さないのちに比喩された作品もある。詩「蛍」は祖母や老婆の死を描いているが、その結びは「庭先の柿の葉陰の蛍のように／祖母は寂かに飛び逝《た》った」である。詩「読経」では、「かわずが縁側で／おちょきんをして／先ほどから／読経を聞いている／ときどき前肢で／眼玉をぬぐっている／祖母の四十九日です」と。言うまでもなく、かわずは四十九日に参列した人の姿である。小さな生き物のいのちと、人のいのちは同質なのである。

（四）詩集『寂光』の刊行

『寂光』の刊行まで

詩集『寂光』は、一九九六（平成八）年十一月の刊行で、生前最後の詩集になった。詩集『極楽石』（一九七七年刊）以来の新詩集で、十九年ぶりになる。

しかし、一九九一（平成三）年に、日本現代詩文庫45として『岡崎純詩集』を刊行している。この選詩集は、これまでの岡崎の詩篇を取捨選択しながら限られたページ数に収め、これまで書いてきたエッセイを選び出し、広部英一と斎藤庸一に解説を依頼し、自筆年譜を作成するなど、新詩集発刊にも増して大変な作業であったと思われる。

また、教員安井勇は、『極楽石』刊行後から教頭として転勤を重ね、校長に栄転し、平成二年三月に定年退職するまで要職にあった。気が休まることがなかったのかもしれない。

また、一九八五（昭和六十）年発足の福井詩人懇話会をめぐっては、いろいろとごたごたがあり、岡崎は五十五歳であったが、温厚で人望のある岡崎純が代表になることで円満に異論なく収まっている。
新詩集の刊行は十九年ぶりと長かったが、この間も詩誌「木立ち」「地球」を主にして間断なく詩を発表している。従って、新詩集を編むのに詩篇が不足したのではない。

詩集『寂光』

この詩集表紙の帯文は松永伍一が書いている。松永は岡崎と同じ一九三〇（昭和五）年の生まれで、農村育ち、詩集に『土塊』などがあり、岡崎とは詩集『重箱』刊行以前から交流が続いてきた。その帯文を記す。

ここには生死の間《あわい》から清冽な水のように流れ出る「いのちの声」がある。智慧に濡れていて温かい。思うに人は初めから詩人ではなく、生きるかなしみと歓びとを等質と感じとりつつ詩人になっていくのだ。岡崎純の「寂光」はその心の軌跡を慎ましく開示した淡彩の浄土絵巻である。

詩集のタイトルになった詩「寂光」は、一九八二（昭和五十七）年四月刊の「木立ち」四

○号に発表したもので、語句の修正はない。『岡崎純詩集』の「未刊詩集より」の詩篇の最後にも収録している。詩集刊行の六、七年前に書かれた作品になる。この頃から、岡崎の詩への思索はさらに深まり、理念が詩に明確に表現されるようになった気がする。
詩「寂光」を次に記す。

気づいたときには
汀の砂の上に
ひとり取り残されていた

潮が満ちるには
いましばらくの
刻が必要だった

まぶたを閉じ
わずかにたくわえている
胎内の潮の
なくなるのを待った

寂光が
砂浜の貝を包んでいた

岡崎純の二〇一七年の告別式（平成二十九年六月十四日）で、日本現代詩人会会長の以倉紘平が弔辞を述べている。その弔辞で、《詩集『寂光』のタイトルポエムは、いのちをうたった絶唱と私は思います。》と言い、詩の全文を引用し、以下のように話している（「角」四四号・追悼岡崎純特集・二〇一七年八月刊・参照）。

汀の砂に取り残された貝は、満ちてくる潮を待って、砂の上で時を過ごします。人間という貝もまた、潮が満ちて、いずれどこかへ帰っていく存在です。われわれは、この世という汀の砂の上で、束の間の時を過ごす存在にすぎません。なんとはかない存在だろうと思いますが、岡崎さんは〈寂光が／砂浜の貝を包んでいた〉とうたっておられます。束の間の生を〈寂光〉で包んだ岡崎さんの詩想《ポエジー》には、深い東洋的な、仏教的な思いの深さがあります。土に生きる、雪国のベトに生きる人々のあるがままの生活と人生を熟視されてきた詩人は、いのちのかなしさといとおしみ、いのちへの深い悲しみに満ちた詩想《ポエジー》の高みに達せられました。

寂光《じゃっこう》は、静寂な光という意味で使われているのではない。静寂な涅槃の境地から発する智慧の光（『広辞苑』）である。

詩集『寂光』は、三部から成る。

I部は、小さないのちを主題とした作品を収めている。

最初の二篇の詩「ことばがまだ少なかったころ」と「礫」は子どもの言葉を主題にした作品である。

突然脇道にそれるが、最近週刊誌で、五木寛之と霊長類学者の山極寿一の対談を興味深く読み、啓発された。その内容をかいつまんで記してみる。

今、日本は一億総無縁化社会の状態だ。縁というのは「地縁」「血縁」「社縁」の三つで、地縁・血縁はすでに大変希薄になっている。そして、人間のアイデンティティは土地（地域共同体）によって育まれ、現実だけではなく、死者ともつながって形成されるのだ、と言う。そして、死者が記憶に残るのは言葉だけによる。歴史は語り部が言葉で伝承し、それを記述したことにより始まった。人間には語りという言葉の文化があり、そっちのほうが実は文字より大事だと思っている。更に、言葉は基本的にアナロジー（類推）、つまり比喩だと思っている、と言っている。

さて、「ことばがまだ少なかったころ」を引用する。

岡崎純

ことばが
まだ少なかったころ
なく虫は
すべてこおろぎだった

ことばが
まだ幼かったころ
動くものは
すべて仲間だった

ことばが
まだ少なかったころ
彼等は
すべてにやさしかった

この詩は「言葉は基本的にアナロジー、つまり比喩だ」で、理解できるのではないか。

しかし、言葉にはその反面もある。それが次に置かれた詩「礫」である。「やがて投げたことばに／手痛い跳ね返りのあることを」知るようになる。岡崎は、言葉の根元的な姿に対峙しているのだ。

その後に続く十二篇の詩は、小さな生き物たちのいのちに寄り添った作品になる。

その詩篇の最後に「小さな席」が置かれた。

ここにあなたと私の／小さな席がある／夫婦という／一つの席である／あなたと私の／この世における／たった一つの席である／あなただけでもいけないし／私だけでも／座ることのできない席である／あなたと私の／夫婦という／この生涯の指定の席を／どなたがご用意してくださったものか／あなたにも私にも／父があり母があり／祖父があり祖母がある／父たちや母たちが座ったように／私たちもつつましく／この席に座ろうではないか／そして私たちも／子どもたちのために／このかけがえのない／生活のいとなみの席を／準備しておこうではないか

とんぼ、蜘蛛、蟻、蛍、ねずみ、蟷螂といった小さないのちと並んで、その最後に「小さな席」が配置された。ちいさな生きもののいのちと同質に感じ取る。これが、岡崎の《生死の間から清冽な水のように流れ出る「いのちの声」》なのである。

Ⅱ部は、生と死のあわいにある現し世の詩十七篇である。

まず、岡崎のアイデンティティを育んできた土地（地縁血縁の共同体）の相（姿）が変貌しつつあることを詠んだ詩篇が目につく。

例として詩「啼く」を見てみよう。

どの辺りから
わざわざやって来たのか
どうも迷い込んだとは思えない
田圃からは遥かに遠く
雨水の流れるばかりの
団地の溝の中で
夜通し啼きしきっている
啼く目的は
めす蛙ではなさそうだ
次々と田圃を埋め立て
己が住処としてしまう人間どもに

独り抗議している
啼き声である

抗議しているのは蛙だけであろうか。かすかに和する岡崎の声も聞こえてくるではないか。同じような詩篇を挙げる。「三郎柿」の終連は、《程なくして／畷は広げられ／三郎柿を漬けた田圃が／埋め立て始められました／いかい工場が建つということでした／道ばたの三郎柿も／切り倒されて／ぼくたちの愉しみが／またひとつ減ったのでした》である。「白鷺」では、《その辺り一帯には／家が建ち並び／背後の山は赤肌を晒している》で詩を結ぶ。

次に地蔵を詠んだ詩篇も目につく。地蔵さんは、何か災厄が起きた場所に供養のために置かれたり、村はずれの道の分岐点や、休憩する所に、道案内と道中の安全を願い、たっているのが多いようだ。

その一篇、「石地蔵」を引用する。

村人の悲しむ声を
お聞きになって
仏は石の奥から

岡崎純

お姿を影向された（筆者注・神仏が一時姿を現すこと）
それからどれだけの歳月が
この村に経ったことか
ずいぶんあちこちに
お歩きになったとみえて
ひどく足を痛めていらっしゃる
村人の悲しい心を
懐に抱いて
手指も傷んでいらっしゃる

振りむけば
いつもと変わらぬお姿で
野に立っていらっしゃるのだが
村を出る私を
峠まで送ってくださって
ここからは自分で
気いつけていけよとおっしゃった

たまには村にも
戻ってこいよとおっしゃって
別れを惜しんでくださった

お地蔵さんが話しかけてくださる。岡崎の仏教とは、必ずしも特定の宗派や宗祖の教義に寄りかかるものではない。先に逝った血縁地縁の人々の安らかな後生を願う心であり、それを温かく包んでくれる仏の慈悲のこころである。実に素朴な村人の信仰に重なり合うものだ。それには地蔵さんがうってつけであった。地蔵と地蔵堂をうたった詩篇が、「桔梗」「半眼微笑」「油かけ地蔵」「落ち葉」と続く。「油かけ地蔵」を次に引く。

目も鼻も定かでないほど／油を浴びて／煤けていらっしゃる／なんせ　お産は／女一生の大事ですけ／村の老婆が言った／念じて油をおかけすれば／かなえて下さるとのことだった／ここらあたしの在所の女は／たいがい御厄介になってきたとのことだった／老婆は六度の大事をいたしたとのことだった／長男と次男は／戦で逝けんしたがとのことだった／近々　生まれます／うちの孫も　と老婆が言った／お地蔵さまは油を浴びて／今日も辛いお仕事をなさるのだった

Ⅲ部は、人生の終焉と死を詠んだ詩、十八篇を収める。

詩「陰翳」（「木立ち」七〇号に初出）は、岡崎自身の病を扱っている。《うまれたとき／すでに孕んでいた陰翳であろうか／六十年余の歳月を経て／とつぜんその芽を出した／陰翳が形となって／姿を見せたのだ／　フイルムに写る／胃のポリープのいくつか／左肺の下葉上部に写る／白濁くした陰翳／死は親しげに肩を敲いて／私を幾度も振りむかせた／ちょうどその頃／自然は新緑の装いに／ことのほか忙しくしていた》。最後の二行《自然は新緑の装いに／ことのほか忙しくしていた》と、生と死のあわいから清冽な水のように流れ出る「いのちの声」を聴いている。

また、詩「訃報」は友人の死を詠んだ作品（「木立ち」七六号では「友の死」のタイトルで掲載）で、友の訃報は、入院中の岡崎が妻からの電話で知ったのだった。岡崎にとって、死は身近に感じられるものになっていく。

さて、詩集の最後に置かれた詩「みよし」に触れておきたい。

みよし

みよしという稲穂がある
実入りの悪い稲穂である

いわばくず米というところで
鶏の餌あたりに
ちょうどよいのである
冷夏のときには
この穂が多くなり
みよしばかりでと
百姓はくどくことになる

みよしという
綽名の少年がいた
彼も戦に駆り出された
南方へ
鶏の餌のように撒かれて
逝ったのだった

これまで岡崎の詩を語るとき、戦争で逝った若者たちに触れた詩篇を論じたものは稀だった。しかし、岡崎の最も多感な青春時代は戦争であった。その戦争が若者たちの未来を断った。岡崎のアイデンティティは、自分を育んでくれた「土」と、戦争であった。岡崎も時代の中で生きてきたのである。

またこれまで、詩で「征った」「逝った」と書いてきたが、教員を退職し、いろいろなしがらみから自由になり、《彼も戦に駆り出された／南方へ／鶏の餌のように撒かれて／逝ったのだった》と、その死の意味に踏み込んだ歴史認識を表現するようになる。「鶏の餌のように撒かれて逝った」は強烈な喩えである。

「木立ち」七二号掲載の詩「おかてなし」（詩集不採択）では、老婆が《わては　はように／寡婦になれんした／うちのお人が／どんなふうに逝きなしたか／思えば　今でも／ひどう胸が／波打つんでごぜんす／戦争で死んだ者は／おかてなしの見本でごぜんす》と述懐して終わる。わたしは詩集の「小さな喪主」が浮かんできた。

霊柩車が止まる／小さな男の子が／位牌を抱いて降りてくる／小さくても喪主である／／その後ろに／白い喪服の母親が続く／腹のふくらみは／新しいいのちを／宿しているのだろう／少し着くずれているのは／その身重のせいであろう／／白い喪服の母親の前を／小さな喪主が／父の位牌を抱いて／けなげに歩いている／蟬が鳴きしきっている

詩で、父親の死因には全く触れてないが、戦争で逝った父親が視えてきたのだ。
これも詩集に不採択だが、「左手」（「木立ち」四七号）という詩もある。

親一人　子一人でも／征かねばならなかった／水兵姿のまま／彼は自転車に乗って村を走った／見おさめに帰ってきたのだった／わたしと出合って／彼はわざわざ自転車を止め／駆逐艦の話を明るくした／九十度近くも傾くこともあると／左手を傾け／駆逐艦のように走らせた／それっきり消息はなかった／彼のおふくろも間もなしに亡くなった／沈むはずがない／沈むはずはないと／わたしは彼のように／左手を走らせたことだった

わたしは、岡崎のこの時代認識を重く考えたいと思う。

(五)「角」の復刊

「角」復刊まで

詩集『寂光』刊行の翌年一月に、「木立ち」創刊時からの詩友南信雄が五十七歳で亡くなる。その後も岡崎は「木立ち」を主にして詩を発表してきた。しかし、二〇〇四(平成十六)年五月に、発行編集を続け主宰に近い盟友の広部英一が七十二歳で亡くなった。五月六日の告別式で、東京から夜行列車で馳せつけた津村節子が「広部さんへ最後の手紙」と題して弔辞を読んだ。原稿は汽車の中で書いたという。津村は福井を舞台にした小説を書くとき、県立図書館勤務の広部が調査を手伝い、長年世話になってきたという。津村に続いて岡崎が「木立ち」同人代表で弔辞を読んでいる。そしてその年の十二月に、広部英一追悼号「木立ち」九六号を発刊した。広部追悼号は、南信雄追悼号(「木立ち」八一号)と同じ体裁で、全篇を追悼特集とし、巻末に詳細な年譜を載せている。岡崎は、二段組み二十ページの年譜を一人で作成した。広部への思いがこもった渾身の労作である。因みに、南の年譜は広部が作成し、二段組み八ページであった。

南信雄がいなくなり、発行編集を続けてきた広部がいなくなった。岡崎は、広部追悼号の発刊でひとつの区切りがついた、「木立ち」にもけじめを付ける時が来たと考えた、とわたしは推測する。それは、必然的に岡崎が主宰する「角」を復刊することになった。「木立ち」を主体に詩を発表してきた山田清吉も同じ思いであったのだろう。「木立ち」から、岡崎主宰の「角」に移ってきた。「角」一五号（二〇〇九年七月）からになる。

第二次「角」九号から

広部没後の翌年、二〇〇五年十月に、復刊号として「角」九号を刊行した。代表・発行者に岡崎純がなり、金田久璋が編集を担当する。同人は十四名で、八号までの同人六人も参加している。岡崎は、亡くなる二年半ほど前の二〇一五年一月発行の「角」三五号まで毎号欠かさず詩を載せてきた。三七号に載せた「おにぎり」は「木立ち」八五号からの再録になっている。因みに、孫の安井杏子が、「角」五〇号に、「岡崎純『角』掲載リスト」を載せている。

復刊した最初の「角」九号に載せた岡崎の詩は「日薬」である。長の患いで毎日飲む薬について、《日薬　日薬と／生きてきて／今なお　日薬が欲しいのである／日薬の苦みに慣れて／飲みたくなるのである》と結んだ。病いと戦うのではなくて、病いと共生《ともいき》する姿である。一三号には「坐しておられる」を載せた。

ストレッチャに載せられて／手術室に運ばれ／手術台に仰臥すると／全身麻酔である／／医師の指示に従って／声に出して数を数える／一、二、三と数えて／四を知らずに目覚めれば／胃の三分の二が切除されていた／その間　痛くも痒くもなく／不安も無いのだった／時間も空間もなく／いのちも無いのだった／これを空というのであろうか／涅槃というのであろうか／まったくの寂である／／醒めて見れば／ほのかに見えてきた／心の奥に／静かに

全身麻酔から覚めたとき、心の奥にほのかに見えてきたのは、坐しておられる仏のお姿であった。仏に帰依する岡崎の姿である。一四号の「共生」は、《先の人たちを／数える／数珠を繰る／／数珠を繰るように／先の人たちの／魂を繰る／数珠の一粒一粒に／先の人たちの／魂が宿る／／数珠を繰る／魂《たま》を繰る／共生《ともいき》である》先に逝った血縁地縁の人たちと、仏の世界で共に生きる姿である。そして、最後になった三五号の詩「まんぷ」。《雪の重みで竹がしわみ／まんぷになっている／うさぎの小さな足跡が／竹やぶの奥の方へ走っている／／ぼくたちは腰を屈め／うさぎになって／竹やぶのまんぷを滑って遊んだ／古

里の歳月がしわみ／まんぷになっている／先に逝った者たちのいくつもの足跡を覆い／里山の奥へと続いている／／里山のまんぷの足跡に／ぼくは誘われる》。

再刊後の詩篇には、病いと共に生きながら、雑念を離れて、寂として自身を視る作品がかなりある。

詩集『蝸牛抄』を企画していたが、体調の悪化などで刊行されなかったという。そのタイトルポエム「蝸牛」は、「角」二〇号に載っている。

耳が遠くなったと思ったら
いつの間にか
耳の中から蝸牛が
這い出て
小さな庭の
あじさいの葉を
這っているのだ
二匹ともども
この方が居心地がよいのだ
あじさいの葉を

岡崎純

ゆっくり　ゆっくり
寂かに這っている

耳鳴りのような
この世の騒々しさ
遠く離れて
禅者のように
這っている

庭のあじさいの葉に這っているかたつむりに視入りながら、自身の願望もこめて、岡崎晩年の心境を寓喩した作である。

しかし、「耳鳴りのような、この世の騒々しさ」を詠んだ詩「旗」(「角」三〇号)もある。

世間は旗でいっぱいだ／／大小さまざまな旗に／はたはたむせながら／歩いているぼくの背中にも／埋もれそうな旗が／傷んだ背びれのように／くっついている／生きてきたわずかな証のように／かつて／この国の旗を羽根にして／おぼつかなく／飛び／断った／若者たちもいたのだ

戦後六十八年、「もはや戦後ではない」と言われる中で、八十歳を超えた岡崎が、まともな訓練も受けずに「おぼつかなく」飛びたち、未来を「断った」若者たちがいたことを、忘れることはなかった。これが戦争の実相であるとの時代認識を持ち続けていたのだ。

結びにかえて

これまで岡崎の詩篇を読んできて、わたしに観えたことを、順不同のキーワードで列記し、結びにかえる。

①岡崎の詩は「語り」である。語りはいつでも現在形で生きている。それも、いわゆる歴史の記述から取りこぼされてきた者たちの語りである。また、語りであるから在所のことばが使われるのは必然となる。語りを文字にして詩にするとき真意を伝えるため練り込んだ漢字を入れることもある。詩が親しく柔らかく感じるのも語りによる。また「もの語り」(叙事)の伝承詩篇もある。

②岡崎のアイデンティティは「血縁と地縁」にある。それは死者ともつながって形成される。それを「土《べと》」の一語で寓意として端的に示している。地縁血縁が薄れていく詩篇は

詩集『寂光』あたりからになる。

③「生と死」は対極にあるのではなく、ひと繋がりである。生と死の間《あわい》の今を生きているのだ。連綿と続いてきた生と死のあわいに、私の生が今あるという認識である。

④身近にある具体的な事物を素材にした作品が多い。「即物」的にみえるが、その事物の背景にある暮らしを寓意している。そこには批評が含まれていることもある。また、詩集のタイトルは「重箱」、「藁」、「極楽石」と事物から、第四詩集では「寂光」と形而上の言葉になった。時間と空間を自在に往き来し、現実と非現実とが一体化する「詩想《ポエジー》の高みに」達したのである。

⑤「詩は省略の文学である」と聞いたことがある。推敲に推敲を重ねて、言葉を削っていった。それだけに残された一語一語の言葉は重く深い意味を隠している。岡崎の詩は寓喩であると言われる所以である。

⑥詩法として「リフレイン」がよく見られる。削った後に残った言葉だ。繰り返される中で、イメージが多様化し深化して、重層的になっていく。また、詩的リズムも生まれてくる。

⑦「小さないのち」の中に、いのちの根っこ、諸元となり根元となる姿がある。子どもたちや、小さな生き物をしばしば取り上げるのは、小さないのちの中にいのちの根っこを観たのである。

⑧「時代の中に生きている。」岡崎は昭和六年生まれ。青春は戦争の末期であり、戦後の混濁を生きてきた。岡崎のもう一つのアイデンティティは、戦争と混濁の時代背景である。時代を生きてきた眼は、岡崎を育んでくれた在所に工場や団地ができて変貌するのを眺め、さらに、世の中（社会）の推移に眼を広げていく。

安井勇さんは、「心の奥に静かに見えてきた坐しておられる」み仏にいだかれながら逝った。二〇一七年六月十日、八十七歳であった。

しかし、詩人岡崎純さんは、今もわたしの中に在り続ける。岡崎さんの詩は、これからも一人ひとりが、それぞれの想いで読み継いでいくであろう。

岡崎純

追悼　小辻幸雄の青春をたどる——福大学生から敦高教員時代まで——

一月二十八日の朝、新聞のおくやみ欄を見て、うろたえた。小辻幸雄の名前が載っていた。住所も間違いない。あわてて年賀状をさがした。賀状には「昨年は小生、入院・手術の連続でした」と印刷され、それを見て驚いていたのだが、小辻さんの文字で「御元気そうで、うれしく存じます」と書かれており、退院して静養していると思い込んでいた。

夜間の車の運転はもうおぼつかなくなっている。知らない所へは行けそうにない。お通夜は断念した。本棚から小辻さんの著書三冊をとりだして、ページを繰りながら、とりとめのないことを思い起こすしかなかった。

①『集注　越前萬歳』

この書物は、武生工業高校の国語科教員五名の共同研究として、一九七六（昭和五十一）年四月に京都の洛文社から刊行された。六百六十ページの大冊で、越前萬歳研究の集大成といえる。これを超える研究書をわたしは知らない。
この共著で小辻さんは、巻頭の「越前萬歳への招待」を堀立熙氏と二人で書き、「書物尽くし」萬歳の集注を担当し、研究編では、「中世越前の文化的状況―越前萬歳成立の前提―」を執筆している。

②『年表で見る　越前若狭の古代』

一九八〇（昭和五十五）年四月に刊行した、小辻さんの最初の著書である。ちょっと気むずかしい杉原丈夫福井県立図書館長（当時）が序文を寄せている。帯文にその要約が書かれているので引用する。

小辻氏はこの年表の作成に十年の歳月を費やしている。その年月の間に、おびただしい文献を丹念に探索し、細かい資料を洩らすことなく拾い上げている。その件数は、ざっと数えても三千件に近い。―今後若越の古代史を研究せんとする人は本書をハンドブックとして座右に置くべきであろう。
―（そして）、その学術的信頼度は百パーセントである。

その後新しく『福井県史』が刊行され、その中に『福井県史年表』（平成十年刊）の一巻もある。それでも、第一部「外からみた越前若狭の古代」、第二部「郷土史家のみた越前若狭の古代」、第三部「史料による…」、第四部「伝説による…」という部立ては、小辻さんの創意と見識を示していて、今も揺るぎない価値を持っているとわたしは思う。

この前後から、小辻さんの関心は、文学作品より、歴史をどう読み解くかに移っていったように思う。歴史はともかくおもしろいと聞いたのもこの頃である。

奥書の住所は、鯖江市有定と織田町織田の二つが併記されている。「新しく家ができたで見にくるか」と誘われて訪ね、自慢の書庫兼書斎を見せてもらい、久しぶりで話し込んだ記憶があるのも、この頃のことになる。
③『ある戦後史　中野鈴子とその周辺』
小辻さんが教員を退職した一九九七（平成九）年の刊行で、編集は稲木信夫、ゆきのした文化協会が発行所になっている。

執筆の意図を、《戦後の中野鈴子の姿とその周辺を追うことによって、戦後の福井県のある部分の歴史を考えたい》、同時に《戦後の歴史の流れの中を生きる中野鈴子を描きたかった》と記している。


戦後の日本の歴史は決して正しい方向をめざしていたとはいえない。人々は、それに対してさまざまな反応を示した。鈴子の反応のしかたはそのうちの一つである。私は鈴子の生き方を、あるべき理想の姿とは思っていない。しかし、「つまづき、傷つき」

つつ、歴史と正面から向き合って戦った鈴子の生き方は、人々にかぎりない勇気をあたえる。

小辻さんに一貫しているのは、歴史の流れの中で、個人がどのように向き合ってきたのかを探ることであった。

小辻さんは、自分のことを話すことが少ない人だったが、退職を機にした著作なので、珍しく「あとがき」で自己のこれまでを回顧している。

翌日の葬儀には、稲木信夫さんと千葉晃弘さんが来ていた。他に大橋紘一さん、斎藤孝一さんの姿が見えた。お二人は元高校の国語科の教員であった。岡崎純さんと金田久璋さんは昨夜のお通夜に見えていたという。

小辻さんとの出会いは、わたしが大学に入った昭和三十一年の秋ころからと思う。「幸雄」を「ゆきお」と呼ばれることを嫌った。「幸」は「さち」と読むのが正しい日本語であるというのがその理由であった。二人でよく話し合うようになったが、具体的な内容は覚えていない。しかし、文学にまつわる話が中心で、いわゆる世間話はしなかったことは確かである。小辻さんは、ウワサ話、女の話にはおよそ関心がなかった。わたしは二年になるとサボリ癖がついて喫茶店にいつも出入りし、ときに安い居酒屋に行くようになったが、喫茶店や居酒屋で話した記憶は一度もない。たいてい学生食堂のテーブルか、空いた二階の講義室の窓辺、天気の良い日は芝生に座って、ぼそぼそと話し合っていた。小辻さんに啓発されて本をよく読むようになった。本を読んでいないと話し相手になれないからである。

小辻さんは、一九五五（昭和三十）年三月に丹生高校を卒業し、福井大学学芸学部教育科の中学校課程国語科に入学した。因みに、広部英一さんは、学芸学部教養科に入学・卒業している。教養科は教員免許を取得しなくてよいのである。一九五九（昭和三十四）年三月に卒業し、敦賀高校に新採用になり、校内人事で夜間定時制の津内分校に籍を置き、本校でも授業を受け持っていた。そして一九六二（昭和三十七）年四月に、地元の鯖江高校に転勤になった。この間、夜間定時制で、「かたらい」の活動をとおして、生徒の意識改革に取り組んできた。一年後の三八豪雪の一九六三（昭和三十八）年四月、わたしは敦賀高校に転勤になり、定時制に籍を置いた。定時制に決まった後に、小辻さんがわざわざ敦賀に来て、昼間の誰も居ない定時制の職員室で、小辻さんからレクチャーを受けた。一つは「かたらい」のことであり、一つは岡崎さんはほんもんの詩人であること、一つは金田久璋さんの希有な才能のことであった。従って、入れ替わりというのは時間的には正確でないが、小辻さんの思いを受け継いだことへの違和感は、わたしにない。小辻さんも関に引き継いだと考えていたと思う。

葬儀から家に帰り、とりあえず大学時代から敦賀高校夜間定時制にいた頃までに、小辻さんが書いたものを、手持ちの古雑誌から探してみた。この頃のことが、わたしにとって想い出が詰まっていたからである。

福井大学文学研究会の「野火」が四冊、「ゆきのした」の二冊がでてきた。「野火」は、八号と一一号が欠けている。「野火」八号には、「夜中に田圃の水を盗みに行く母を素材にした」小説を載せている（『ある戦後史　中野鈴子とその周辺』あとがき）。一一号には、「地方文学の正しいあり方を求めて（2）」が載ったはずである。「ゆきのした」はこの期間のバックナンバーがほぼ揃っており、この二冊以外に、小辻さんが書いたものはないと思う。他には、「敦賀高校新聞」に「ぼくと読書」のエッセイを書き、「かたらい」の各号にもそれぞれ何かを書いている。今わたしの知る限りでは、この期間に、小辻さんが書いた文章はこれだけである。

いまわたしにできることは、小辻さんが書いたものに向き合うことしかない。

小辻さんが書いている雑誌を年代順に見ていくことにする。（以下、人名の敬称を省略する）

①「野火」九号（一九五六（昭和三十一）年十一月）に、二年生の小辻が「農民の詩歌―地方文学

の正しいあり方を求めて―」を載せている。その内容を要約してみる。

村の若者たちの俳句会に出席して、その俳句をノートしながら、大きな文学的エネルギーを感じ取る。彼らは句作の経験も理論についても全くないにひとしい。それでも不思議な力を感じるのはなぜか。また別に、同人誌「まひる野」の短歌を例示して、共通するものが底流にあると考える。それは、外形的には、地域の生活を背景にしていること、内容的には、苦しい農耕生活から来る暗さと、そのどん底から芽を出そうとしている新鮮な力にあるとする。さらに、「農民文学」五号の詩篇や山形県の白川青年隊の詩集『石ころの歌える』の詩篇を抜き出し、次のように結ぶ。《これらの作品には、作法もないし、文学的理論もない。しかしそうであるが故に、彼等の叫びはより直接に我々の胸を打つのである。文学がその価値の要素の中に、読者の胸を打ち共感を呼び起こすことを含んでいる以上これらの働く農民の作品が、文学的にもっと問題にされ、論じられてもいいはずである。》

「農民文学」は、和田伝、伊藤永之介など戦前の作家を主として日本農民文学会が昭和三十年五月に創刊したばかりであった。

また、「編集後記」で、S・K（幸雄・小辻）は次のように記しており、小辻さんの自負心が垣間見える。

七号から八号への「野火」転換について、七号までの野火の前衛的活動を否定したり、挑戦しようとするものではないが、そこにあるものはあまりに空疎であり、観念的な作品であり、作品を通して読みとれるものは、単なる意欲にすぎない場合が多かった。九号は、新しい「野火」の方向を位置づけるものとして意義あるものとなるだろう。

②「野火」一〇号（一九五七（昭和三十二）年四月）に、二作目の創作「晩雪」を載せた。あらすじをたどってみる。

時代は戦争末期の食糧難と物資欠乏の昭和十九年ころ。夫はビルマに出征しており母トシと一年生のヤスオが農作業をしながら、三十軒そこそこの集落で唯一の雑貨店を守っている。因みに、小辻さんは三年生で敗戦を迎えており、ヤスオと同い年になる。

店で売る玩具や菓子などの品物を仕入れるために、ヤスオと母ちゃんはリヤカーを引いてF市まで朝早くに出かけて、夕方に帰る所から物語が始まる。家に着くと、注文した品を受け取りに若者が待っていて、品物も代用品もなかったことがわかると、舌打ちして帰る。また、子どもと母親に中年の男の三人がしょんぼりと待っていた。聞くと子どもが帳《ノー》面《ト》を盗んだのでお詫びにきたというのである。男は担任の教師で、付き添ってきたのであった。その翌日には、時計を売りに来た老人や人買いの姿を見たりする、この時代特有の点景が描かれている。

ヤスオが卒業式でほうびをもらい、代表で校長先生から受け取ったことを、畑にいる母に報告するため、息を弾ませて駆けつける。そして母と同じように鍬で畑を耕していると、土の中から冬眠した蛙が出てきた。動こうとしない蛙がかわいそうになり、再び土の中に埋め戻した。その夜、ふと目を覚ますと晩雪が舞っていた。ヤスオは蛙が凍え死にしないかと心配になり、畑に出かけた。夜着姿の母が息を切らせて追ってきた。母はヤスオが蛙を穴の中に入れたので、安心して寝ていると言い聞かせ、泣きじゃくるヤスオを負ぶって家に帰った。母に負ぶされながら、ほうびの帳面一冊を盗んだ子にやったことを告げる。

③「野火」一二号（一九五八（昭和三十三）年二月）に、評論「新しい芸術空間—地方文学の正しいあり方を求めて（3）」を書いて連載を完結する。

この評論の冒頭で、福井県の「地方文学」論にふれ、「地方文学」と「農民文学」とは本質的に全く異なるものであるとして、農民文学の問題を考えることは、そのまま日本の現代文学を考えることにつながり、文学の本質を考えることであるとする。

そして、《農民文学に一生を捧げたといわれる犬田卯《しげる》が今年の八月に精神病院で崩じたことは、これからのわれわれの進むべき方向を暗示している。犬田は終生「土からの文学」という一種漠然とした言葉を守り続けた。》

そこから農民文学の歴史的経過を丹念にたどり、次のように結ぶ。

地方文学の正しいあり方―それは地方における働く人々が、新しい文学のにない手としての自覚を持って、変貌する社会の動きを現実的に冷静に直視する精神を身につけ、ゆきづまって動きのとれなくなった近代文学をのりこえて、新しい芸術空間を創造する方向に向かうことにある。

二回目が載ったはずの「野火」一二号は残念ながら手元にないので紹介できない。また、「時評」として、則武三雄が、「地方に於ける批評」を寄せている。この時評は、小辻の地方文学論と「野火」の変化、則武さん主宰の雑誌「地方主義」（昭和三十年創刊）や杉原丈夫の「地方主義と地方色―地方文学の諸問題その一」（「日本海作家」三号、昭和三十三年一月）を踏まえた一ページの短い時評である。当時、地方文学がよく話題にされた。

杉原丈夫は福井大学で哲学を講じ、「野火」の顧問であった。その杉原が中央公論の懸賞論文に入賞し、「地方文化をめぐって」を発表した。続いて、「日本海作家」三号に「地方主義と地方色―地方文学の諸問題その二」、四号に「中央文学に対する地方文学」、五号に「アマチュアの方向と限界」を連載している。なお、この北荘文庫の「地方主義」には岡崎純も参加している。

④「野火」一三号（一九五八（昭和三十三）年六月）に、小辻は三作目になる創作「紙飛行機」

を載せている。小辻の大学二年の夏休みの終わり頃の心情を描いた作品と見てよいだろう。

五郎は（小辻は六男）、自分が大学に行く必然性があるのか、わからなくなっていた。夏休みの間、ブヨと戦いながら田圃の泥をかき回したり、夕風を受けながら大根種を落としたり、でこぼこの坂道を父と二人で荷車を引いたり…そんな生活がたのしかったとは思うのだが、あれでよかったのか、それもわからなくなっている。

中学の同級生寺治は、中学卒業後就職するが、どこでも長続きせずに職を転々と変えて、村に帰ってきていた。寺治の家は、戦争前は相当資産があったが、父が戦争で死に、農地解放で田畑をなくし、わずかに残った田畑を母一人で耕して細々と暮らしをたてている。痴呆がすすんだ祖父と二人の妹が一緒だ。寺治は表面では都会生活で身についた軽薄な言動をもてあそんでいるが、自分の生き方を立て直す必要に迫られていた。そして寺治は自衛隊入隊を決意する。

自衛隊からの寺治の手紙を読んで、五郎は問題は必然なんかじゃない。逃げてはならない。おれはやはり大学へ行こうと心に決める。そして、何回折ってもうまく飛ばない紙飛行機を、濁った川の向こう岸に悠々と着陸するまで飛ばし続けようとする。

小辻は昭和三十四年に大学を卒業し、三十七年の三月まで敦賀高校津内分校に勤務し、その間に二回「ゆきのした」へ評論を載せている。小辻と岡崎は昭和三十五年前後に「ゆきのした」に入会している。以後、小辻は評論発表の場を「ゆきのした」に置くが、岡崎は北荘文庫が主軸であった。

⑤「ゆきのした」五〇号（一九六一（昭和三十六）年八月）に「長塚節ノート」を発表した。小辻の卒業論文は長塚節で、わたしはこの卒論を当然読んでいない。しかし、「長塚節ノート」は、小辻の関心が、すでに長塚節から犬田卯の農民文学へ移行していることを意識して書かれたものと思う。

他にこの号で、目に付いたものを記しておく。

詩作品では、稲木信夫「日米安保条約の破棄にむかって」と、長谷川正男「クリーム色のえんぴつ」があり、創作では、白崎昭一郎「大塩平八郎」がある。また、「編集後記」を「いくたとしこ（なたとしこ）」が書いている。会員数は九十名、定期読者は百二十名とある。因みに稲木信夫は、昭和三十一年に入会し、その翌年に専従になり、詩を書き、ガリを切り、表紙絵やカットを書いている。

⑥「ゆきのした」五七号（一九六二（昭和三十七）年四月）に「「かたらい」の詩と真実」を載せている。これは、敦賀高校津内分校文芸部「かたらい」三九号の転載である。ここでは、一人ひとりの生徒の昨年の詩と今年書いた詩がどのように変わったのか、大関松三郎や佐藤藤三郎の詩などを引用し、それと比べながら、それぞれの生徒に新しい課題を与え

ている。四百字詰原稿用紙三十五枚余りの暖かい励ましの批評である。小辻が「かたらい」を通して生徒たちに取り組んできた意欲と熱意が伝わってくる文章だ。わたしは「野火」一三号の創作に小辻が引用した短歌「娘らの街ゆく顔の明るけれ　すなおに生くるわたしとなれよ」を思い浮かべた。

他に詩では、長谷川正男「神様の格子牢屋」、則武三雄「性」と「獣の道」の二篇、岡崎純「木綿糸」が目についた。

また、岡崎純が「くるま座」欄に、「詩集『重箱』を出します」の見出しで、便りを寄せている。

《(前略)ところで拙著、詩集「重箱」の広告を出すとのおことばに甘えて同封いたしました。自分のことを書くのはてれくさいです。引用文は全部、森山啓さんお批評からぬきだしました。適当にお願いいいたしたく存じます。なお詩一編「木綿糸」をお送りします。》とあり、裏表紙一面には『重箱』出版広告が掲載されている。

小辻にとって敦賀での三年間は、青春の最も高揚した季節であったようにわたしは思う。その一つは、先に紹介したように夜間定時制での生徒との交わりにあった。

そして今ひとつは、岡崎純との出会いがあった。

岡崎純は昭和五年生まれで、十一年生まれの小辻より六歳年上になる。昭和二十六年には、杉本直にかわって「土星」を約二年間主宰したり、則武三雄を知り、「地方主義」や「文学兄弟」の同人になっていた。そして三十三年に松永伍一主宰の「民族詩人」に参加し、山田清吉も参加している。

岡崎と小辻とはまさしく満を持して出会ったのである。岡崎は、二人で夜が更けるのも忘れて何度も話したことを昨日のように語っている。犬田卯の妻住井すゑを二人で訪ねたのもこのときである。山田清吉は《小辻さんとは昔農民文学会で二、三回お会いしています》とわたしへの便りに書いている。多分この頃のことであろう。

岡崎の第一詩集『重箱』は、このような二人の濃密な交流の中で準備されてきた。『重箱』は昭和三十七年六月二十日に北荘文庫から発行された。解説を則武三雄が書いており、別刷りの「北荘文庫」の付録がはさまれていた。この小冊子がわたしの手元にない。そこで土曜美術社の『岡崎純詩集』に書いた斎藤庸一の解説を引用する。これには、石川県小松市在住の森山啓と北荘文庫の仲間広部英一、それに小辻幸雄の文章の要の一節が引用してある。小辻の引用部分だけを書き抜く。

伊藤左千夫は、歌は「叫び」であるといった。岡崎純は、詩は「つぶやき」であるという。

中野重治が、「道行く人々の胸郭」に叫びを「たたきこむ」ことの空しさを知って、詩から散文に転じたころから現代詩がはじまった。

岡崎詩には声そのものが持つ美感はない。「つぶやき」は「ことば」のみの戦いである。しかも、そのことばもどちらかというと、とぎれがちである。よほどの重みがないかぎり、人は「つぶやき」には耳を貸さない。しかし、氏は、それを十二分に知った上で、「ことば」のみの芸術への冒険にのり出している。

斎藤庸一は、則武の解説を入れて四人の文章を引用した後に、次のように記している。

北陸福井の僻地にいて、実にすばらしい友人に囲まれていることが、岡崎純を大きく成長させたことがよく理解できる。忌憚のない彼等の批評は、厳しい北陸の風土のように岡崎純をたたき打ちのめし、熱い友情で励ましあってきたのであろう。

詩集の跋文にあたるものを、岡崎は小辻幸雄への私信という形式で書いている。二人の交友の深さを示唆している。

《わたしはドモリである。特に詩を書くときそのドモリ具合がひどくなる。》《鈍器のような詩。》《わたしが事実上の農民であることをやめたとき（敦賀への転出）自分が農民であることを知った。自分の中のもうひとりの自分「他人」が目覚めたのだ。その他人がおまえは農民であると指摘しはじめたのだ。農民の眼と非農民の眼がいきづきはじめたのだ。この他人を認めたときから、わたしの眼は詩のモチーフに農を求めるようになった。》

昭和三十八年（一九六三）年四月、岡崎さんは、「つるが文学の会」を主宰して、「かもしか」を発行した。これら一連のながれが底流にあって第一次「角」が生まれたのである。

小辻さんとわたしの交友は、敦賀時代までが深いのだが、その後、一緒に勤めた学校は一度もない。県内の国語科の会合や組合での集まりで、年に何回か話す機会があるだけになっていた。退職後は、金田久璋さんの『言問いとことほぎ』の出版記念会（二〇〇五年二月）と、福井新聞文化賞の受賞を祝う会（二〇一一年十二月）の二回だけである。

それでも小辻さんへの親近感や信頼感は強い。見解にいくらかの相違を持ちながら、根元で二人に共通する土壌があったからだ。それは、広い意味でのプロレタリア文学運動や、庶民の目線からの歴史認識であったような気がする。

敗戦直後の三国の文化運動

敗戦直後の三国の文化運動　一

中野重治と三好達治の出会い

敗戦直後、三国町で、三好達治を核にした地方文化運動の高まりがあった。その中から三好の「なつかしい日本」が「新潮」に連載され、天皇の戦争責任に及び、連載は中断された。また、堂森芳夫は、医者から政治家に転身した。中野重治の戦後初の小説「五勺の酒」の背景にもこれらの状況が照射されているのではないかと、筆者は推測する。本稿はその検証作業の第一回目である。

敗戦を長野県の東塩田村でむかえた中野重治が、生家の一本田に帰ったのは、九月七日か八日のことであった。それは、一本田に疎開していた原泉に宛てた重治のハガキで知れる。

帰郷して間もなく九月十二日に、重治は、小学一年の卯女さんの健康診断を受けるために、三国町の堂森医院を訪ねている。卯女さんは、東京で小学校に入学したが体調が優れず、教科書などはもらったものの登校できずにいた。その後、一本田に疎開してから学校に通っていたが、一人娘の卯女さんのことが心配だったからであろう。

丸岡にいくつも病院や医院はある。わざわざ電車に乗って堂森医院を訪ねたのにはわけがある。重治が院長の堂森芳夫と旧知の間柄にあったからだ。

堂森は、明治三十六年生まれで重治より一歳年下になる。尋常高等科二年から福井中学に進学、中学四年で金沢の四高へ入学。その後、出来たばかりの金沢医科大学へ入り、大学で副手・助手を務めた後、敦賀病院の副院長を経て、昭和十四年に、実家のある三国で堂森医院を開業。専門は結核で、気胸の研究で学位を取得している。

また、堂森は福井中学二年の時、金沢から転校してきた岡良一と出会い、四高・医科大と同じコースを歩いている。四高時代に、岡の影響もあって社会科学研究会に入り、医科大に入学後も社研との関わりは続いており、特高に目をつけられていたという。大学に残り学者への道を考えたが、この思想上のことから教授への道は閉ざされ、敦賀病院へ転出することになったようだ。敦賀病院時代には、社会党の前身社会大衆党に入党し、政治に強い関心を示している。岡のほうは、堂森が地元で医院を開業した十四年、労農党に入党して石川県議に当選し、すでに政治家の道を歩み始めていた。

戦後も、岡は堂森と同じ社会党代議士として活躍するのだが、一方で、岡が四高時代から、短歌会など文芸活動や社会科学研究会などを通して重治とも深い友好が続いていたことはよく知られている。

重治は、四高時代から岡をとおして堂森のことを見知っていた。さらにその後のことについても、医者堂森の専門分野も解っていたに違いない。だからわざわざ堂森医院にまで出かけたのである。


卯女さんの診察の後、重治と堂森との間でどんな会話が交わされていたのかは知るよしもない。しかし、翌日の九月十三日に、堂森家で、重治を囲んで、三好達治と堂森芳夫の三人での歓談の席が設けられた。そこに同席したのは畠中哲夫青年である。

三好達治は、昭和十九年の春、妻子と別れ、初恋の人萩原朔太郎の妹愛子（アイ）との生活を始めるために、雄島村米ヶ脇（現三国町）に移り住んだ。地元の人で最初に三好と交流を持ったのは堂森である。三好が堂森に「落ちぶれて三国に帰ってきたら、死に水をとってほしい」と言い、「それは酒中のことだったが、僕にはまともな言葉として聞こえた」と畠中は書いている。堂森は、三好が三国の森田家の西別荘を借りる際の口添えをしており、三好を物心両面で世話をしていた。

堂森は、きさくな人柄で患者の立場にたった医療を行い地元の信望を集めていた。また、文学や絵画音楽など文化方面にも広い関心を持ち、文化人教養人としても知られていた。

蔵書家でもあり、本が家の書斎に入りきらず病室の一つを書庫にあてていたという。

堂森医院は繁盛しており経済的にも余裕があり人望も厚かったので、三好や三好を訪ねてくる中央の文化人と地元の人たち、特に若者たちをつなぐスポンサーを兼ねたディレクターのような役割を果たしていたような気がする。

堂森家での中野と三好の歓談の場に同席できた二十代半ばの畠中もまた堂森から三好に引き合わされ、青春の全てを三好に傾倒した一人であった。畠中はH氏賞創設者の平沢貞二郎の弟で、東京工業専門学校を卒業後、兄の会社に勤めていたが、胸を病んで昭和十八年三国に帰郷した。堂森医師の往診を受け、枕頭にあった思想書や文学書から、堂森と親しくなる。堂森が三好に紹介した最初の二人は、この畠中と三国中学校の図工科教師小野忠弘であった。堂森は当時全く無名であった小野の絵画を高く評価し、春陽会展初入選の「踊り子」や「上海風景」などを求め、診察室などにかけていたという。


さて、十三日夕刻からの、三人の歓談はどのようであったのか、同席し「感動の一夜だった」という畠中の文を引用する。「終戦直後で政治的な話になると中野さんは慎重な言葉遣いをした。また、中野さんに集中して話題が深まり、中野さんがこたえねばならなくなると中野さんは席をたって便所へむかった。」

中野が共産党に再入党するのはこの年の十一月になってのことで、微妙な時期ではあった。これまで、三好は大学時代に、武田麟太郎に紹介されて一度遇っただけだという。この日の堂森邸での歓談が、三好が亡くなるまで中野と三好との交友が深まる機縁となったのである。その後、二十一年四月十日の衆議院選挙で中野が落選した翌日に見舞いの酒を三好は中野に届けている。そして、選挙の後始末が一段落した四月十九日、中野が米ヶ脇の三好仮寓を訪ねた。三好は選挙の労をねぎらってのこともあってか、料亭「たかだ」（高田屋）に案内する。堂森はすでに社会党から立候補していたので、三好と中野二人の対談であった。畠中も同席して二人の話を拝聴した。「美妓を傍に鷗外、啄木、白秋、朔太郎、犀星について文学談がつきなかった」という。

翌日の二十日、三国中学校（旧制）で、三国文化会が主催する、中野と森山啓の講演会があった。その夜、文化会の拠点である唯称寺で、中野、森山、三好、文化会の主要メンバーである小野、畠中たちとの酒宴がひらかれた。「中野さんはプーシキンとゲーテと杜甫の話をした。三好達治は涙を流して泣いた。午前二時すぎになって中野さんはその場にたおれるように横になると眠ってしまった。」

福井大地震があった翌年の二月、三好は世田谷区代田の岩沢方に転居する。当時、重治は世田谷区の豪徳寺に住んでいたので、自転車に一升瓶をつけて、一人住まいの三好をしばしば訪ねたという。かくして、上京後も、二人の交友関係はさらに深まっていった。

補記

本稿は、畠中哲夫『詩人　三好達治　越前三国のころ』（一九八四年　花神社刊）に負うところが多かった。引用文も同書からである。

この著書は、当時の自身の日記をもとに、抑制のきいた端正な文章で書かれた、三好の三国時代をしるうえで基本となる文献であろう。

敗戦直後の三国の文化運動　二

特攻隊と「なつかしい日本」

地元三国中学校出身の特攻隊生き残りの若者たちが、三好達治の寓居を訪ねたのは、堂森邸で三好と中野重治が会食した十三日後の九月二十六日であった。

三国中学校から予科練への志望者は多かった。それは学校側の熱心な勧誘があったからだが、次のような周辺の状況もあったのかも知れない。

その一つは、三国飛行場の建設であった。この飛行場の建設は、能登半島から若狭湾にかけて、敵の本土上陸に備えるためであったという。

昭和十八年四月十八日、突然一方的に、陸軍航空本部から池上集落に飛行場の建設が通告された。建設予定地は三国町の池上地籍の約百町歩と芦原町の二面、舟津地籍の十三町歩とであった。

五月に入って、本格的な造成工事が始まった。この建設には多くの勤労奉仕団が投入された。地元の池上地区や近在の人たちはもちろん、強制徴用された朝鮮の人たちや、中学生の勤労奉仕もあった。十九年の三月には、三国中学の一、四、五年生の全部の生徒が動員されている。

かくして、突貫工事で千二百メートルの滑走路のほか、格納庫などが建設され、さらに主滑走路に斜交する新滑走路の建設が進められた。

この飛行場の正式名称は、浜松陸軍飛行学校第二基地であったが、三国の人たちは三国の飛行場、芦原の人たちは兵隊が街に駐屯していたこともあって芦原の飛行場と呼んでいた。池上に隣接する北潟の私達は池上の飛行場とよんでいた。

また、三国の三里浜には、陸軍の鯖江三六連隊が水泳訓練や戦闘訓練のため粗末な兵舎を建てて常駐していた。しかし、二十年にはいり、本土決戦が叫ばれるようになると、海軍の滑空機部隊が新たに編成された。茨城県土浦の海軍航空隊が指揮する飛行予科練習生（予科練）第十五期生のグライダーの訓練のためである。十五期は予科練の十九年入隊で、十代の少年兵である。グライダーは敵性語なので、当時は滑空機と言っていたが、そのグライダーに爆薬を積み、敵に体当たりし、自爆して上陸を阻止しようというのである。三里浜はグライダーの練習には、砂浜が長く続き松林に囲まれていて、格好の演習場所でもあった。敗戦の頃には百機ほどのグライダーがあったという。

三国中学でも、十七年に野球部が廃部になり、かわりに滑空機部ができたが、校庭では狭くて、せいぜい少し飛び上がるくらいの練習しかできず、上級の訓練は、三里浜へ出かけていたという。
因みに、『福井県教育百年史』によれば、十九年一月の予科練の志願者数は、一番多いのが武生中学で百四十五名、二番目が三国中学の百十五名、三番目は北陸中学で七十八名、福井中学は五十八名である。在籍する生徒数からすれば、三国中学は武生中学に並ぶ志願者数になろう。

再び特攻隊生き残りの若者が三好寓を訪ねて酒を酌み交わしたのは、三日後の九月二十九日であった。この時、堂森芳夫もよばれていた。さらに場所を堂森邸にかえて三度目の会合がもたれた。
これらの会合にいずれも同席していた畠中哲夫は、その時の状況を次のように記している。

堂森さんが国会議員にでると決意を示されたのは九月二十九日、特攻隊、生き残りの青年、仁礼、池田君たちをまじえた酒宴がひらかれ、彼らが帰ったあとだった。堂森さんの志気に三好達治や小野忠弘、僕は励ましの言葉をおくった。

堂森さんは文学が好きだった。画が好きだった。詩人三好達治と画家小野忠弘に深い友情を示して、この二人を守らねばならぬ義務があると感じていたのではないかと僕は思う。

堂森邸で帰還した青年たちの集まりがあった。戦争の無惨、天皇制、道徳論、宗教についてはてしない議論があった。堂森芳夫と三好達治は若い人たちとともに、たちむかわねばならぬこれからのことについて夜更けまで議論をつづけた。

特攻隊の青年たちとの集まりは三度あった。中秋の夜、酒を酌みかわしながら三好達治は若者たちを讃え、泣きだしてしまった。先生がこのように激しく泣くのを僕ははじめてまのあたりにした。

昭和二十一年一月号に発表された三好達治の『なつかしい日本』は戦争の思想史に残るエッセイだったが、それは深夜に及ぶ僕たちとの座談のはてに「戦後に感じていることを近くまとめて書くつもりだ」といっておられたものの結晶であった。

その「なつかしい日本」の連載第一回は、昭和二十一年の「新潮」一月号の巻頭に発表された。以後、三月、四月、六月号と連載が続けられたが、四回で連載が中断された。

この「なつかしい日本」のあらましを、本文を書き抜きながら私なりにたどってみよう。


「若き学徒たちは、敢然決起して、彼ら自らが特攻隊を創意して、敵機敵艦に突入した」ように言われたりするが、事実の上で精確でない。「特攻隊を編成した主体は軍の司令部で、若き学徒は指令を受けて、その上で敢然決起したのである。」

上層指導者をさしおいて何が彼らの責任として分担されていたであろうか。「責任の存する場所は、一方的に、集中的に、為政者軍閥者統帥者の側に存した」ことを「この際単純明快に理解しておく要がある。」

ときの首相東久邇の宮が言われた「一億総懺悔などとは、いふ人の鉄面皮なるを語る妄語で」あり、「すべて責任は、最重大責任者から、明確に潔く彼らの責任をとっていただくことにしたい。それでなければ一国の志風は、いかにも振作すべき方図がない。戦後道義の退廃は、誰しもいふが如く、国家衰亡の第一原因をなしてゐるが、救抜の途は外にない。即ち条理を匡すこと。たとへば上位の者から順当に、責ある人が責に当るの範を示して貰ひたい。」

「陛下も例外でなく、一億赤子のおん父として、立派に範を示していただきたい。これなくしては、道義は決して興らない。道義が興らなければ、勿論文化は整はない。ひいては百般の科学みな興隆を見ないであらう。この問題についてはいくら考へても考へ足りることはない。」

陛下自らが責をおとりになって英断を下されるには勇気を要する。容易に行われがたい。「けれども、容易に行はれがたいからといつてこれをうち捨てておく訳には参らぬ。道理にして立たなければ国民の道義は日に益々退廃するばかりである。」

そして、中絶することになる連載四回目の最後の一文は次のようであった。

「陛下は事情のゆるすかぎり速やかに御退位になるがよろしい。」

戦争詩人三好達治は、一夜にして天皇の戦争責任を問う変節者となったのか。

谷川俊太郎はおおよそ次のように書いている。

三好の憂国の志、死んでいった若い兵士たちに対する哀惜の念、この二つは動かすことはできない。彼らに少しでも結びつくために戦争詩を書いた。一身の安全のために書いたのではない。一兵卒のように三好は戦争責任を果たしたのである。その意味では、戦後、天皇の道徳的責任を追及したのも、その道筋に於いていささかも曲がったところはなかったと思う。

中野重治は、三好の戦争詩に対しては素っ気ない。「第二次世界戦争にまきこまれたことは、三好として不幸だった。それは作品として破綻となって残っている。それは詩として低く、何にしても三好達治に全く似あわない。」

私も学生時代には、吉本隆明の『抒情の論理』などを読み、彼の論理を全面的に受け入れていた一人である。しかし今、「なつかしい日本」を三好が書くにいたる過程を検証していく中で変化してきている。

敗戦直後の三好の天皇に対する道徳的責任の追及は、決して変節ではない。三好の心情に心底嘘はなかったように思われるのだ。

敗戦直後の三国の文化運動　三

三国地方文化会の昂揚

萩原アイ（愛子）が、三好達治のもとを去ったのは、同棲を始めてから一年にも満たぬ昭和二十年三月二十二日であった。三好は断ち切れぬ愛子への思いと孤独から逃れるために、仮寓に若者たちを呼んでフランス語講座を開くことにした。愛子に去られて間もない四月のおわりのころである。参加したのは、唯称寺の山田靖雄、三国北小学校の音楽教師武井敬宣、都留春雄、畠中哲夫などである。後で藤野恒道が加わっている。しかし、このような経緯で出来た講座なので、しばらくすると三好の熱意が冷めてきた。そして、場所も唯称寺に移った。そのあたりから講座生の意識が変化してきたようだ。それはまた同時期に、彼らが、ときどき堂森芳夫邸に集り、読書会や輪読会をもって、若者による戦後の社会の変革を求めて真摯な議論を積み重ねてきたこととも重なり合うだろう。

唯称寺は、ずっと以前から、生花やお茶など行儀見習いをする若い女性たちが集るお寺さんであったことも幸いした。いまそこへ、寺の若住職さん兄弟や、町の選りすぐりの知性を持つ青年たちが合流してきたのである。唯称寺はますます若い男女が集《つど》うにぎやかな文化サロンになっていった。そして、この唯称寺を拠点に、ここに集う青年男女が核になって、この地域を巻き込んだ文化運動を展開することになっていくのである。

この文化運動は、昭和二十年、敗戦から三ヶ月足らずの十一月頃からはじまり、二十一年の夏の終わり頃まで、急激な盛り上りをみせていった。それは戦後県内の各地で起きた文化運動の先駆けとも言えるものであった。その内容も比類ない充実をみせている。それは、この文化運動を支えたもう一つの大きな柱が、三好達治、中野重治、堂森芳夫であり、多田裕計や伊藤柏翠、小野忠弘などであったことによる。さらに、彼らの友人知人である文化人たちも無償で強力にサポートしてくれたのであった。

今、この時期の運動の盛り上がりを、おおよその時系列に沿って具体的に見ていきたい。まず、堂森や中野がそれぞれの決意で政治活動を始めた。

昭和二十年十一月、中野重治は、宮本顕治、西沢隆二の推薦で日本共産党に再入党した。因みにこの時、佐多稲子は再入党をゆるされず、苦悩する。

同じ頃、三国にいた堂森芳夫は、政治家として生きる決意を固め、日本社会党の結党式に出席するため、畠中哲夫を伴って上京した。堂森は、畠中が政治にも意欲を持ち、東京の街中にも詳しいので、同伴を依頼したのであろう。堂森は、荒廃した東京を見て改めて驚愕した。畠中は帰郷後のあるエピソードをこんな風に紹介している。「画家小野忠弘の生活について、堂森芳夫は激しい言葉でつめよった。堂森さんは廃墟になった東京に出ていって画を描けというのだった。」。私はひそかに小野のジャンクアートはこのあたりにヒントを得たのではないかと思ったりしている。

また、畠中は、社会党の大会に出席して、些細なことに左右両派が激しく紛糾する姿に失望感を覚えたのであった。しかし、地域の文化活動や文学活動に積極的に関わっていく気持ちに揺るぎはなかった。

十一月五日、畠中は東京での社会党大会から帰るとき、高浜虚子、年尾、星野立子らが、三国の森田愛子、伊藤柏翠を訪ねるのに、小諸で合流して同行した。翌日の六日には、虚子が名付けた蔵座敷の「愛居」で、句会が開かれた。この句会には地元のホトトギス系の俳人に混じって、三好達治や畠中も出席している。

十二日には、三国中学校で三好達治が講演した。第一回目の文学講演会である。三好は、大きな模造紙に唐詩「代悲白頭翁」を墨書して貼りつけ、それを一句ずつ読み上げては細かく解釈をほどこし、更に解説を付け加えていくという形で講演した。

十二月にはいると、三好は、朝鮮から引き揚げてきた則武三雄を呼び寄せている。また三日には、堂森家で、帰還した若者たちの集まりがあった。堂森はその席に多田裕計を招請した。

多田裕計は実家の福井市に疎開していたが、七月二十日の福井空襲で焼け出され、妻の里方を頼って三国に来て住んでいたのであった。昭和二十一年「新文芸」に発表した随筆「三国」は、この間のことを細かく書き込んでいる。また、直後の執筆であり、当時を知る資料としても興味深い。

その随筆「三国」の中で、堂森が初めて多田の借家を訪ねた様子を、次のように書いている。以下、長くなるが、当時の状況がよく解るので引用していこう（I氏は伊藤柏翠のこと）。


ある十二月にはいって間もない日に、〈中略〉玄関に人があった。出た妻が一枚の名刺をもって来た。みると、I氏の名刺で、御紹介堂森博士と墨筆で綺麗に書いてある。

私は、このとき既に堂森という人が、いつか三好さんから話を聞いたその人で、三国の町でも、いわゆる知識階級の代表みたいな人で、四十五歳ばかりの若々しい紳士であることを知っていた。この人はまた科学者でありながら、英国風な社会改良論者で、大学生時代は共同組合運動などをやった人だし、此の地に開業してからもずっと社会事業に顔を出したり田舎の方へ結核予防の講演に出かけたりした事も私は聞いていた。町の古い人々は、この人を社会主義者と云って一種離れた存在としていた。

けれども町にあるわずかな知識人からは尊敬され人気があった。

そして、堂森が多田を招請する。

「ところで実は、今夜ですね、私の家へときどき集まるこの町の若い青年が五、六名あります。みんな殆ど科学の方の人ですが、その人たちに一つ何か座談でも願えませんか、六時半ごろからです。」「何も話せませんが、喜んで出席させて戴きましょう。」と私は云った。

堂森邸の内部の様子は。

長い廊下をわたって奥まった座敷の皎々とした電光の下へ請じ入れられた私は、そこに優美に立ちふるまう華やかな婦人の緑色の羽織姿と、眩しいくらいに展げられた狩野派の山水の金屏風と、そして立派な床の間に光沢《ひか》っている南天の大盛花、下座の青毛氈《もうせん》に並べられた華麗な茶器と香合なぞに、あの張り切った歌舞伎舞台を見るような明るさを覚えた。しきつめた真新しい畳の色もそれを一層ひきたたせた。

集まった青年たち。

その夜、集まった九名の青年は、二十五、六歳の者ばかしで、身につけている風采こそ些か粗末で、中には未だ兵隊からの復員服のままの者もあったが、いずれも上級学校の卒業者で、大半は今度の戦争で学徒兵として召集され、近ごろ故郷のこの町に還って来た人々であった。

工業大学出で航空研究所にいたという青年、高等師範の理学の方をでたという青年、高等農林を卒業したという青年、工専を出た青年、仏教専門を了えた青年、帝大を体のため中退した青年、小学校の教員、中学の博物の若い先生など。

その人々の表情は何れも長い戦争疲れがないではなかったが、頬は赤く目は新しい運命の再建を目ざして、遠い理想に澄み輝いていた。自らの古里の地に一とたび出発の勢ぞろいをして、第二の青春にむかって苦難な日本の運命をひきずっていこうと、それぞれの芽生えを準備している人々であった。

この夜、私たちの座談は、やはりこれからの日本という切実な問題について、みなが熱心に喋った。

散会したのは気が付いてみると一時を過ぎようとしていた。三好も途中から別の用件で訪れ、そのまま堂森と並んで座っていた。

三好達治は、これらの青年たちに応える形で「なつかしい日本」を執筆し、翌二十一年の「新潮」一月号から連載を始めたのであった。

また、これらの文化活動は、十二月八日、福井新聞に、三好達治、堂森芳夫、小野忠弘、杉山平一、畠中哲夫の座談会として掲載されたりもした。そして、新しい年には「三国地方文化会」を正式に立ち上げたいと、準備を唯称寺で進めていった。

昭和二十一年一月九日、三国地方文化会が、初めて主催し、三国座劇場で、講演と映画の会を開いた。講演は多田裕計が受け持った。

一月二十日には、唯称寺で、三好達治、多田裕計、伊藤柏翠の三氏からそれぞれの提言を聞く会をもった。三十名ほどが集った。二十七日には、第一回のレコードコンサートが開かれた。二月には、女性の集い、東西美術展、俳句短歌を含めた詩話会、レコードコンサートなどがいずれも唯称寺を会場にして開かれた。三月に入っても、公会堂でアンデパンダン展を開催し、山本和夫が若狭から出席するなど、活動は盛り上がりをみせた。しかし同時に、戦後初めての衆議院議員選挙があり、堂森芳夫と中野重治が既に立候補を決めていた。三国地方文化会の中心メンバーが深く関係していたので、なんとも慌ただしいことになった。

三月十二日、第二十二回衆議院議員選挙（制限連記投票制）に重治は共産党より、堂森は社会党より立候補した。県内全体では三十九名が立候補している。

　堂森の選挙応援のため、三好達治、山本和夫、多田裕計、畠中哲夫などは福井市や鯖江町へ出かけた。また、畠中は、重治の応援のために、中野鈴子と協力して三国地区の選挙準備をした。二人を同時に応援できたのは二名連記で投票できたという特殊な選挙法であったからである。

　その一方で、四月二十一日開催予定の文化祭の準備も始まっていた。音楽のリーダー武井敬宣は、町で初めての男性コーラスを立ち上げ、女性コーラスと一緒に練習を始めた。演劇は菊池寛の「父帰る」に決まった。

　四月一日には、町内の大門三番地に一軒家を借りて文化会の事務所とし、同時に、有志が自分の蔵書を持ち寄り無料の貸本屋「三国文庫」を開いた。

　四月十日、衆議院選挙の結果、堂森は、二万四千九百三票で順位は四位であったが、法定得票数に二百三十七票不足して落選した。重治は八千四百五十八票で落選した。畠中は三国町役場での重治の開票立会人になった。三国町での重治の得票数は百七十四票であった。畠中は予想していたより多いと思った。翌日、畠中は三好達治の依頼で中野の家に見舞いの酒を届けた。

　四月十五日、ある用件で訪れたロシア文学者の中村白葉に依頼して、「チェーホフの文学について」の座談会を急に唯称寺で開いた。

四月十九日、再選挙に立候補することが決った重治が、三好寓を訪ねている。その後、席を料亭「たかだ」に移して畠中も加わり会食した。中野は選挙のお礼をかねて三好を訪ね、三好は中野を労って「たかだ」に招いたのであった。

翌二十日、三国中学校で第二回目の文学講演会が開かれた。これらの文学講演会は、実質的には三国文化会が世話をして、一般の町民にも自由解放されたものであった。今回の講師は、中野重治と森山啓。中野は、真実への激しい追求と批評的精神がなければ文学は成立しないことを話し、森山は、自作「海の扇」を書いた反省と戦時下の生活について話した。その後、唯称寺で、三好、中野、森山を文化会が招く形で酒宴があった。歓談は果てしなく続き、午前二時ころ中野はその場に横になりそのまま寝入った。

そしてその翌日の二十一日、三国文化会主催の「文化祭」が三国座で開かれた。バイオリンの独奏、女性コーラスのあとで、雨田光平が特別出演して、京極流の琴の演奏と薄田泣菫の詩を吟じた。男性コーラスは「オールド・ブラック・ジョー」と「菩提樹」を唱い、中学生は「弥次喜多」の劇を、青年たちは「父帰る」を演じた。劇場は満員になった。

四月三十日、ようやく月刊の「三国文化」一号が出た。ガリ版刷りで、わら半紙二つ折りの四ページである。

五月六日、桑原武夫が三好寓を訪ねた。その夜、唯称寺で桑原を囲んで座談会を開いた。ところで場所は異なるが、五月十七日、重治が福井中学校で、三、四、五年生の希望者に講演を行っている。内容は森鷗外と斎藤茂吉についての話であった。この講演会は、再選挙があり選挙運動になるとの懸念から、講堂の使用は認められず、当時まだ閉鎖されていた武道館で希望者のみということで、ようやく黙認されたのであった。当時文芸部顧問の中林隆信の世話によるものであった。

五月二十五日、三国中学校で、第三回目の文学講演会があった。佐多稲子が「女性と文学について」の演題で話した。佐多は中野の選挙応援に来福したのであったが、三国では特に問題にはされなかったようだ。佐多は、モーパッサンの「女の一生」、チェーホフの「可愛い女」、トルストイの「アンナ・カレーニナ」について感想を語った。

六月一日、再選挙の投票が行われた。堂森芳夫は、五万千五十五票で当選した。中野は七千六百九票で落選した。

三好は、「新潮」六月号に、「なつかしい日本」の連載第四回目を掲載した。天皇の道徳的責任を問い、退位を促すものであったが、以後連載は中絶した。

七月になって、山田靖雄、都留春雄、石川裕重たちが「みくに子供学園」をつくった。

戦争が終わって一年が過ぎようとしていた。福井の端の小さな港町に、いくつもの僥倖が重なったとはいえ、敗戦から反転して新しい価値の創造を目ざした地域の文化運動があった。それは、地域の青年たちが青春のすべてのエネルギーを注ぎ込んだ主体的な文化活動であった。このことは、現在の閉塞した状況を考える上で、改めて問い直してもよいのではないか、と私は思う。

重治が、昭和二十二年「展望」一月号に、戦後初めての短篇小説「五勺の酒」を発表した。この小説は、金沢の第四高等学校時代からの友人秋山善次の経歴を借りているが、作品の背景には、この三国の文化運動での知見が投影されていると思われる。結びの次回では、それらを検討してみたい。

敗戦直後の三国の文化運動　四
中野重治の「五勺の酒」の背景

「五勺の酒」は、原稿用紙にして六十枚あまり、全集では二十五ページ分、一時間ほどで読み終えられる作品である。重治が戦後初めて書いた小説で、一九四七年（昭和二十二年）「展望」一月号に発表された。この時、重治は四十三歳であった。執筆は前年の十一月三日の日本国憲法公布のすぐあとになる。作品の構成は、旧制中学校の校長から、共産党員の友人に宛てた長い長い手紙という設定になっている。これはこれで一つの完結した短篇である。しかし、これでは一方的な言いかけで、共産党員から校長への返書が書かれて、初めて一つの作品になると言う見方も出来る。実際、作者の重治もそれを認めている。小説でも「この項つづく」と書いた。しかし、返事の手紙が書かれることはなかった。書くことが出来なかったというのが、正確なところであろう。

また、小説の中で、中学校長から共産党へ、いくつもの注文がつけられているが、この中学校の校長は重治の心情的分身であることも小説を読めば明白である。共産党に再入党したばかりの重治が、中学校長という分身をかりて、共産党に注文をつけている。共産党からの批判には、小説というフィクションの世界での、ある中学校長の注文であると言い逃れが出来る、巧妙な仕組みになっている。何ともややこしい面倒な作品である。

これまで「五勺の酒」は、いろいろの人が、いろんな形で取り上げ論じてきた。しかし例えば、江藤淳の『昭和の文人』で示した解釈分析と、中野の研究者たちの解釈とが全く異なるように、この小説には誤解を招くような表現の紛らわしさや、解りにくさもある問題作である。いま、問題作と言ったのは、長所短所を含めて、そのころの重治のあからさまな心情、時代の混沌とした状況が、その混沌としたままに描かれていることにある。それが、名作かどうかや、完成された作品かどうかを越えて読み継がれてきたゆえんであろう。だからこの時代の空気を共有できないと、この小説に魅力を感じられないかも知れない。

重治の生涯にとって、この敗戦を挟む何年か、とりわけ敗戦後の一年三ヶ月は最もめまぐるしく激しく変動した時期であった。そして、日本国憲法の公布は、天皇制問題を含めて、それらを象徴する位置にある出来事といえるだろう。重治はそれらの思いを一気呵成に、この「五勺の酒」に吐き出したのである。

従って、この作品は、同時に敗戦直後の混沌とした状況を混沌のままに映し出すことにもなった。時代が混沌としていたが、人々の心は熱かった。それをどうして良いのか解らなかった。共産党も復活したが、紋切り型の教条主義に陥り、場当たり的な硬直した主張を繰り返すしかなかったのである。まだ時代のしっかりとした方向が定まらず、軸足そのものが揺れ動いている時代であった。例えば、小説のはじめの「未練」という語の繰り返しなどに、それが端的に表れている。

昭和二十年十一月ごろ、宮本顕治、西沢隆二の推薦で、重治は共産党に再入党した。しかしながら、小田切秀雄によれば、重治は非転向を貫いた宮本顕治などに負い目を感じていたという。重治自身の言葉を借りれば、「消えぬ痣を頰に浮かべながら」の再入党であった。党の現状に対して違和感を持ちながら、それを正面切って言い切るのには自身の過去に負い目を感じていた。共産党員として書いた「天皇と戦争犯罪責任」(「社会評論」)などには、党の方針に飲み込まれそうな重治が見て取れる。

その意味では、「五勺の酒」は、中学校長という分身を創り上げたことで、重治の本心を浮かび上がらせることができた小説といえるだろう。

そんなこともあってか、この中学校長のモデルは誰なのかが、問題にされてきた。ある人は、小林司をモデルに擬した。昭和二十年六月二十二日に「防衛召集令」で入隊した重治が、九月四日長野県の東塩田村で「召集解除」になる。そのとき、東塩田国民学校長の小林司に色紙を書いておくっている。しかしこれは、重治と小林司との関係から考えても初めから無理があった。

またある人は、加納一馬をモデルに推定した。加納は、重治の同郷の人で、『梨の花』の最終あたりで、興宗寺で一緒に下宿する北方中学の生徒として登場する。また、重治の「出かけるまで―福井県の地震―」には、福井地震で福井へ行くとき、向島の女学校の校長であった加納が同行したことが書かれている。これも女学校の校長をしていたことの符合のみで無理があった。

しかしこのモデル問題は、重治の生涯の盟友であった石堂清倫が、「梨の花通信」(八号・一九九三年七月)に寄せた「『五勺の酒』のあとさき」で決着が付いた。

校長のモデルは秋山善次。以下は石堂が記すあらましである。秋山善次は、重治の一年後に金沢の第四高等学校に入学した。重治も編集に携わった「北辰会雑誌」の書き手でもあった。父親は松任の警察署長などを歴任していた。秋山が、重治より少し前に新人会に入りたがっていることは聞いたが、父親の職業のことなどで、立ち消えになったという。校長が語る、三人の子のこと、最初の妻を亡くしたことも、秋山と一致する。秋山の職歴をみると、豊橋二中の校長から、戦後愛知県立一宮高校の校長になっている。豊橋時代には娘さんが勤労動員に出かけている。

これで、校長のモデル問題は、秋山善次に確定した。そこで二つのことが考えられる。一つは、重治が、この小説を書くに当たって、秋山善次の外見的な経歴だけを借用したということなのか。それとも、現実の秋山善次の思いを、彼の思いに沿って、重治が彼流に翻訳したと言うことなのか。もし後者であるなら、敗戦を挟んでその前後に、とくに敗戦後に重治と秋山との間に往き来や交流がなければならない。しかし残念ながら、この戦後の時期に秋山と重治との交友の跡は、今のところ見つかっていないのである。

二つ目は、この小説で、共産党員の友人へ宛てた手紙の書き手に、なぜ「中学校長」という設定をしたのかということである。

これに応えるために、敗戦から「五勺の酒」を書くまでの重治の動静を年譜ふうに追っていきたい。

昭和二十年八月十五日、敗戦。この時、陸軍二等兵として重治は、長野県の東塩田村にいた。

九月七日、重治から一本田の原泉にハガキで、七日夜か遅くとも八日午前中に帰郷の知らせ。

九月十二日、重治、卯女さんの健康診断を堂森医院で受けさせる。

九月十三日、重治、堂森芳夫宅で三好達治と会食、三好を引き合わせた、議論はずむ。畠中哲夫同席。

九月二十五日、世田谷から一本田へ宛てたハガキ。重治ひとりで東京に戻る。家を留守にしていたので妻子を受け入れる準備と思われる。

つまり重治は、敗戦直後の二週間ほどを一本田で過ごしていたのである。

十二月三十日、堂森芳夫の言づてをもって、畠中が一本田の重治を訪ねる。重治は正月を故郷で過ごしたと思われる。

昭和二十一年に入り、三好達治が雑誌「新潮」一月号に、「なつかしい日本」の連載、第一回を発表。その内容は、愛国心から、戦争責任へすすみ、国民道徳の問題、天皇の道義的戦争責任に及んで、六月号の連載第四回で突然に中絶した。

三月十二日、衆議院議員選挙に福井県で日本共産党から立候補。堂森芳夫も日本社会党から立候補する。

四月十日、選挙投票の結果、重治、堂森共に落選。

四月十七日、重治、再選挙に立候補することが決まる。

四月十九日、重治が三好寓を選挙応援のお礼をかねて訪ね、すぐ三好が料亭「たかだ」で重治を慰労。畠中同席。

四月二十日、県立三国中学校で、森山啓と講演（三国地方文化会が実質主催）。その後、重治、三好達治らは、唯称寺で若い人たちと酒宴歓談、重治は夜中の二時ころ酔ってその場で寝いる。

五月一日、メーデー復活（第十七回）五十万人動員。

五月十七日、県立福井中学校で講演。文芸部顧問の中林隆信の尽力による。

五月十九日、宮城前で食糧メーデー（飯米獲得人民大会）二十五万人参加。

五月二十五日、佐多稲子が三国中学校で講演。一部で重治の選挙運動との批判があった。

六月一日、再選挙の投票結果。堂森芳夫は当選、重治は落選。

六月、三好達治の「なつかしい日本」連載第四回は、天皇の道徳的責任追及批判に及んだが、以後連載が中止になる。

十一月三日、日本国憲法公布。この後、「五勺の酒」の執筆、翌年「展望」一月号に発表。


つまり重治は、この年の三月初め頃から、六月の初めにかけての約三ヶ月間を、衆議院議員選挙に立候補したこともあって、丸岡の一本田を中心に過ごしていたのである。


そしてこの間の重治の行動は、堂森による三好との邂逅からはじまる。堂森は、密かに自宅で福井高専の学生や小学、中学の若い教員有志たちと資本論の輪読会を持っていた。三好は、訪ねてきた帰還兵や特攻隊の生き残りの若者たちの戦争の無惨さ、天皇制、道徳論などの議論に感激して、「なつかしい日本」を書く決意をした。「五勺の酒」の一年前のことである。その若者たちは、重治の選挙を支える柱になった。また、三国中学、福井中学での講演も、彼ら若い教師たちの尽力で実現したのであった。

「五勺の酒」の中の共産党への注文には、この若者たちの純粋な議論が中野流に翻訳されていないだろうか。いずれにせよ、「五勺の酒」の背景には、直接間接をとわず三国の文化運動の盛り上がりが投影しているように思われるのだ。

「愛居」での句会
―虚子、愛子、達治―

先頃、三国町の郷土資料館準備室に、森田愛子関係の貴重な資料が一括収蔵された。その中に、昭和二十年十一月六日、森田愛子宅「愛居」（この折、虚子が請われて命名）で開かれた句会の句稿が入っている。

この句会は、伊藤柏翠、森田愛子の懇請で、小諸から高浜虚子、年尾、星野立子の三人が畠中哲夫の案内で、十一月五日来訪し、「愛居」に一泊した翌六日、地元の俳人らも加わって開かれたものである。「嘱目」というのが席題であった。この席に連なった人は、虚子、年尾、立子、柏翠、愛子の外に、中国文学者で当時三国にいた都留春雄、文学青年で三好達治とも関係の深かった畠中哲夫、その他、地元の俳人、ふく子、信子、みつじ、柳花、美智子を加えた十三人であったと思われる。

この折のことを、虚子が小説「愛居」（「小説と読物」昭和二十二年一月）に書いているのは周知の通りである。また、「ホトトギス」六百号を記念して上梓された句集『六百句』（昭和二十二年二月）に、この句会で虚子が詠んだ八句のうち二句が採られている。次の句がそれである。

船人は時雨見上げてやりすごし
朽船をめぐりて葉屑去り難な*1

三好達治は、「当日は所用があって、一時間のところ、おしまひの四十分ばかりにかけつけ」三句を投じた。

干柿のをかしき皺をたゝみけり
葦枯れて江をよこぎる舟もなし
葦枯れて大根畑の青さかな

このうち、前の二句が虚子の選に入った。ちなみに、虚子選に入ったのは、年尾、立子を別にすれば、柏翠が二句、愛子が三句、信子が三句、ふく子が一句、みつじが二句であった。

達治は後年、この時のことを、「自慢」と題して「燈下言」（昭和三十年一月、仙台の「河北新報」に連載）の中で、軽妙な小文をかいている。

（前略）いつぞや高浜虚子先生に俳句をほめてもらった。たいそう嬉しかったから生涯の自慢にしてゐる。戦後間もなくの頃、高浜さんが、私の疎開先、越前三国町にお見えになった。先生はズックの白いカバンを小学生のやうに、左肩からかけてゐられた。あの頃の流行的風俗であった。町には伊藤柏翠その外の俳人がゐて、運座が、左様、もたれた。運座といふもの、想像はしてゐたが、実は、私はそれに連なった経験はなく、その日初めて、現場に出席した。（中略）選の後、先生から、「なかなかうまいぢゃないか」とお言葉を賜わった。これが自慢の自慢たる所以。何しろ後の文化勲章、当代の宗匠におほめをいただいたのだから自慢してもいいだらう。拙句、いづれも厳密に嘱目であった。干し柿は窓前に吊るしてあったし、長江は即ち九頭龍川である。

愛子さんの居室、日頃は病室になってゐたその部屋は、九頭龍川の洋々として海に入らんとする、河尻近いあたりにあった。むろん海鳴りは絶えず枕に通ったであらう。愛子さんは、私が住ひを借りてゐた森田家の庶出のお嬢さんであった。美人で謙譲で利発で、気さんじ者で、さうして永らく胸を病んでゐたのが何とも痛々しかった。ホトトギス門徒だから、虚子傾倒はむろんであったが、私のやうなものにも、時たま句作ノートを心おきなく示しては、卑見をもとめながら、耳傾けるやうな風であった。[*2]

（後略）

以上のようなことを例にとっても、三好達治が、三国に居た昭和十九年から二十三年末ごろまで、「三国は、福井の文化サロンの観を呈していた」というのもうなずけるような気がする。

＊1　『六百句』の中に、「以上二句。五日。越前三国、愛子居。」とあるが、五日は、虚子一行が三国に着いた日で、句会は六日である。

＊2　右の文中に、「立子、たかし、など、玄人筋も同席であった。」というくだりがあるが、たかし、つまり松本たかしは来ていない。恐らく、年尾との思い違いであろう。

中野重治

在所の感性
――中野重治の原点――

1　北陸農民の血流れる
三千院でいきなり仏前に正座し合掌

中野重治は、生まれ育ったわが在所の感性を生涯にわたって持ち続けた文学者であったように思う。

昭和三十二年、京都大学の歴史学者松尾尊兊は中野重治を比叡山から大原の三千院に案内した。彼は、そのとき印象にとどめたことを記している。三千院の本堂で、重治がいきなり仏前に正座して合掌された。拝観者としては当然の礼儀であろうが、この高名のマルクス主義文学者の振舞いは意表をつくものであった。しかもその姿にはぎこちなさはなく、北陸農民の血さえ感じさせた、という。

北陸農民の血というよりも高椋村一本田の在所の血が流れていたといったほうがより

適切かも知れない。明治の終わりごろ、重治は幼少年期を祖父母と一本田で暮らした。祖父治兵衛は熱心な浄土真宗の信者であった。小説「梨の花」のなかで、祖父であるおじさんの毎朝の「おつとめ」のようすが、重治である良平少年の眼を通して詳細をきわめて描かれている。

小学校に入学した良平は、朝起きると顔を洗い、おばばの用意した「おぶっけさま」（御仏供様）を持って仏壇にお参りするのが日課になっている。おじさんの朝の「おつとめ」を良平も後ろに座って聞く。我慢して聞いているのではない。おじさんの低いだみ声の読経を、頭がぼおうと気持ちよくなってくるような感じで聞いているのだ。

もとより、重治は仏教徒であったことはない。丸岡町民図書館の重治記念文庫の旧蔵書の中にも、仏教関係の書物は全くというほど見当たらない。しかし、昭和三十二年、重治五十五歳のときにも、三千院の仏前に正座して合掌することが自然な姿で身についていたのである。

また、金沢の四高時代、若越塾での生活を回想した短い文章の中でこんなことを書いている。

夕食後のおしゃべりのとき、友人のもらした宗教論議を重治がまぜかえし的に批判した。すると、後輩の「鬼火のような」打方新之丞が「軽薄な似而非《えせ》宗教説が流れているかららといって、ある人の宗教的関心、宗教へ近づき、開眼ということは、それがどれだけ初心風で不完全なものであろうと傍《はた》からひやかし的に見るべきでないといって私を批判した。一議に及ばず私は承服しなければならなかった」。

すぐこの後のことになるが、松任在の明達寺（浄土真宗）で暁烏敏《あけがらすはや》の主宰する夏期講習会に泊まり込みで参加している。暁烏の盟友であった藤原鉄乗を雑誌部の得田純郎らとたずねたこともあった。しかし「歌のわかれ」を含めて、重治はこれらのことに全くという程ふれることはなかった。

2　一貫する美意識の象徴
素朴な「朝鮮人形」

中野重治が亡くなった昭和五十四年の夏の終わり、わたしは生前最後の刊行となった評論集「沓掛筆記」を読み終えたところであった。

本の表紙カバーには「朝鮮人形」がカラー写真で載っていた。朝鮮人形とは重治が勝手に自分でつけた呼びかたである。それは父藤作が朝鮮から持ち帰ったもので、飴色のろう石でできた手のひらに収まるほどの素朴な座像である。

重治は、文学的出発点となった同人誌「裸像」の創刊号に、この朝鮮人形のことを書いている。

頭が大きく、耳なぞは、右と左と、大きさも違えば位置も違う。顔面だけがたんねんに磨いてある。おりおり僕はそのなめらかな頬に手をふれる。また手のひらに載せてまわしながら、刻々に変化するその陰影をたのしむ。人中《にんちゅう》の深いその唇は、ときにほのかに笑いをおび、ときには悲しげに慄《ふる》えている。そして切れの長い眼は常に半眼にとじている。

重治のこの人形にたいする思い入れは「ほかに何か手ばなすものがあるとしても、これぱかりは手ばなしたくない」と言ったり、「マイヨールなどは下を向いて頭が上がらぬ」という言葉でもおおよその察しはつくだろう。妹の鈴子からも笑われたというほどに尋常ではない。

重治はこの人形を終生いつも自分の傍らにおいていた。しかし、この人形は誰が見ても芸術工芸品と呼べるほどの物ではない。だいいちそうゆうものとして作られた物ではない。墓の中に入れるために作られた土中物であるらしい。だから民芸品実用品にも当てはまらない。たぶん名も無い工人かだれかが心をこめて無心に作ったものにちがいない。

私はそこに「重治の美学」が隠されているように思う。重治の美学とは何か。やはり「素朴ということ」にゆき当たる。

　だいたい僕は世の中で素朴というものが一番いいものだと思っている。こいつは一番美しくて一番立派だ。こいつは僕を感動させる。こいつさえつかまえればと、そう僕は年中考えている。僕が何か芸術的な仕事をするとすれば､僕はこいつを目がける。

そして、素朴というのは、中身がつまっている感じ、つまり、中身のつまりかたが実にかっちりしていて、そのためにあえて包装を必要としないようなものだ、という。重治の美意識は、この「素朴ということ」で見事に一貫していたように思う。

　重治の告別式には、野菊、りんどう、あけび、萩、尾花などの野草でしつらえられた祭壇に、遺影、遺骨にならんで、全集既刊分二十七巻と「沓掛筆記」とが置かれていた。

3　味自慢にも古里意識
柿のうまい食いかた

中野家を訪ねた人がよくご馳走になった話をする。本多秋五は、戦後間もなくのころ、中野家で原泉さんからご馳走になった澄まし汁について「その汁はとろろ昆布に熱湯を注いだだけのものであったが、唇を火傷するほど熱く、味つけもまた絶妙で、心のこもった饗応を受けたという気がした。大ぶりの吸い物椀もよかった」と書いている。

昭和三十二年、中国を四十日ほど訪れたとき、重治は、梅干しとお茶と急須を持参していた。海外旅行に梅干し持参はよく聞くが、お茶と急須を持って行くとは重治らしい。夜、ホテルでくつろいだ時などに、まわりの人に丁寧にいれたお茶を振る舞った、という。

いま世をあげてというと大げさにすぎるが、グルメブームである。テレビなどでも料理番組がひどく受けているようだ。

雑誌「味の旅」に寄せた軽い随想で、重治は、私は食いしん坊ではあるが、そのほうの通ではない、私個人の、わが在所のと断ったうえで、こんな味自慢をする。

まず第一には、米がうまい。なかに梅干しを入れた握りめしがうまい。わが家の井戸水は村一番うまかった。石榴《ざくろ》の木に生えた木耳《きくらげ》をもいで来て、それで味噌汁をつくる。なんともそれがうまい。それから、そばがうまい。つぎに、鱈《たら》のダダミを大鍋いっぱいに薄味で煮て、それの冷たくなったのを食う。これはこたえられぬ味だ。そして、越前の蟹、甘えびにうつる。これはむさぼり食うというのでなければならない。手もよごし、口のまわりからあごのあたりまで、鼻のあたりまでもよごして酒をひと口飲んでは食う。北海道でも松江でも蟹がうまい。けれども越前の蟹はまた格別なのである、と。

そして最後に柿のうまい食い方になる。渋柿が熟柿になる一歩手まえのをもいでくる。それを囲炉裏の熱灰の中へつっこむ。ころあいを見はからって火ばしを刺す。難なく刺されればそれでよし、火ばしを手もとへ引いて、刺さった柿を抜いて、大ぶりの茶椀の中でへたを取る。火ばしでつき崩して種を取りのける。そしてそこへ、ひき立ての麦こがしを思うさまかける。それをまぶす。それでいい。そこでそれを食う。ひき立ての麦こがしの味、香りにからんで得もいわれぬ菓子がそこに提供される。もとの意味の菓子である。

文章の軽さにのってさらに続ける。

柿好きで食いしん坊だった正岡子規はこの食い方を知らなかったようである。これを知っていれば、子規のことだから、この食い方だけでいくつかの歌を残したにちがわぬと思うほどである、と。

4　畑の愛着　演技指導に鍬の使い方

民話劇「夕鶴」で知られる山本安英《やすえ》に、重治は演技指導?をしたことがある。

長塚節の「土」が芝居になったとき、山本安英さんが「つぎ」の役をやって、私はそれを見て感心した。「けれども、山本さんの鍬《くわ》の使い方だけは全く感心しなかった。山本さんは、両の手で鍬柄を握って、その握った点を最初から最後まで固定させている。あれでは畑も田も耕せない」重治はそのことだけ彼女に注文をつけた。再演のときには、ちゃんとそこを改めていた。

重治はとりわけ庭いじりと畑仕事が好きだった。

何がたのしいかというと酒をすこし飲むのがたのしい。それから好きな食いものを食うのがたのしい。しかしこれは、目のまえにどんな人間がいるかでおもむきがかわってくる。そこへ行くと、草木相手というのが一番面倒がなくていい、という。

「庭と畑」という短い随筆がある。昭和三十六年ごろの東京世田谷の自宅の庭をかいたものので、およそこんなことを言っている。

私は、そういってもよければ庭を持っている。畑も持っている。むろん庭らしいものではない。それでも結構ながめられる。つまり主観的に眺める。愛しているといってもいい。それから、庭に植えている草木の名をつぎつぎに挙げていく。柿の木、梅、青桐、つつじ、松、欅、椿などからはじまって、山桑、いちじく、月桂樹、まつりか、楓といき、最後は「庭の草ではないが、いたどり、やぶからし、どくだみもある」で終わるのは重治らしい。

並べ挙げた草木の種類は七十にちかい。

また「畑つくりは得手とするところで、いろんなものを上手につくってきた」と得意げだ。なす、三ツ葉、ヘチマ、いんげん、トマト、とうもろこし、と自分のつくったものを挙げていき、茗荷、竹ノ子、蕗と蕗のとう、これはつくったのではないが、畑のものとして食う、という。

そして最後は「庭ものとも畑ものともつかぬもので珍重するものがある。私は月桂樹さえ食うためにうえているが、この最後のものはつまりムカゴで、厄介だから芋はもう掘らぬが、このムカゴをしきりに食う。ムカゴめしにしても食う。東京の人はあれを食うことを知らぬらしい。いささか気の毒という気がする」とむすぶ。

かつては、どの農家でも、庭はなくても屋敷のなかに松や欅の木などと一緒に柿とか梅とか桃とかいう実のなる木が何本か植えてあった。また、どの家でも自家用の野菜は屋敷のすみで作っていた。

こう見てくると、まるで重治の庭は農村の屋敷を重治風にうつして楽しんでいるような気がする。

5　大切な先祖、故郷思う車ダンスへの愛着

丸岡町民図書館の「中野重治文庫」に入るドアを開けると、まず車ダンスが目に止まる。正面近くにあることと、書架がずっと立ち並んでいる中では、異質な感じがして目立つのかもしれない。

近寄ってみると、かなり傷みがきている。上の板などは虫が食ってぼろぼろになっており、ネズミのかじった穴も所々にあり、ありあわせの板が無造作に打ち付けてある。戸ぶろの下の溝もすりへって戸の開け閉めがしにくいほどである。引き出しも一部は壊れたままだ。横の金具には真っ黒になって炭化しかかったほどのロープが元のまま結び付けてある。古道具屋に持っていっても引き取ってもらえそうにない代物である。

この車ダンスは代々にわたって中野家で使われて来たものである。父藤作が亡くなった後、それを重治が東京のわが家に運んだ。なぜ重治はそんな車ダンスを一本田の生家から高い運賃を払ってわざわざ東京の自分の家に持って来たのであろうか。

「蟹シャボテンの花」の中で、重治はこんなことを書いている。

私は「先祖のおかげ」ということを聞いて大きくなりました。そういうことをいう

のは祖母でしたが、しかし彼女は先祖の人びと自身についてはあまり語りませんでした。（中略）普通百姓の家には記録というものがありません。記録とか文書とかいえるものは、おそらく香典帳以外にはないというのが一般の実情でしょう。（中略）しかしそれにしても、私は親たちや先祖たちがどんな人であったかを知りたいと思います。

親や先祖を知ることができる記録や文書が残されていないとすれば、せめて親や先祖が使っていた物を自分の傍らに置いて、その暮らしを肌で感じ取りたい。一本田から車ダンスを取り寄せたのは、重治のそんな思いが込められていたのではないだろうか。とすれば、重治にとっては、たとえそれが壊れかけたすずり箱でも、口の欠けた九谷の徳利であっても、かけがえのない物であった。そして事実、それらの品は重治に大事に保管されてきて、今丸岡町民図書館に寄託されている。

重治は、ときに「自分の中にある古さ」を口にする。しかしそれは「古い考え方」保守主義を言うのではない。これまでの人びとの暮らし、生活そのものを大切にするところから出発しているようである。東京で住み、そこが生活の拠点になってからも、自分を生み育ててくれた故郷、そこに住む人びとそしてわが家のことを肌で直接感じようとしてきた。

重治は、この車ダンスを書斎に置いて使用済みの「原稿ガラ」や書類などを入れるのに使っていたという。

6　力与えた大きな存在
父・藤作の姿勢

小説「村の家」は、重治の代表的転向小説として、また日本の転向文学の傑作として、重治にもっぱら焦点をあてて論じられてきたようだ。しかし一面では、父藤作が重治の転向に対してとった姿勢その態度をこそ描きたかったのではないかと私は思ったりする。「村の家」の父孫蔵は、まぎれもなく重治の父藤作の等身大の姿である。獄中にあった勉次、つまり重治にあてた手紙が何通も作品の中に使われている。これらの簡潔で感情を抑えた、心くばりのなされた美しい手紙は、父藤作が重治に出した手紙そのままの借用である。また、この小説の圧巻は、作品の最後の所で、酒をちびりちびりと飲みながら孫蔵の長い語りにある。孫蔵の語り口は、方言を抜きにしては考えられない。そして孫蔵の説く人間としての倫理「まっとうな人の道」は方言と一体のものから生み出されたものであろう。

昭和九年五月、重治は日本共産党員であったことを認め、共産主義運動から身を引くことを約束し、転向した。そして八月のはじめ重治は高椋村一本田のわが家に帰った。「村の家」はそのときのことを書いた作品である。その年の八月十日、一本田から重治が妻の原まさのにあてた手紙の中にこんな一節がある。

今夜家の借金の話なぞを聞いた。五千円位だ。今後は家の方をも見なければならないだろう。それが当然でもあるし、また転向の批判を受けた。美しい例として小林多喜二、醜い例として床次竹二郎を出された。今までの仕事を帳消しにしたくなければ、文章を捨てるがよかろうと言われた。俺の立場を母に納得させるためにした父の長い努力があのことで無駄になった等々。いちいち肝に銘じた。

この手紙に書かれた内容は作品中の孫蔵の話にぴったり符合する。
転向をどう生きるか、この問題は重治にとって生涯の中で最も重い問いであった。孫蔵は、いま農村が置かれている状況、わが在所の、自分の家の置かれている状況を具体的に詳細に語りついで行く。そして、自分が七十年を生きてきた経験から割り出した「まっとうな人の道」「一家の相続人たるべきものの踏むべき道」を指し示す。そして、わが身を生かそうと思うたら筆を断てと、勉次に迫るのである。重治は父の意に反して「やはり書いて行きたい」と答える。転向を「消しえぬ痣《あざ》」として頬にうかべながら、人間として作家として第一義の道を歩もうと決意するのである。

重治に「転向を生きる力」を与えたのは父藤作であったように私は思う。かくの如き父をもった幸せを書くことは、文筆を業とする重治の責と考えたのではないだろうか。重治にとって父藤作はそれほど大きな存在であった。

7　歴史に学ぶ未来図を　水、土、空の面積　市民生活に潤い

今から三十年ほど前になる昭和四十年、藤島高校の同窓会誌「明新会報」に、重治はこんな一文を寄せている。

重治が中学生であった大正のはじめのころ、福井駅を出るとまっすぐの道路があって、右手がそのまま城の濠《ほり》になっていた。そこには豊かな水面積があった。それらがいろんなことで次々と埋め立てられていった。いま福井市の将来を考えるとき、五十年前の水面積を思い出して欲しい。福井市が市民生活としてそれだけの水面積を持っていたことを考えて欲しい。福井市はこれからどんどんと発展して行くだろう。そのとき、「福井市の未来図を描くのに、一九六五年現在を出発点としてといった、しみったれた立場からではなく

て、せめて北の庄以来、せめて福井城以来、せめて五十年か百年か前あたりから出発して、歴史の縦の線の上に福井市の未来図と福井市民生活の未来図を描いてもらいたいと思う」。

それから三年後、福井市文化会館の落成記念の講演会でも、同じ趣旨のことをさらに発展させて話している。

三国の東尋坊の岩場、福井と丸岡の城の濠、武生の街中を流れていた水路などをとりあげて、重治がかつて見た情景を具体的に思い起こしながら語る。東尋坊の岩場とその眺望のすばらしさ、城の濠の赤白の蓮の花、カイツブリ、蓮が枯れたあと掃除をする船の動き、松並木の中の流れ、季節の風情をおりまぜながら話すのである。しかし「私は復旧論者ではない」という。

昔のものを昔のものだからといって大事にするのは馬鹿げているが、昔のもので有用なもの、美しいもの、現在の住民たちにいろいろの意味で役立つものは、極力残さねばならぬ。場合によっては金を出してでも保存せねばならぬ。

あの福井地震のときの火事も、水面積があれば少しは防げたのではないかという。都市建設や都市計画のなかで、道路、広場、公園、子供の遊び場、小山といった建物以外の土地面積と水面積の釣り合いを適当にする必要があることを力説する。

さらに、京都の大覚寺門前町を歩いていて、一種不思議な楽しさを感じたことがあった。それは平屋の家並みがずうっと続いていて、ふり仰いで見るまでもなく、そのままでいて空が見える、そんな空面積のひろがりが自然な楽しさを感じさせたのだと気づいたという。

「そんなことは言いふるされたことかも知れぬ。言いふるされただけで実行されないできた、むしろしきりに逆行しているのではないか」と問いかける。

このごろ「住みよい町づくり」や「地域総合再開発」などがしきりにいわれている。三十年前の重治の提言は、今日ただいまの問題としてあるのではないか。

8　小学生の視線で描く
「梨の花」点景（1）

「梨の花」を読み返していると面白いことに気づく。この小説は、重治の幼少年時代を、良平の目を通して描いた自伝的小説といわれている。しかし、「良平の目を通して」とは、具体的にはどういうことなのか。

物語は、小学校に入学した良平が、おじさん（祖父）の使いで、酒を買って高瀬屋を出たところから始まる。高瀬屋を出るとすぐに松岡屋の前になる。その描写は次のようだ。

松岡屋ののうれんの下から、なかにいるお客の足のところが見える。草鞋《わらじ》に脚絆《きゃはん》をはいている。足袋なしで草鞋だ。女の足だ。なんでだかわからぬが、女の足なことにはまちがいない。あれは山つきの村の女だろう。山つきの方の人は、言葉もちがうがはきもののもちがう。草履でもちがう。山つきの方の人は足なかのような草履をはいたりする。このおばさんは、松岡屋のおんさんやおばさんに、布《き》れの相談をしているのだろう。おなしことをなんべんもきいて、松岡屋のうちのものから少しあなずられているのだろう。それは松岡屋がわるい。

ここには極めて強い感受性と自意識を持った良平の、その年齢での意識の世界が忠実に描かれている。ただ自分の幼少年時代を回想しながら描いた小説というのではない。驚くべきことは、重治はこの小説を書いた昭和三十一年、五十四歳の時点でも少年期の残像をきわめて正確にその頭脳の中に蓄えていたのである。

めざとく「のうれんの下から、なかにいるお客の足のところ」を見つけるのは、大人の目線ではない。身長一メートル足らずの小学一年生の目線である。

ずいぶん前、ある写真雑誌で、犬の目の高さ、視界の広さで撮った実験的写真を見たことがある。そこには日常見なれた風景が見事なほど異なった形で写っていた。また、はいはいを始めたばかりの赤ん坊が大人が気づかないものを拾って来たりしてあわてさせることがある。幼児の目線と大人の目線の高さの違いからくるのであろう。

旧版全集のあとがきで、重治は堀田善衛の「にがりがきいていない」の評をひきあいに出しながら、当時の新日本文学系の「梨の花」への評価を踏まえての発言と思われる。が しかし、そもそもこの作品はそのようなものを放棄する前提で成り立っている。「梨の花」全篇を読み返してみても、目の前のことは一つ一つ執拗に詳細に描かれているが、遠景描写はない。良平の意識の範囲と視界の範囲をはみ出すことは無いように注意深く配慮されていることに気づくのである。

9　登場しない「丸岡城」
「梨の花」点景（2）

重治は丸岡城について、こんなことを書いている。

あの城を私は物ごころつくころから見ていた。朝起きる。横の川へ行って顔を洗う。いやでも、東真正面に「お天守」が見える。低い町家並みの上にそびえた小ぶりの丘城、それはそのまま「自然」のようなものとして子供の私に映った。小学校へ行くようになってから、私はそれを絵に描いてみたこともある。

あの城の建物のところで遊んでいたことがある。石の階段をのぼって行って、袖の石の斜面を尻からげをして滑りおりる。そして着物をぼろぼろにして家へ帰って叱られた。

そしていまも、私はあの城には愛着を持っている。郷里の町の城だからということもあるが、それだけでもない。動乱がおさまっていない時代の無骨で木訥《ぼくとつ》なところがある。美学以前の、実用的なもので、無骨で、装飾ということをまだ特殊に考えなかった時期のやさしさのようなものがある。

ところが、その丸岡城は「梨の花」には登場しない。わずかに、皇太子の行啓を拝みに行く場面で「皇太子殿下がお天守から下りてきて、新庄の停車場へ帰って行くところを拝むのだという」というような地点の名として現れるだけである。城を見て、良平が何を感じ、何を思ったかはいっさい描かれていない。それはなぜだろうか。

ひとつには、子供のころ「町に城があることをみんな知ってはいるが、それがどうのこうのということはいっこうになかった」というその当時の状況があった。

明治四年廃藩置県で城が払い下げになったが、お天守は使いみちがなく売れ残った。「私の祖父がそれを買おうかと思いついて、父親に相談して、叱りとばされて思いとどまった」

というエピソードさえある。荒れるにまかされていたのを町が譲り受け、大修理をして、太鼓で時報を知らせるようになったのは、明治三十四年ごろのことである。天守の桜もそのころに植えられた。

次には、前回で触れた良平の目線の問題があるだろう。城は良平にとって「自然」のようなものとしてあり、ことさら意識に上るものではなかった。「梨の花」のなかで、毎日学校へ行くときの集合場所「お寺の御拝」は何度もでてくるが、お寺そのものは描かれることはなかった。小学生の少年にとって寺は単なる集まる地点でしかなかったと同様のことであろう。

さらに、良平の強い自意識が自分の住む在所と他所とをはっきり線を引き対比していることである。隣の集落西里や長崎とさえも一線を画すのだ。まして町とわが在所を混在させることなどできることではなかった。良平の意識に従って、重治は意図して丸岡城を描かなかったのであろう。

10　祖母の死で精神成長
「梨の花」点景（3）

中野家は、個人で「太閤《たいこう》ざんまい」を持っている。中野累代の人たちはこの墓地に埋葬されてきた。

墓地の由来について妹の鈴子は、太閤秀吉が、この辺を廻ったおりに、このうちで休息し、茶を飲んだ時、そのお礼としてもらったと伝えられているという。

また「中野」の姓は、豊原三千坊で知られる豊原へ逃げ入ってきた落ち武者が坊主姿となってそこにたむろしていた。そのうちの「中ノ坊」というひとりがこの村におりてき、居を定めたのが、この家の先祖であったとも鈴子はいう。

もちろん、秀吉が丸岡に来た史実はない。ひいきめにみれば、太閤検地のおり、その役人が中野家を休憩所にしたということであろう。いずれにしろ、中野家は四十戸ほどの一本田の草分けのひとりであったことは間違いなさそうだ。

祖母が亡くなった時も、当然この「太閤ざんまい」に土葬された。おばばは持病の「さしこみ」で何日か寝込んだ後に亡くなる。良平が学校から帰ると、おばばは死んでいて家じゅうの様子がいっぺんに変わってしまっていた。子供のいる場所がない。何やらよくわからぬ間に、葬式の準備がすすめられていく。そのようすは良平らしい敏感さでめざとく描かれている。がしかし、秀吉から拝領した年貢御免の「太閤ざんまい」は「太閤」が抜けてただの「ざんまい」になっている。会葬者を土下座で見送る風習はかかれているが、土葬のこともさりげなく省かれている。これは中野家が一本田の格式をもつ旧家であることを印象づけたくなかったので避けたのであろう。

ところで、良平はおばばの死をどのように感じとったのであろうか。


ああ、おばばが死んでしまって、これから昔ばなしをしてくれるものがないだろう。

嘘か作りばなしかわからぬようになる昔ばなしは誰もしてくれるもんがないだろう。


ここに見られるのは「かたりべ」としてのおばばの喪失感である。物心つくときから良平はおじさんとおばばの三人で暮らして来た。おばばのはなしは何回聞いてもあきなかった。祖母は親代わりに良平の世話をしてくれただけではなく、豊かな精神的世界を良平に広げてくれたのである。

しかし、四年生になった良平の関心は、一方で「昔話のような世界」に哀惜の思いをもちながらも、離れようとして来ていた。

おばばの死は「梨の花」では、良平の小学四年のときになっているが、実際には、重治が福井中学へ入学した年で、三年ほど前にずらされている。この虚構によって、重治はおばばの死に良平の精神的成長の象徴的意味を重ね合わせようとしたのではないかと思われる。

11　みのむし騒動　克明に「梨の花」点景（４）

二月じゃ。さぶい日でのう。風は南じゃったけれど、道が凍って、からからに乾《ほ》せて、松の木ざんまいのあたりを歩いてくる人の足駄の音が、かちん、かちん、かちん、かちんと手に取るように聞こえたんじゃわの。

おばばの話はいつも断片的でとりとめがないのだが、この「みのむし騒動」の話は直接の体験をふまえたもので、具体的でくわしく目の前に見るような臨場感がある。

「みのむし騒動」は明治六年三月の「護法一揆」とか「念佛騒動」とか言われているもので、百姓が蓑《みの》や笠をつけて参加したことから「みのむし」の名がついた。このとき祖母、祖父ともに三十三歳、二月は前年に太陽暦に変ったもので三月になる。

ことのおこりは、廃仏毀釈《きしゃく》からでたものだが、「世直し型」に変わって行き、末端の支配機構や豪商、豪農などが打ち壊しや放火の対象になった。それは、ひごろから民衆の間に不平不満が心に渦巻いていた。だからこそ大騒動になっていったのであろう。

大野に起きた騒動は嶺北各地に飛び火し坂井郡下でも展開する。吉崎、細呂木、金津とその周辺の民衆を巻き込んだ一隊は舟寄村から一本田の豪農山田宅を襲撃しようとした。この山田宅の襲撃については「梨の花」では故意に？　触れていない。

舟寄では、大庄屋の恩地さんが酒を釜でわかして「みのむし」に飲ませた。「みのむし」はさんざんに酔って舟寄と一本田との境へすすんでくる。また一方、町の「御家中」の一隊は庚申堂のところへ出て行って「みのむし」隊と向きあった。「どかん、どかん、どかあん……」と空鉄砲がはなたれた。すると男が一人出てきて、「そんな空鉄砲が、何がおとろしかろや。これでも食らえ……」と尻をまくって叩いて見せた。御家中がおこった。「ほんだま（実弾）こめえ……」と号令がさがった。たちまち一人の「みのむし」がたおれてたんぼへ落ちた。その一発で、みのむし隊はさあっと舟寄の村なかへ退《ひ》いてしまった。

おばばの話はこの後も、「御家中」の役人から捕らえられた吉崎在の若者を預けられたことや、おじさんが「みのむし」に出えと言って村太鼓を打った疑いで、福井の牢へ連れて行かれたことなどが続く。

そして、このおばばの話は、三上一夫の労作「明治初年真宗門徒大決起の研究」に照らし合わせてみても、細部にわたって一致する。明治の激動の時代を、ごく普通の農民が、どのように感じ、受け止め、行動したか。すでに生の声は歴史の中に消えてしまっている。読み書きさえできぬおばばの話を、重治がそのままに筆にとどめてくれたことをありがたいと思う。

12 クジに祖父の姿描く「梨の花」点景（5）

重治は家に残されていた古い文書類を反故《ほご》一枚にいたるまで大切に保存していた。それらの文書は、没後、夫人の原泉さんより丸岡町民図書館に寄託された。その中に、「大審院関係（玉野）」と表書きして封筒に入った文書がある。それらの文書は「梨の花」のいわゆる「クジ」に関するものである。

「ゴイッシン」になって、殿様も御家中も一どきになくなってしまった。その御家中に村方から地面が貸してあった。それは、その前々から、殿様の家来の御家中がふえて、屋敷にする地面が足りなくなっていた。そこで殿様が、城下まわりの田や畑の地面を、村々の百姓から借りてそこへ御家中に家を建てさせて住まわせた。そこへゴイッシンになった。殿様は東京へ行ってしまってもう町にはいない。そこで村々の方で、御家中の人に地面を返してくれといった。すると御家中らは、あれは殿様からもらったものだから返すわけには行かぬぞ、返すなら殿様へだといって承知しなかった。そこで御家中と村々百姓とのあいだで「クジ」になった。

丸岡町史などによれば、この訴訟は明治五年の十一月に起こされて明治十一年十月に、今の最高裁にあたる大審院でようやく判決が下りた。最終的な和解による決着は、さらに後の明治十七年七月という長い年月を要した事件であった。

ことの起こりは、元禄八年、有馬清純が丸岡藩主として移って来たとき、隣接の十二ヶ村に交渉して、村高を宅地とし、家臣を移住させた。そのおり、取り上げて官有地にすると年貢が納まらない。それで、石高から年貢を差し引いて下行米《げぎょうまい》と称して各村に渡して来た。だから建前としてはあくまで民有地であった。そして、それらの会計処理はずっと丸岡藩でなされて来た。

ところが、明治四年の廃藩置県で一変した。村方の土地になっているのだから村方に新たに租税がかかってくる。村方はそれなら土地を返還してくれと訴えた。一方、組屋敷として代々自分の土地と思って住んでいた士族たちも驚き藩主からいただいたもので返せないと訴える。こうして裁判になったのである。

しかし、重治は訴訟のてんまつを書きたかったわけではないらしい。長い訴訟の費用は村々が共同でつくりだし、田畑の耕作なども共同にして助けあったという。また、東京の大審院に行くにも、その時分はまだ汽車がなく、あるときは大阪から船で東京へ行き、あるときは親知らずの難所を浪の引きぎわに一人ずつ走って通ったという。そんな苦労を手探りで何年ものあいだ続けて来た、その祖父たちの姿をこそ重治は描きたかったのではないか、とわたしは考える。

13 「異安心」のおじさん
「梨の花」点景（6）

「梨の花」のおじさん（祖父）は、理屈こきでかんしゃく持ちで一徹なところがあり、村の者が思案に余ることが起きると相談に来るような人物として登場する。

そのおじさんは「異安心」であるらしい。「どこまでも念佛の行者」をもって任じるおじさんは、異安心といわれる「木田のお寺」を信心しているようだ。良平は「イアンジン」という音が心配な音にひびく。「異安心というのは、何かわるいことなのだろうか。おじさんが、お手継ぎのお寺から、何か迫害されるようなことになるんだろうか」と良平は不安になる。

異安心とは、安心は信心、信仰を意味し、宗祖親鸞《しんらん》が説いた浄土真宗の安心とは異なった異端の説をいう。木田のお寺とは、福井市木田の浄土真宗長慶寺。その当時の住職は甘《あま》庶普薫《つらふくん》。

木田のお寺がなぜ異安心の寺か。

江戸の終わりごろ、「三業惑乱」という教義をめぐって本願寺派をあげての大争論があった。その異安心論争で、福井出身の太田功存師側が異安心とされた。そのとき、福井近隣の諸寺は、福井出身の学僧功存が唱えた学説ということで、ほとんどが功存師側についていた。それで、おかしなことだが、地元福井では、これにくみしなかった長慶寺のほうが、逆に異安心の寺として異端視された。寺は攻撃され焼き打ちにあい、何んにも見るところがないことを「長慶寺の庭」と皮肉られるほどにさびれていった。

また、「北陸学園百年史」によれば、甘庶普薫は、若くして若狭の栖城勧学の門をたたき、その後、京都に出て仏教各派の碩学に教えを受け、学問に励んだ学僧である。のち福井に帰り「遷奮林」という私塾を開いた。この私塾に集まった人々が現在の北陸高校の前身にあたる「羽水教校」設立の立役者になっていく。普薫は福井の仏教界の頂点にあった学僧といってよいだろう。

羽水教校の特待生であった丸岡町竹田の本尊寺善解師の話によれば、普薫は男前で話がとても上手であった。その教えは、どんな悪人でも念佛によって救われるということであった。が一般には、それならどんな悪いことをしてもよいというように受け取られる向きがあり、ちょっと「異安心」だという坊さんや人達もあったようだ。しかし一方で熱心な信者も多く、越前海岸の方から家を長慶寺の前に移し、寺の世話をする人まで出て来るほどであったという。それで、寺の境内も整備されていき、新しく建った経堂は本棚が自由に回転する転輪経蔵という珍しいものであったという。

こうしてみると、おじさんを異安心とやかましく批判した人より、「異安心、異安心と……ばかどもが……」と言い放ったおじさんの方がより深く仏法を会得していたようである。

14　田舎の排他的な意識

「梨の花」点景（7）

五年生になって、良平に身の細るような思いをさせることが起きる。六年生の終わりまで、成績も落ち込むほどに、それは良平を悩ませ続ける。その出来事とは、同級生の谷口タニと高田良平との姓をくっつけて「タカ、タニ、タグチ」とはやし立てるようになったことである。初めは同じ組の女の子が言いだしたのだが、後には一、二年生の小さな子までが良平に向かって言うようになっていく。

ことの起こりは、良平が級長に任命されたことにある。級長になると、朝礼で生徒全員が、雨天体操場に集まるとき、自分の組を整列させねばならね。そんなとき、男より女のほうが行儀が悪い。女はいくら言っても列を乱してしゃべる。良平は我慢しきれずについ手を出してしまった。それがもとで、女の主だった悪い連中から憎まれるようになった。

そしてある日、良平が学校から帰るとき、女生徒から下駄を隠された。そのとき、谷口タニが出て来て下駄を出してくれた。谷口タニは、この在所の子ではない。色の白い生意気そうな生徒で、いつも一人ぼっちという感じの女の子である。

そんなことがあったあくる日から、良平は「高、谷、田、口」と冷やかされるようになる。それは二人が、男と女とで仲がいい、「なじみ」じゃろうといって、ひやかす意味を持っていた。

しかし、良平はいくら考えても谷口が好きというのではない。なんと理不尽なと思うがどうしようもない。

こういった意地悪は、異性を意識するようになる小学五、六年生ころには、よく見かける風景である。そしてそれは、どうということなしに、いつのまにか忘れてしまうのが普通である。しかし、良平の傷つき方、被害者意識は異様なほどに強い。それは、良平がきわめて強い自負心と感受性を持つ少年というだけではすまされない気がする。

その背景には、田舎の感性として、よそ者を排除する仲間意識が隠されているような気がする。谷口タニは、顔の色からして在所の者とは一目で違う色の白い他所の者である。良平は、自分では同じ在所のものと思っているが、在所の子供たちにとっては、良平も、四歳ほどのときに村に移って来たものであり、組でただ一人当然のようにして中学校へ進学する家柄の子である。林家の和子さんほどではないにしろ、良平はやはり特別な、異質の存在であった。良平と谷口タニを結びつけたのは、単なる偶然の組み合わせではないように思われる。

作者重治は、良平を、つとめて村の普通の子供の一人として描こうとしている。しかし、村の子供たちには、良平も良平の家も、明らかに林家側に属するものであったはずである。良平は福井中学へ入学することで、そんな村の子供の意識からやっと解放されることになる。

15　中学へ進学　新世界へ

「梨の花」点景（８）

昭和七年十二月、治安維持法違反で収監された豊多摩刑務所から、妻の原まさのに宛てた手紙のなかで、重治は梨の花に触れて、こんなことを書いている。

俺の少年の時、家に一本の梨の木があった。ある時「日本少年」の口絵に花の咲いた梨の木の油絵がのった。へえ、梨の花というものはこんな美しいものかな？　と俺は不思議に思った。というのは、それまでに梨の花を何度も見ていたはずだが美しいと思ったことがなかったから。そこで、ちょうど花の咲く季節だったから出てみるとなるほど美しい。実にフシギな気がしたのを今でもおぼえている。自然の美を芸術品から教えられたのだ。美という奴は、結局は自分で見つけねばならぬものだが、自分で見つけるまでには人にみちびかれる。

重治は、この少年時代の体験を小説の題名に使った。小説の中では、梨の花は、連載が終わるころになってようやく出てくる。福井中学受験のため、丸岡から乗った汽車の中で、良平が鮮やかに想い起こすのだ。

良平が梨の花の美しさを、福井へ向かう汽車の中で想い浮かべたことはすこぶる暗示的である。

良平は、まさに村から離れようとしている。素朴ではあるが閉鎖的な村の在所の感性から抜け出て、福井の街へ向かおうとしている。その時、「何の変哲もない、白っぽい花」、素朴な梨の花が美しく見えて来るのだ。梨の花は、良平が発見した「自然の美」であった。さらに言えば、在所そのものの象徴的意味が含まれているような気がする。

中学校へ入ると、同級生のだれかれが小生意気に、辞書は「金沢の辞林」とか「大槻の言海」とかいうのにはなじめない。しかし、そういうまわりのなかへ良平自身がだんだんとけこんで行くように思う。となりの一郎とさえいつのまにやら遊ばなくなっている。

良平は村の感性からしだいに離れていく。週末の休みに家に帰った良平が、ひょいと灰小屋の梨の花の咲いているのを見つける。しかし、すでに福井の中学生である良平には「きょうはちょっとも美しいと思えない」のである。それは、「タカ、タニ、タグチ」の世界、村の少年良平との別れを意味するのではなかったか。

しかしその一方で、福井にいると、「ただ、ごく簡単に土曜には帰りたくなる。人間がみな、馬、牛、犬でさえも百姓だけである村。たんぼも、畑も、あぜ道も、用水も、橋も、柿の木も、水車も、何もかも百姓のもので百姓仕事に使われている村」そこへ帰りたい気持ちになる。

良平はいま、在所の感性を色濃く引きずりながらも、未知の新しい世界へ足を踏み出そうとしてる。小説「梨の花」はそこで終わる。

中野重治

福井地震・公安条例・中野重治
——未公開「北陸方面震災　資料」から——

世田谷にあった中野重治の書斎が、丸岡町一本田の生家跡に移築された昭和六十二年十一月、夫人の原泉さんから、「柳ごおり」一杯の中野家文書が丸岡町民図書館に寄託された。この文書類については、そのあらましを、「梨の花　通信」四号（一九九二年二月）に報告した。ここでは、その文書類の一つ、「北陸方面震災　資料　一九四八年七月」について記してみたい。

北陸方面震災とは、いうまでもなく、昭和二十三年六月二十八日の福井大震災をさす。地震は、当時実施されていた夏時間《サマータイム》の午後五時十三分過ぎに起きた。マグニチュード七・三。震源地は福井市北方の九頭竜川付近。東十郷村長屋付近（現坂井町）とも高椋村末政近く（現丸岡町）、森田町定正（現福井市）あたりともいわれている。震源は地下一〇キロほどと深度が浅かったため、激震区域は狭かった。その区域は、福井県今立郡北中山村から福井市、吉田郡森田町、坂井郡丸岡町、同金津町、同吉崎村を経て、石川県江沼郡塩屋村まで、南北の中心線に沿った約四五キロに及ぶものである。しかし、地震そのものの大きさと被害の程度とは必ずしも平行しない。全壊家屋の戸数や死者の数は関東大震災や、濃尾地震に次ぐもので、福井市、金津町、丸岡町、春江町、松岡町の五つの町では大火災まで発生し、地域が狭いだけに一層凄惨を極めた。

その被害のあらましを『福井烈震誌』（昭和五十三年六月）によってみてゆく。

死者は、石川県の三十七名を含めて三千五百七十九名。負傷者は、石川県の四百四十四名を含めて、一万六千百九十三名。全壊家屋は、石川県の六百九十三戸を含めて、三万五千百八十八戸、半壊家屋は一万一千五百三十戸。焼失家屋は福井市の二千六十九戸、坂井郡の千五百十六戸など併せて三千七百二十二戸にものぼった。各種の統計によって、数字の違いがみられるものの、その被害のすさまじさは想像できる。

もう少し詳しく被害状況をみてみる。

家屋の一〇〇％全壊地帯は大体九頭竜川流域の福井平野に集中している。福井市の全壊家屋は一万二千二百七十戸で、全壊率は七九％にもなり、吉田郡では五千八百七十七戸の家屋が全壊し五七％の全壊率であった。坂井郡では、春江町、丸岡町、東十郷村の一〇〇％全壊をはじめとして、平野部の各村落は九割以上の壊滅状態で、坂井郡内の全壊家屋は一万四千百七十六戸にものぼった。重治の出生地高椋村では、どの集落も一〇〇%またはそれに近いものであった。また、土地の地割れ、隆起、陥没、湧水はいたる所にみられ、道路は寸断された。

また、地震の発生時刻が五時を過ぎていたため、市街地では夕食の準備にとりかかっていたのであろうか、火災が発生した。福井市では何か所もから火の手が上がり、二千六十九戸が焼失した。丸岡町では全戸数の七〇%にあたる一千百七十六戸の全焼という惨状を呈した。この外でも、金津町の二百二十四戸、春江町百十六戸、松岡町九十二戸、森田町の三十七戸など、商工市街地域で多くの火災が起き、家屋の下敷きになり、焼死した人々も多く、まさに生き地獄であった。農村地区では、ところどころで数戸の焼失ですんだのは、家屋が密集しておらず、まだ野良に出て働いている人たちが多かったからであろう。

人命の被害も、市街地に多く、福井市の九百三十人を筆頭に、春江町の三百八十八人、丸岡町の二百八十六人、森田町百九十六人、金津町の百九十一人、松岡町で百六十人もの人びとが死亡している。農村部でも震源地付近と目される高椋村は百二十七人、東十郷村は百二十三人、磯部村百人と、人口に比べて死者の数は多い。次いで、西藤島村九十六人、芦原町八十三人、中藤島村七十八人、北潟村六十八人、長畝村六十五人と続いている。農村の稲作中心の所は田の草取りの時期にあたる。重治の妹鈴子も、「そのとき田に出ていた。植えた苗が、根を上にしてほとんどまっすぐ縦になって田のなかで揺れた。お人好しで、あわて者で、気のきかぬ中野鈴子はどうすることもできなかった。」（全集一二巻、著者うしろ書き）。それでも、野良に出て働いていた人たちは、殆んど命を落とすことはなかった。農村での死者は、家の中にいたお年寄りや、幼児、学校から帰って遊んでいた子供たちに多い。なお、石川県側の被害は、福井県に隣接する塩屋村、三木村、大聖寺町と、大聖寺川下流域に集中している。

以上が、統計的、数量的にみた被害の概略であるが、激震地域にあって、一瞬のうちに建て物という建て物は押しつぶされ、肉親がその下敷になっているのを何とか救い出そうと素手で気が狂ったように立ち向っている人々の気持は想像を絶するものがある。日頃見なれた村の風景も一変した。正に天変地異である。絶え間ない余震におののきながら、夜を明かした鈴子は、東京の兄重治に電報を打った。

「モノミナコワレ　ヒトミナブジ」

福井から坂井平野に到る交通の大動脈である舟橋、中角橋はくずれ、汽車も大聖寺から福井まで不通、電車も永平寺線、三芦線すべて壊れ、電気は勿論切れ、復旧のめどもたたず、坂井郡内で激震被害を受けた町村は孤立した状況にあった。わずかに、無線中継によって電信のみがかろうじて保たれていたといってよい。

しかし、本稿の目的は震災の状況を詳述することではない。この時の中野重治の動向と「災害時公安維持条例」にしぼって書いてゆくことにする。

国警本部では、六月二十九日、協議の結果、被災地の治安は現在のところ特に配慮することがないとの見地から、救護に全力をあげることになった。そして、福井方面の「救護に万全を期するため」滋賀、愛知、京都、兵庫の各府県から計二百五十名の警官を派遣した。

一方、福井県では、特別の警備隊本部が設置され、七月一日、次のような布告文が出された。

布告文

去る二十八日夕刻突如として発生した震災に被災した各位の心労に心からお見舞する。目下被災地には二千余名の警察官と進駐軍の尽大なる応援ならびに消防団員の協力を得て治安警備に万全を期しているとともに、政府ならびに他府県の絶大なる援助により被災者に対する急援物資は着々到着し、県対策本部は活発なる活動を開始し、救護ならびに衣食住の安定に努めているから各位は安心されたい。もしかかる混乱期において左記の行為をなしたる者に対しては、警察は武力の行使をもって断固検挙する決意と固めているから、各位は打って一丸となり、冷静に秩序正しく復旧事業に邁進されたい。

右布告する。

昭和二十三年七月一日

福井県警察隊長

記

一、被災者の混乱に乗じ
1. 強盗、強姦、窃盗、恐喝、詐欺の犯罪
2. 生活必需物資ならびにその他の物資を暴利を得て売却するもの
なお主要物資の盗難事件の発生ならびにこの虞れある場合、および前二項の犯罪を知った時は最寄の警察署へ届出られたい

この布告は、七月三日の福井新聞に、「治安に万全期す　犯罪には断乎武力行使」の見出しで全文掲載された。しかし、福井刑務所で、震災直後に収容中の囚人五十九名が逃走したとか、春江町で町民が農業会倉庫から管理人の止めるのも聞かず保有米を持ち去るなどの事件は起きたものの、全体として治安上特に問題となるようなこともなかった。それで、七月二十八日には、警察隊本部も解散し、平常に復している。

このような治安上特に問題のない中で、七月七日、福井市議会は緊急市議会を召集し、震災後の市内の治安維持をはかるためとして、即日、「災害時公安維持に関する条例」（いわゆる公安条例）を、全国ではじめて制定した。この条例は、地方自治法第十四条の、普通

地方公共団体は、法律または政令に違反しない範囲で条例を定めることができるという規程を根拠にして制定されたものである。条例は次のようなものであった。

災害時公安維持に関する条例

第一条　本市の地域内において、左の行為を為してはならない。
一、人心を惑乱する虚偽の事実又は不確実なる情報を流布すること。
二、政党、各種団体、其他何人といえども政治的・経済的・其他一切の煽動的言動をなすこと。
三、其他、災害復興を阻害する一切の言動をなすこと。
第二条　前条に違反した者は、二年以下の懲役、若くは禁錮、又は十万円以下の罰金、或は拘留に処する。

附則

この条例は、公布の日から施行する。この条例の廃止の時期は、市長が別に之を定める。

この条例の制定にあたっては、当時の福井軍政部軍政官ジェームス・エフ・ハイランド中佐の要請が背後に強くあったと思われる。震災の一周年記念日を期して発刊された『福井震災誌』（昭和二十四年六月二十八日）の「治安対策」の中では、次のように記されている。

交通、通信、電気の各機能が一瞬にして杜絶したので、人心は極度に不安動揺した。その一、二の例を挙げると、刑務所が倒壊したので収容中の囚人を二十四時間以内に復帰することを条件として、一時釈放したところ、五十九名が復帰せず、かつ秩序の混乱に乗じて政府管理米、硫安の集団窃盗あり、或は大地震再来の「デマ」共産党員による虚偽の事実を漫画入りにしたポスターの貼布等により人心恟々たる状況であった。その後も震災を利用しての不穏な政治的策動をなすものすら出すに至った。

この文の「共産党員による虚偽の事実を漫画入りにしたポスターの貼布」については、七月十日の福井新聞に「小幡県知事が名誉毀損で告訴」の見出しで記事が載っている。

小幡県知事は日本共産党県委員会本部、同春江町地区震災対策本部幹部、日本青年共産同盟福井委員会幹部および自称同町本部員小野進ほか幹部多数を相手取り九日福井地検に名誉き損により告訴した。

その理由は、八日ごろ春江町をはじめ福井市、丸岡町各所に同党の名義で掲示した「震災当日小幡知事は大阪大和百貨店で開催中の福井物産展視察のため出張という名目の下に同展に出張中の芦原温泉芸者十名を交えて大阪市某料理店で法令を破り飲めや歌えのどんちゃん騒ぎをしていた」と書かれた絵入りポスターおよび「全国各地から山のように救援物資が集まってきたがこれは一体どう消えたか、小幡知事はヤミ業者と結び市民、勤労者、農民を犠牲のうえに荒川、加藤、坪川三大尽をはじめヤミの福井を真ッ先に再建しようとしている」とのポスターは全く事実無根で名誉き損もはなはだしいというものである。

福井市の公安条例が実施されると、「国鉄労組北陸共同闘争委員会は各労組に呼びかけ、猛烈な反対運動を展開すると共に、市条例の効力の及ばない農村方面に活動を移行するに到ったので」（『福井震災誌』）小幡知事は七月十一日、次のような告示を発した。

福井県告示　第二三二号

一般民衆に対し、震災の救済または復興を妨害するような政治的、経済的其の他一切の行為をしてはならない、これを犯す者は夫々の法規に照して罰せられる。

昭和二十三年七月十一日

福井県知事　小幡治和

「しかし依然策動の跡をたゝぬので、県は軍政部と協議し県外より侵入して前告示に違反するような行為をなす者を県外に連行する一方、県内全般に適用する条例制定の必要を認め、七月十六日県議会全員協議会の議を経て、」（傍点筆者『福井震災誌』）県条例を公布し即日実施した。

震災臨時措置条例

第一条　何人も災害に乗じ人心を惑乱する虞れある虚偽の事実、若しくは不確実な情報を流布し、又は事実を誇大に宣伝してはならない。

第二条　何人も災害に乗じ災害の救済又は復興を阻害する行為をしてはならない。

第三条　前二条に違反した者は二年以下の懲役、若しくは禁錮、十万円以下の罰金、拘留科料又は没収の刑を科する。

附則

この条例は公布の日からこれを施行する。

これら相ついで出された福井市、県の条例、告示は軍政部が明らかに特定政党である共産党やその影響下にある労働組合、団体などの情宣活動の圧殺をねらったものである。すでに記したように七月一日の福井県警察隊長名の布告文にある「強盗、強姦、窃盗、恐喝、詐欺」などの犯罪は、六月二十九日の国警本部が判断したように、治安は特に配慮することがない状態にあった。少なくとも緊急に議会を召集して公安条例を定めねばならぬ状況ではなかった。また、七月七日の福井市の公安条例の第二条には政党、各種団体の政治的・経済的の煽動的言動の禁止と、その意図が明文化されている。この条例が公布されて、反対運動が展開されると、その後の福井県告示、福井県の条例からは、政党、各種団体の煽動的言動の文字は消えたものの、内容的には全く同じである。さらに、地方自治体である市・県の行政側に共産党への危機感がそれほど強くあったとは考えにくい。内務官僚出身で官選の福井県知事になった小幡治和はともかくとして、経済人で福井市に生まれ育ってその保守的風土を知り尽くしている福井市長熊谷太三郎に公安条例をつくる程の危機意識があったとは思えないのである。アララギの歌人でもあった熊谷太三郎は、戦後、高見順とも交友関係にあり、高見の没後も「荒磯忌」には毎年秘書一人をつれて、高見の菩提寺である円蔵寺にお参りしていたほどである。

この公安条例が、共産党の情宣活動を封ずるためのものであったことの実例を一つ二つあげてみよう。七月五日、福井新聞やJOBK放送は台風接近の危険を報じた。そして福井新聞社ではその予報ビラを市内にはり出した。同じように、国鉄労組が署名をつけて、市内の数ヶ所にはり出したところ、国鉄労組のビラのみはがし、二人の労組員を軽犯罪法違反で検束した。また、震災後いちはやく県内外の各方面から救援隊が組織され、活発な救援活動を行った。なかでも、学生同盟系の大学生による活動が新聞で大きく報道されている。その中心的役割を果たしたのが東京学生同盟であり、その中軸をなしたのが紅陵大学（拓殖大学は戦後一時期紅陵大学と改称していた）であった。彼らは救援物資の運搬作業や九頭竜川、足羽川の護岸工事に従事するかたわら、子供会を開き、紙芝居、お話し会、歌の会などの活動をし、新聞でも、「焼残の樹陰教室で　ヨイ子に教う学生隊　復旧工事も歌声と共に」などの大きな見出しで報じられている。その一方で、最大の被害地であった坂井郡を、道路の亀裂のため倒壊した屋根伝いに縦断しながら医療活動を続けていた金沢医大の学生医療班は、丸岡町内で宣伝活動をしたという理由で、公安条例によって、警察のトラックにのせられ、石川県に押送されている。

それではなぜ、公安条例が制定されたのか。当時の極めて不安定な政局とそれに伴なうアメリカ合衆国の占領政策の転換を考える必要があるだろう。前年の昭和二十二年四月、新憲法にもとづく最初の選挙がおこなわれ、日本社会党が第一党となり片山哲内閣が生まれたが、一年たらずでたおれた。ついで民主党の芦田均が三党連立の内閣を組織したが、これも疑獄事件で、福井地震のあった昭和二十三年の十月に総辞職することになる。一方、連合国軍最高司令官総司令部（ＧＨＱ）は、当初は、間接統治方式によって軍国主義者の公職追放、財閥解体、憲法改正、農地改革、婦人の解放、労働組合の助長といった「民主化」政策をおしすすめてきた。しかし、世界はアメリカを中心とする資本主義陣営とソ連を中心とする社会主義陣営の対立が激化し、いわゆる「冷戦」が始まるなかで、ＧＨＱの占領政策は反動化し、反共産主義に大きく転換してゆく。マッカーサーは、大衆デモ弾圧の方針を打ちだし、昭和二十二年の全官公労の二・一ゼネストは、その指令によって中止させられた。翌昭和二十三年七月には、公務員のストライキ権、団体交渉権が奪われる政令が出された。それは、昭和二十五年の共産党中央委員全員二十四名の追放、レッドパージ開始に連なってゆく。福井市の公安条例は、この一連の流れの中で、軍政部によって施行公布されたと位置づけるのがよいだろう。

したがって、この福井市、福井県の公安条例の制定はすぐに全国に波及してゆくことになる。大阪市は、十月五日に、本格的な公安条例となる「行進・示威運動及び公の集会に関する条例」を公布した。この条例は現在も継続している。これは、集会やデモを規制の対象とした公安条例の第一号である。こうして、昭和二十四年の五月までに、福島、静岡、新潟、滋賀、石川の五県と三十七の市町村で公安条例が公布されることになった。そして、同年の十月二十日に、東京都公安条例が強い反対運動を弾圧し公布施行された。ただ、福井市の公安条例は、一年後の昭和二十四年七月七日に、福井県の条例は、制定四ヶ月後の昭和二十三年十一月二十日に廃止された。

さて、中野重治は、福井震災をどのように受けとめ、どのように行動し、震災にふれて何を書いたか。

重治は、地震から二ヶ月あまりたった九月十日から十三日頃に、三つの短い文章を書いている。一つは「地震のはなし」で、子供向けに書かれたものであり、『おばあさんの村』(岩波少年文庫151)に収められた。これについては後でふれる。二つめは、「出かけるまで――福井県の地震――」で、「潮流」十月号に発表。この中で、公安条例に少しふれているが、タイトルにもあるように、二十九日の朝、新聞で地震を知ってから、七月五日に、日本共産党国会議員団を代表して調査と救援のために東京を出発するまでのことが日時を追って書かれている。三つめは、「地震雑筆」で、「社会」十月号に発表。「福井県の地震のことで書きたいことがたくさんあるが、また書く約束だったのでもあるが、問題がいろいろの面へ発展して、解決はこれからということが多いので一つ二つだけ書く」という書き出しで、「ひとの難儀というものは身にしみて感じられぬものだということ」と災害復興の対策が立っていないこと、県と政府によってなされていないことが書かれている。これも、公安条例にはくわしく触れていない。「地震のことで書きたいことがたくさんある」としながら、以後、重治は福井地震について、まとまった文章は書いていない。また、「出かけるまで」「地震雑筆」の二篇は、旧版全集ではじめておさめられ、単行本などにも入っていない。

ところで、この間の重治の動きを、「北陸方面震災　資料」、『愛しき者へ』下巻と前記

「出かけるまで」その他『福井烈震誌』などを参照しながらたどってみよう。

重治は、二十九日朝の新聞で福井の地震をはじめて知った。「その記事の大体から推して、わたしたちの村はよほどひどいことになったろうと考えた」がすぐ帰ることはできない。重治は前年の第一回参議院議員選挙で当選し、二十九日に、「皇室経済法施行法の一部を改正する法律案および日本国憲法第八条の規定による議決案」に反対の演説をすることになっていた。その反対演説の冒頭で地震に一言ふれたものの、予算修正案が控えており、共産党の参議院議員は四名と少なく、重治は予算担当ではなかったが、決着がつく七月五日ごろまで東京を離れることができなかったのである。

政府は、二十八日夜、とりあえず厚生省内に「福井地震対策本部」を設け、翌二十九日朝、「中央災害救助対策協議会」を設置し、その夜、中央救助隊が東京を出発する。その一行に、本県選出の衆議員坪川信三、長谷川政友、参議員奥むめをが同行した。奥むめをは、七月六日の福井新聞に「震災地のみなさまに　二つの願望」なる一文を寄せている。

重治はますますこんぐらがる国会で、七月三日には、運輸及び交通委員会で「国有鉄道運賃法案」反対の、四日には参議院本会議で同法案の反対の演説をしたりと国会活動に忙殺されながら、東京から出発する労組、民主団体などの救援隊に、政府や福井県の関係機関に仲介、紹介などの手続きを手伝っている。そして、ようやく五日の夜、日本共産党国会議員団の代表として中野の議員秘書の岸本貞明など党関係者らと福井へ出発できるようになった。また、高椋尋常小学校の同級生の加納一馬から電話があり、東京駅で落ちあい同行することになった。妻の原泉は名古屋で公演中で留守なので、出発する前置手紙をする。その関係する部分を書きぬく。

五日十五時半

○旅で労れたでしょう。迎えのアイサツをあげます。電話の最後のアイサツはとどかなかったかとも思う。

○岸本君同行、なお高椋村の小学校級友加納一馬君（墨田の商業女子校長）いっしょに行く。

○一万円および残金持参。アザブへは二千だけ渡し。参議院の金㋮へ誰かとどけます。

○潮流社千円、元田さん五百円（他に鈴子へタオル一）チョウダイした〔地震の見舞〕

○わたしは長くて十日、十五、六日頃帰ります。衆議〔院〕は一昨夜徹夜、昨朝までかかり、帰ったら十二時だった。労れたが猛然として出かけねばならぬ。規則的な形で静養を望む。今日ウドン三把配給、持参する。サトウ一カン、ニボシ一カン持参。手塚君から返った米三升持参――家（一本田）が目あてでないが、とにかく福井まで行き、その日のうちに一本田へ一応辿りつきたいと思う。おばあちゃん元気の由。水野の嫁さん（六十）即死。その他一本田で四人死。わが家はフシギにカス

　リキズもなしと。

原泉は、公演移動の汽車が米原で動かなくなり、家への電話で、重治が夜行の米原まわりで福井へ行くことを知り、入手できた品々を名古屋駅で、車中の重治に渡すことができた。

六日福井に着いたが、とても一本田の生家へ行ける状況にはなかった。ただ、一本田の生家で鈴子らと同居している重治の妹婿落合栄一が共産党福井県委員会の委員長代理であったので、党の福井事務所でいろいろと詳しく家の状況を聞くことができただろう。

福井での重治の動静は、「北陸方面震災　資料」の中にある。七月十五日党本部に提出した「北陸方面震災地における日本共産党及び労農団体震災復興救援隊に対する弾圧状況報告」控によってたどってみよう。

　七月八日　軍政部ハイル《ママ》ラント《ママ》中佐は、日本共産党及び日本共産党国会議員団を代表して、被災民の見舞と調査とのため六日福井県に来た参議院議員中野重治を喚び、共産主義及び日本共産党の活動をヒボウし、福井地方における共産党の「軽薄な煽動活動」を止めるよう中野が党員を説得するように要求した。中野は「軽薄な煽動活動」は止めるよう説得すると約束した。ハイルラント中佐は共産党の党の名による活動を禁止するといったが、中野に対しては国会議員としての行動を束ばくしないと約束した。中佐は労組の活動をも禁止するといったが、これについては中野は答えなかった。

　七月九日、福井県震災復興対策共同委員会代表十三名は、熊谷福井市長に面会して、七日公布の公安条例の説明をきいた。その説明が終らぬうち、軍政部ハイルラント中佐を先頭に、軍政部労働課長、国家警察福井県警察官等が市長室に入り、右十三名を別室において検束した。取調べでは、十三名の一切の説明は聞かず、福井震災復興対策共同委員会は県知事の認可を受くるか、さもなくば即時に解散すべしの口頭命令をうけ、県外からの代表者は全て居住地に日本警察官をもって送還せしめられた。

　たぶん九日のこの後で、《ジェームズ・エフ・ハイランドというアメリカ軍の中佐が福井軍政部軍政官で、当時の福井市長熊谷太三郎は、この軍政官に強制されて、その存在さえ熊谷自身ろくに知らなかった公安条令《ママ》を出させられたのだった。熊谷が私にちょっと来てくれと言う。秘書も遠慮して一人だけで、と言う。行くと市長と助役とだけがいた。市長は中学で私の「後輩」だった。助役は北川という私の「同級生」だった。じつはそれまで公安条令《ママ》の存在さえ知らぬでいた。そんなわけでということだった》（新版全集二三巻著者うしろ書）というようなことがあったのであろう。

福井市の視察を終え、ハイル《ママ》ランド中佐の言葉を福井市党事ム所で党員に伝え、鯖江国立病院を見舞った参院《ママ》議員中野重治は、七月十日夕刻福井県坂井郡春江町についた。到着後一時間の後に国家地方監察福井県本部教養課長植木氏より「軍政部ハイルラント中佐の命により、ここにいる中野重治以下全党員を直ちに軍政部に拘引する」と武装者を含む卅名の警官をもって取り囲み、中野重治を国警春江支部に連行して待たせた。中野重治より拘引状又はこれに代る法的手続きを取るよう要求したが、「軍政部の命令でどうにもならないのだから頼みますから行って下さい」とのことで連行されることにした。（中略）午後十時軍政部につくや、ハイルランド中佐は中野の取調べに当らず、他のものをしてあなたは約束を守らない、だから東京に護送する、の一方的断定を与えた。斯くの如くで十二名中県内居住の四名を除いてすべて居住地に護送された。

七月十三日の福井新聞には、「共産党の中野議員ら　政治活動容疑で自宅へ送らる」の見出しで、次のような記事を載せている。

震災の福井県下に全国から多数の共産党員が入りこみ、政治的活動を行ったという容疑で共産党参議院議員中野重治、石川県藤木某ほか十二名は十一日国警本部の手によってそれぞれ自宅へ送り届けられた。また同日つぎの告示を行った。
一般民衆にたいし震災の救済や復興を妨害するような政治的、経済的その他一切の行為をしてはならない。これを犯すものはそれぞれ法規にてらして罰せられる。

東京に押送された重治は、十二日、野坂参三同道で横浜の第八軍司令部に抗議に行く。また鈴木法務庁総裁にも抗議する。そしてさらに、七月七日公布された福井市の「災害時公安維持に関する条例」に対して、熊谷福井市長を相手どり「違憲法令無効確認の訴」を福井地方裁判所におこす準備を始めた。その概要は次の如くである。

原告は、中野重治、東京都議会議員岩田英一、福井県民主団体復興対策委員会委員長新田秀雄の三名、原告訴訟代理人弁護士は布施辰治ほか二名で、被告は福井市長熊谷太三郎であった。訴状の公安条例の違憲と無効の指摘は九の条項からなっている。

1、人類同胞の危機を救援する国民共生の思想と良心の自由を永久に犯されない基本人権として保障した憲法に違反し、一般国民にその侵害を恐怖せしめている。
2、広く固く憲法の国民に保障した政党的共同行動の団結と発展の自由及び活動を侵害している。
3、全人類愛による救援活動の被害慰問、復興激励の言論及び活動の自由を侵害している。

4、法律によらないで国民を処罰する憲法違反の地方自治法を濫用した被告の越権立法である。

5、被告及び被告の公安条例発布に協力する議政機関に於てもその必要を認めていない無要有害の自治立法である。

6、所管民衆の意志を反映せず、逆に所管民衆の意志を無視し支配階級の武器として発布したファッショ的暴圧法令である。

7、正しい震災復興を阻害する行為には既に別の処罰法規があり、新に制定する必要のないこと。

8、これを発布した被告自らこれを適用する自信のない運営不安の法令なること。

9、正面これを適用せず、被告及び一部保守反動者の好ましからざる良心的活動人物の県外追放に悪用する目的を以て制定された威嚇的暴圧法令なること。

しかし、この訴訟は、十月十六日福井地方裁判所によって却下された。

従って重治全集の新版年譜（三百五頁）に、「森田町で日本武装警官隊に逮捕される。福井警察署に一晩留置のうえ、北陸震災救援民主団体協議会の人々とともに東京に押送された。アメリカ占領軍福井軍政部軍政官ジェームズ・F・ハイランド中佐の命令による。十日、東京着。横浜の第八軍司令部に野坂参三と抗議に行く。鈴木法務庁総裁に抗議し、最高裁判所に告訴の手続きを取る。」（傍点筆者）とあるのは「十日、春江町で警官隊に拘引され福井市の軍政部に連行された。十一日、北陸震災救援民主団体協議会の人々とともに東京に押送された。アメリカ占領軍福井軍政部軍政官ジェームズ・F・ハイランド中佐の命令による。十二日、横浜の第八軍司令部に野坂参三と抗議に行く。鈴木法務庁総裁に抗議し、福井地方裁判所に告訴の手続きをすすめる。」に訂正されることになるだろう。

重治が一個人の資格で、ふたたび福井の生家に行くため東京を立ったのは七月十九日であった。この頃ようやく電車も一部動き出していた。一本田の生家は、地震後三週間あまりたった今も、壊れたままの状態にあった。重治は一本田での家のありさま、生活を妻原泉に書き送っている。

二十一日、「付近の大工はみなヤミ屋に応召してしまったので、」動き出した電車の永平寺線で東古市で乗り替え、勝山まで大工探しに出かける。中野の家は、病気の母親、妹の鈴子、落合夫婦とその子供で、落合栄一は党のことで丸岡、福井へ出かけ家にいない。女手ばかりである。囲りの家では壊れた家の取り壊しや屋根の整理もすすんでいる。そんな中へ重治がやっと帰ってきたのであった。男手は重治一人である。しかし、雨が続き、二十五日には豪雨となり九頭竜川が決壊しさらに水害に見舞われることになった。

大工サンは見つかった。ただし二十日以後連日の豪雨で仕事（家をこわす仕事）はかどらず、今なお雨もりの下で暮らしているが、昨夜は出水となり、上りガマチまで水が来て終夜眠らず、タンス、食料類を高く積み上げ、万一の場合オバアチャンをホッタテ小舎から移すべき台座をつくる等の仕事を一人でやった。美代子はタンスつまってカギかかったままのを一人で扱ったが、なかなか力があった。とにかく地震につづく洪水（昨夜は方々の村で非常太鼓が鳴ったし、流れた村もある由）でサンタンたるもの。家はいい方かも知れぬが、なにしろ水が退かねばどうにもならぬ。誰も病気せぬのが助かる。栄一君は丸岡へ行ってる。

（『愛しき者へ』下巻）

しかし、その後は快晴が続き、車を引いて杉皮を買いに行くなどしながら、ホッタテ小舎から、本格的に大工が建ててくれる家に住むまでの仮りの小舎を建てる仕事を重治一人ですすめていた。そして八月四日、「猛烈な暑さの中で小舎建ておよび家取りこわし終了、あとは大工を待つばかりとなった。」。この後、大工と家についての取り決めをして上京する。家付き娘である母親や鈴子から、近所で新しく建つ家や村の人々の話を聞いたりするうちに、もっと大きながっしりした家を建てたいなどのような手紙が重治の所に来て、立腹したりするが、結局は重治の指示通りの家が建つことになる。そしてその家は鈴子が亡くなるまで住むことになった。

「地震のはなし」は二度目に福井の生家に来た時の体験から書かれたものである。特に、重治が一人で苦労し工夫して仮住まいの小舎を建てた体験が、はなしの結びの「便利な時代に住んではいるが、もっと何でもできる人間になる必要がある」とのことばになったのであろう。また、すでに引用したように、「地震のことで書きたいことがたくさんあるが、問題がいろいろの面へ発展して、解決はこれから」というのは、公安条例が憲法違反であるとの訴訟をおこしている途中であったからである。しかしこの訴訟は残念ながら十月に却下されている。ところで福井市での公安条例をきっかけに、大阪市をはじめとして、つぎつぎと全国各地で広がりをみせているのに、肝心のことに正面から問題とする文章をなぜ書かなかったのか、十月から国会が始まり忙しい日々が続くとはいいながら少しばかり疑問は残る。

最後に、「一九四八年　北陸方面震災　資料」の内容を記しておく。なお、適当にわけ、番号を付したのは、筆者である。この資料は、参議院労働委員会専門調査室と裏に印された角三型の封筒に入れられている。

○国会関係

1、災害情報　昭和二十三年六月二十九日午後九時　国家地方警察本部　警備課

2、北陸方面災害地緊急援護物資　災害対策中央委員会第一回決定　昭和二十三年六月二十九日

3、北陸震災災害復旧事業要求額集計　昭和二十三年七月二十日現在

4、北陸震災復旧費2／4半期認証計画総括表　公共事業課　昭和二十三年八月二十四日
5、北陸震災を対象とする災害復旧対策委員会要録　昭和二十三年八月二十五日
6、北陸震災に関する応急金融措置等の推進方に関する件　閣議報告　昭和二十三年八月二十七日

○公安条例に関係するもの
7、北陸方面震災地における日本共産党及び労農民主団体震災復興救援隊に対する弾圧状況報告　一九四八年七月十五日　党本部提出控
注記　重治が万年筆で、わら半紙半分、十二ページにわたり、日時を追って、箇条書き風に書いて、ホッチキスでとじ、さらに追加分五枚がはさまれている。
8、抗議文「草案」　七月十四日
注記　北陸震災救援全国労農民主団体協議会が内閣総理大臣芦田均にあてたもの
9、訴状（案）
注記　福井市の公安条例に対して、「違憲法令無効確認の訴」の訴状案
10、起案者の言葉　八月　起案者　布施辰治
注記　9の訴状案についての起案者のことば
11、訴状
12、中野重治　宛メモ　七月二十四日
注記　訴訟に対して、事実証拠文の提出を要請したもの。署名はないが、布施辰治氏からと思われる。

○その他
13、北陸震災救援ニュース　№2　七月十二日　北陸震災救援全国労農民主団体協議会発行

14、宣言文　七月二十二日、坂井郡震災復興対策委員会

15、「福井地震」と墨書した大学ノート

注記　重治が、六月三十日から、一日一ページを割当、日を追ってメモしたもの。十四、五ページにわたるが、二、三行しか書いてなかったり、後でつけ加えて書かれたりしている忘備録に近いもの。

中野重治と浄土真宗

単行本になった重治の『敗戦前日記』を再読した。小田切秀雄も言うように、この日記は、万一にも官憲に押収されたとき、他の人たちに迷惑がおよばないようにという配慮がなされているものの、公にされたり、まして出版されたりすることなどは全く考えていなかったものに違いない。重治が生きていれば出版など絶対に許可することはなかったであろう。それだけに、私的なあれこれをほじくりだして、云々するのは慎まねばならない。しかし、日記のなかに書かれているもう一人の重治の姿が、重治の作品を読み解くうえで、大きな示唆を与えてくれるのもまた事実である。

その中の一つに、父藤作が亡くなり、ふた月もたたぬ間に、さらに生まれてすぐのわが子を失ったころの日記に書かれているあれこれがある。

父藤作は、昭和十六年十一月十九日、七十五歳で永眠した。翌二十日の納棺のときの日記の一節、「なお湯をつかわずアルコールにて拭き、頭髪、ヒゲ等は剃らぬこととす。父の希望にてもあり、我等の希望にてもある也。父は臥床後サンパツヒゲそりをやっていたので、のび加減よし。」や、さらにそのあくる日、二十一日の火葬場で点火した後、「葬後雨風となる。美代子と二人で見に行く。よく焼け、桶の形、ヌレムシロの形のまま低くなり居る。ムシロを通して紅き色すけたり。」。さらにまた、骨上げのときの「骨太だ太し。背骨の一個一個まことに大。脚など馬の如し。並外れたる太さと思う。」などの記述は、重治ならではの表現であろう。とりわけ、「のび加減よし」「ムシロを通して紅き色すけたり」「脚など馬の如し」の描写は見事というほかない。

しかし、これらのことにまして、わたしが強くひかれたことは、日記のなかの次のような記述であった。関係する部分のみ書き抜いてみる。

昭和十六年十二月の「来るべき歳には」の欄に、

父の命日は精進のこと
父への孝行のため勉強のこと
母妹たちのために金かせぐべきこと
酒煙草の類節すべきこと

昭和十六年十二月一日　月曜日

父亡きことさびし。

父は読まなかったろうが、父のために書いたまた書けたとある意味でいえるようだ。

昭和十六年十二月十九日　金曜日

父の命日也。父の死が余をして免れしめたることを思わざるを得ず。

（注、藤作の危篤、死によって東京を離れ一本田に帰郷していた重治は、太平洋戦争勃発による検挙を免れた）

昭和十六年十二月三十一日　水曜日

仏壇掃除。お供えその他。

昭和十七年一月四日　日曜日

東京より電報。東京へ電話。原に異状あり、流（早？）産せるものの如し。赤坊は駄目なりし。

手塚君よりも電話。夜おつとめ中死せる子のことも念頭に浮かぶ。

昭和十七年一月九日　金曜日
今日は祖父治兵衛の命日也。
（注、祖父治兵衛は大正十三年五月九日没）

昭和十七年三月四日　水曜日
今日は死んだ赤ん坊の命日也。

昭和十七年三月十九日　木曜日
今日は父の命日なり。

昭和十七年四月四日　土曜日
今日は亡児の日なるにより夜和讃を読んだ。

最も敬愛してやまない父親と、わが子というかけがえのない肉親をあいついで亡くしたとき、重治は「おつとめ」や「和讃を読む」という行為を自然な形で行っている。それは、お寺の法事といった形式を離れての重治の自発的行為として行われているようだ。たぶんそれは、重治の意識された信仰心に基づく行為では必ずしもなかったであろう。重治は理性的には仏教徒であったことはない。むしろ、亡き肉親への祈りにもにた痛切な思いが一つの形式をとったとき、それが「おつとめ」や「和讃を読む」という行為になった、と言えるのかもしれない。いずれにしろ、夜ひとり仏壇の前で、重治が「正信偈」をあげ、「和讃」を読む日々があった、ということがわたしの心をとらえたのである。むろん、日記の中に、おつとめのことが一つ一つ正確に記録されているわけではない。しかし、少し注意して日記を読んでいくと、そんな日々が続いていたことは推測できる。例えば、一月四日の夜のおつとめは、亡き父へのおつとめであった。そしてそのおつとめの中で、電話で知らされた死せる子の「ことも」念頭にうかんだのである。また、一月九日の「祖父の命日也」は、仏壇にお参りしたとき、法名帳で知ったものに違いない。わたしは、独り仏壇のまえに心をこめて読経するマルキスト重治の姿を、思い浮かべる。そして、四十歳になる重治にとって、そのときの行為は、自分の心情に忠実な自然な行為であったように、わたしには思われるのだ。

さらにまた、重治がおつとめをあげているのは、生家一本田に帰っていた間だけに限られることにも気づく。それは、東京の家に仏壇がないのであげられない、という物理的な理由によるのではなさそうだ。重治が生家の一本田に帰るのは、単なる場所の移動ではなく、生まれ育った一本田の感性の中に自分の感性も還ることを意味するのではないか。普段は隠れて深層部にねむっている「故郷」にもどることではないだろうか。ちょうど何年かぶりに村に帰ってきた人が、すぐに違和感なく村のなまりにもどってしまうように重治も違和感をもつことなく、すんなりと一本田の感性の中に戻って行けたのである。荒っぽく図式化すれば、重治は東京ではマルキスト、プロレタリア作家として生活し、一本田では土着の感性の中に生きるという二重構造をもって生きていた、と言えるのではないか。東京を理性に、一本田を感性に置き換えることもできるかもしれない。そしてこの「感性としての浄土真宗」は「肉体の思想」として、少年時代に、重治の体のすみずみまで沁みわたっていたはずのものだ。

重治はこんなことを書いている。「僕は、僕のなかに、常にこの古い百姓のイデオロギーを見出す。物の考え方でも、好みでも、何か書いても、どうしても古い百姓的イデオロギーが出てくる。季節のうつりかわりなんてものが眼につき、何か形容詞を使う段になると、稲や大根の成長とか、何か百姓道具とかいうものが思い浮かんでくる」(「嘘とまことと半々に」)

ひょっとすると、重治を根源的に規制したものは、マルキシズムやプロレタリア作家であることよりも、この「古い百姓のイデオロギー」であったかもしれない。「古い百姓のイデオロギー」のなかには、北陸の風土に深くねざした浄土真宗の教えや風習、さらに少年時代の重治を親代わりに養育した祖父の深い信仰心も当然ながら含まれてくるだろう。

「梨の花」が収められた旧版全集第五巻の作者あとがきで、戦後の重治の遡源指向について、「自分というものを生立ちにさかのぼって探ろうという気持ちがそのときにあり、さらにさかのぼって、自分の生立ちを条件づけた父祖たちの生活過去にまでさかのぼろうという気があった」と書いている。自伝的小説「梨の花」は、このような作者の意図や思いをこめて作られた作品である。いわば、自分を根源的に規制する感性を確認する小説であったとも言えるのかもしれない。

だとすれば、「梨の花」の初めにあたる、第一章のほぼ全部を使って、おじさんの朝のおつとめと「異安心」についてだけが描かれていることは注目されていいのではないか。つまり、良平の基本的な日常生活の基盤が、この小説の初め近くで提示されているという、かなり重要な意味合いをもつのではないかというわけである。小学校に入った良平の一日は、朝のお勤めから始まる。

良平は、毎朝起きるとおばばから「お仏供様」を受け取って、お仏壇へ参り、おじさんの後ろで「おつとめ」をきいているのが日課になっている。その朝のおつとめの様子がそれこそ、微にいり細にわたって描かれている。日ごろは、理屈こきで、かんしゃく持ちのおじさんが、おつとめの中で「ご文章」を読んで行くうちに、涙声になっていくほどの、極めて信仰心の深い念佛の行者である姿が描かれている。そしてまた、後ろで聞いている良平はそれが少しも苦にならない。「おじさんは、非常に低いだみ声でそこを読んで行く。このだみ声が、聞いている良平を酒に酔うたときのような心持ちにならせる。このまえ良平は酒に酔うた。あれではない。目も下駄もまわらぬが、頭がぼおうと気持ちよくなってくる。退屈で立ってしまいたくならない。」というぐあいだ。

このように、浄土真宗が日々の暮らしの主軸としてあり、心の支えになっている祖父母の暮らしに何の違和感もなく溶け込んだ良平少年の生活は、福井の中学に入り興宗寺に下宿する「梨の花」の終わりまで続いていたであろう。そしてそれは、「肉体の思想」として、生涯にわたって重治の心の奥深く秘かに息づいていたはずである。

ところで、そのおじさんは、お手継ぎのお寺、興宗寺とは別に、「異安心のお寺」、木田のお寺の御前を信心している。良平は、大人たちが異安心のことを話すとき、こそこそ声になるのを聞くと、なんとなく心配で不安になり動悸をうつようになる。この異安心のことは、ずっと後の十五章で、「おばばの葬式も、御法事も、異安心の話は何も出ずにすんでよかった。」というように、ひょいと出てくる。さらに、十七章では、熱心な異安心のひとりである「桑原のおじ」の見て来たような話で、木田の御前の亡くなるときのエピソードが生き生きと描かれる。そして良平も、家で御聴聞宿をして御前が泊まったときのことを思い浮かべる。「木田の御前は、ほんとにえらい人じゃな…」「皺のよった首のところを、白い肌子が囲んでいた小柄なからだが目に浮かんでくる。気がやさしくて、しかし金太郎やなんかの場合とはちがって、ほんとにえらくて勇気があったのだろう」ときわめて好意的である。その後で続けて、木田の御前が出していた月刊雑誌「問対寸抄」を良平が読む形をとり、内容の一部が引用して紹介される。さらに十八章でも、明治天皇が死になさったとき、おじさんが蚊帳のなかで「御文章」を読むのを聞いて、天皇陛下は、葬式は仏法の方ではやらぬはずだ。「やっぱしおじさんは『異安心』なんじゃろな…」というようにちらと出て来たりする。

このこだわりようを見てくると、重治の異安心への関心は、根が深そうである。そこで、「異安心の木田のお寺」と「木田の御前」について、簡単に紹介しておこう。

木田のお寺とは、現在、福井市西木田二丁目にある長慶寺のことで、岐阜県本巣郡の山間部、福井県の今庄、池田、石川県の山中などの山間部の木地師集団を主な門徒としている本願寺派（西）の寺院である。一向一揆のときには、越前・美濃の山岳地帯の木地師を統率して活躍したともいう。

その長慶寺が、なぜ「異安心の寺」と言われたのか。近世後期の文化年間、真宗本願寺派の屋台骨を揺るがす宗義「安心《あんじん》」をめぐる大法論があった。いわゆる「三業惑乱」である。そのおり長慶寺は、「三業帰命説」を否定する古義派寺院に属した。しかし、福井周辺のほとんどの本願寺派寺院とその門徒は「三業帰命説」派側についた。それは、最初に

「三業帰命説」を唱えたのが、福井在の平乗寺の出身で、当時、能化職にあった太田功存師だったということも影響しているであろう。この法論は門徒を巻き込んで本山あげての大騒動にまで発展し、最終的には寺社奉行が乗り出して、「三業帰命説」派の智洞らが幕府寺社奉行所に「回心書」を提出し、自らの唱えた三業帰命説が誤りであったことを認めることで、本山や中央ではようやく一応の決着をみた。しかし、福井周辺のほとんどの寺や門徒の者たちは、これまで自分たちが心のよりどころにし信じて疑わなかった「三業帰命説」が急に誤りであったといわれても納得できない。その不満が爆発して、太田功存師を支持する門徒五百人余りが、長慶寺に集まり打ち壊すという長慶寺事件まで起こしている。それで、本山は、三業帰命説側についた寺院を異安心として処罰し、事態を収拾するつもりであった。しかし、福井近辺では三業帰命説側の寺院が余りに多いのでうやむやにすませてしまうことになる。それで奇妙なことであるが、本山、寺社奉行から正当とされた長慶寺のほうが、福井周辺では「異安心の寺」と呼ばれるようになったようである。そんな状況は明治の初めごろまで尾を引いていたという。

また、「梨の花」のおじさんのころの長慶寺の住職は、甘蔗普薫《あまつらふくん》（天保七年～明治四十三年七月九日、七十五歳で没）であった。彼は十六歳で、若狭の栖城観学（本願寺教団の学階の最高位）の門をたたき、その後、京都に出て、梁川星巌（勤王の志士）に漢籍を、赤松裕以（東本願寺巌如上人の和歌の師）に国学を学ぶ。その間、仏教各派の碩学に教えを受け、学問に励んだ。

それから、京都で集めた仏書、新刊書をもって福井に帰り、「真源文庫」を興し、「遷奮林」(遷り変わる世に先駆する学校の意)という私塾を誕生させたりする。この私塾からは、明治の福井の仏教界をリードし、現在の北陸高校の前身になる「羽水教校」設立の立役者となっていく若い僧たちが育っていった。

このように、普薫は明治期の福井の仏教界にあって指導的役割をはたした、抜きん出た学僧であった。また、本願寺派の制度的改革派として、「三条教則」を政教分離の立場から批判した島地黙雷や赤松連城らに連なる学僧ではあっても、けっして宗義上で異安心といわれる坊さんではなかったようである。ただ、深い学識と経典に基づいてじゅんじゅんと説き聞かせるその教えは、当時の一般の坊さんの通俗的説教とは一味もふた味も違っていたということだ。そのことが、長慶寺がこれまで異安心の寺と呼ばれていた先入観とも重なって、一部の人達には、異安心の坊さんに映ったのではないか。しかし一方では、熱心な信者も多く、なかには越前海岸の方から、家を長慶寺の前に移し、寺の世話をする信者まで出てきたという。信心深く「理屈こき」の良平のおじさんも、そういう信者の一人であった。そういうことで、門徒以外の信者も増えていき、寺の境内も整ってきた。明治二十四年に建った経堂は、笏谷石の基礎に、長崎から運んだレンガを積み、本棚が自由に回転する転輪式経蔵という珍しいものであったという。現在の唐風のみごとな山門なども、当時をしのばせるものであろう。

「梨の花」に登場する木田の御前は、普薫の晩年のころの姿である。すでにみてきたように、木田の御前、普薫は教義上における異安心の坊さんではなかった。むしろ、自分のお手継のお寺をないがしろにして、木田のお寺を信心するという、そのことが、お手継の寺の坊さんや、門徒のある人たちから、異安心だと陰口された理由ではないだろうか。いずれにしろ、かつて越前にあった「秘事法門」といわれる秘かに隠れて行われた布教や、お蔵説教などではなかった。

それにしても、重治が、「梨の花」の中で、異安心に執拗なこだわりを持ちつづけているのはなぜか。良平少年の異常なまでの鋭い感受性が、異安心ということばに敏感に反応した、そのことをそのままに書いた、単にそれだけのことではすまされないような気がする。「異安心」のなかには、四高時代の重治の姿が投影されているのではないか、と私には思われる。

重治は、四高で最初の落第をした大正十二年の夏、松任在の北安田にある明達寺（浄土真宗大谷派）での、暁烏敏主宰の夏季講習会に参加している。そのおりの記念写真も残されている。この講習会は第十二回目になり、「東方偈」の講話を中心にしたものであったようだ。重治は、この講習会での内容や感想についてはもちろんのこと、参加したことさえも書いたことはない。四高時代を描いた自伝的小説「歌のわかれ」でも、宗教的関心について全く触れることはなかった。ようやく、昭和四十五年六十七歳になって、『五十年まえと三十年まえ―金沢と「歌のわかれ」―』のなかで、「金沢でいろいろと世話になった人、四高の教授たちも入れてたくさんに死んでいる。暁烏敏も死んだ。藤原鉄乗も、最近消息を聞かぬが存命でないのかもしれぬ。」とさらりと触れているだけだ。また、四十八年に、『若越塾七十五年史』のために執筆した「金沢竪町山田屋小路」で、宗教的関心について初めて少し書いている。

ある日晩めしの後でおしゃべりをしていたとき、石川君が―彼は中学で私と同級だった。―宗教的関心について一こと二こと語った。私がいきなりまぜかえし的にそれを批判（？）した。そのころ宗教的文学論、文学的宗教論といった形のものが軽薄な形で流行っていて、やはり軽薄な形でそれに私が挑発されたのだったろう。するとそこにいた打方新之丞が―彼は中学で私の一、二級下だったと思う。軽薄な似而非《えせ》宗教説が世間を流れているからといって、ある人の宗教的関心、宗教への近づき、開眼ということは、それがどれだけ初心風で不完全なものであろうと傍からひやかし的の見るべきではないといって私を批判した。一義に及ばず私は承服しなければならなかった。

ところで、二年下で四高の卒業は同じになる石堂清倫は、『わが異端の昭和史』や『異端の視点』の中で、重治の四高時代の宗教的関心について、こんなふうに回想している。少し長くなるが引用する。

戦後に本人が語るところによると、中野は一九二〇年の夏に、松任在の明達寺夏季講習会に泊まりこみで参加したという。これは暁烏敏主宰のもので、北陸だけでなく、各地からも参加者があったそうである。私は高校入学いらいもう暁烏のものは読まなかった。そのかわり、かれの盟友である藤原鉄乗の話をきくようになった。この人はよく白道塾へ顔をだして、すこぶるラディカルな意見を述べていた。彼の文章はあまり読んだ記憶はないが、一切の権威や偶像を破壊しなければならないという点では、往年の暁烏よりももっと激越であった。中野や雑誌部の得田純朗その他が藤原の門をたたいていることは藤原自身が語っていた。九津見房子によると、暁烏は彼女の紹介で日本社会主義同盟に加盟しようとしたらしい。同盟は一九二〇年九月から翌年五月まで存続したから、この時期に社会主義運動に接近したことがあるのかもしれない。このほか高光大船という坊さんとも白道塾で知りあった。この人も暁烏の同志であり、浄土真宗の改革派にぞくしていた。中野も詩人肌の高光のところへ出入りしていたと言っている。

この「異安心」派の僧侶たちの改革論は、理論というよりは心情的であり、具体的プランのない抽象論だったような気がする。そしてそのことが理想主義的な傾向のつよい学生や一般にわかい知識人の心情にかえって適合したのであろう。ことによると、抽象的であればあるほど、彼らの言説は急進的にひびいたのかもしれない。

さらに、石堂清倫はこんなエピソードも紹介している。

藤原鉄乗が九十何歳（筆者注、昭和四十五年ごろ）かで生きていることを重治に伝えると、「それじゃ二人で藤原を訪問しようじゃないか、いつがいいかといったほどで」「今にも藤原さんの寝ておられるところを訪ねて、昔のことを話したい」といった様子であったという。その時の重治のようすは、いまでもあざやかに思いだすことができるほど非常に興奮していたという。そして、「中野は話題がそこにふれると、暁烏がこうだった、藤原はこうだったというけれども、進んでそれを作品に書くということではなかった。ないけれども、彼の心の深層にはそれがのこっていた。これはその例であろうと思います。」とも書いている。

重治が四高に在学当時出入りしていた、「加賀の三羽烏」と呼ばれた三人の坊さん、暁烏敏、藤原鉄乗、高光大船は、いずれも清沢満之の門下で、「生活派」「人生派」に属する極めつきの「異安心」の僧侶たちであった。

一度は本山から破門されたこともあった暁烏は満州事変に始まる十五年戦争のなかで、戦争支持へと転じていった。そして戦後は、多額の借財を抱えて沈滞していた本願寺を建て直すため、宗務総長を務めたりする。しかし、大正期の暁烏は、経典の章句の一部にこだわるだけの教義沙汰的安心や、実生活に信仰が活かされていない没人間的没生活的体質の浄土真宗を厳しく批判し糾弾した「異安心」であった。

私は、金沢大学に寄託されている「暁烏敏文庫」を何年かまえに見る機会があった。一個人の蔵書で五万冊にも及ぶという蔵書は仏教関係のみならず多岐にわたり、質的にも極めて充実した内容の蔵書であることに驚いた。そのなかに宮沢賢治の『春と修羅』などといった稀覯本も何冊かあったりして、現代文学もふくめて文学関係の書物の多いのにも驚いた。かつて五木寛之が、「動的な文学的宗教家だ」といったのもなるほどという気がした。当時生きることの意味を求めようとした若者たち、四高、金沢医科大、師範学校の生徒学生たちが、暁烏の「夏季講習会」に数多く参加したのも、この「動的な文学的宗教家」としての魅力も作用したのではないかと思われる。重治もまた、そのなかの一人であったのであろう。

暁烏より二歳年下の藤原鉄乗、高光大船もまた、暁烏を介して清沢の思想に導かれ、在野にあって、個我尊重、人間解放を求めた急進的異安心であった。古い因習や我執を超えて純粋生命の感覚を力強く求めることにおいて、徹底してラジカルであった。大正の末期ごろには、その言論を警戒する治安当局からの刑事の尾行が、付きまとうようにさえなっていたという。

重治は、四高在学中のこれら三人の異安心の僧たちとの出会いについて、彼らの話がどのようなものであり、重治がその話をどのように聞いたのか、といったような具体的なことには何一つ作品のなかで語ることはなかった。『五十年まえと三十年まえ―金沢と「歌のわかれ」―』で、「金沢でいろいろと世話になった人」の一人として、暁烏敏や藤原鉄乗の名前が出ても、どんな世話になったのかは「いろいろと」とあるだけで、具体性は全くない。「金沢竪町山田屋小路」でも、重治がまぜかえし的に批判したと書いても、「まぜかえし的な批判」の内容はいかなるものであったのかは、打方新之丞の重治への批判から類推するほかはない、といった奥歯にものが挟まったような屈折した書きかたをしている。

しかし一方では、ほぼ同じころに、藤原鉄乗が存命であることを知ったときの重治の非常に興奮したようすを、石堂清倫は紹介している。重治のこの落差をどのように考えればいいのだろうか。重治は意外に自己を語ることをしない作家だ、とか、そのあたりがいかにも重治らしい、とかではすまされないような気がする。そこには、マルキスト重治の屈折した自己規制が働いていたとみるべきであろう。重治の血のなかには、よかれあしかれ「百姓的イデオロギー」が流れていた。その「百姓的イデオロギー」のなかに、当然のことながら土俗的ともいえる在家仏教も分かちがたく混在していた。「宗教を農村から追い出すことは、階級闘争の成長にとって絶対に必要である」といった宗教＝阿片的公式主義にくみしないとしても、重治は、マルクス＝レーニン主義の世界観にたつ無神論者であった。あったというよりあらねばならなかった。この相反するものを内包していることが、屈折した自己規制として働いたのではないだろうか。

旧版全集第五巻の作者あとがきで、異安心問題について、次のように書いている。

　この作にも出てくる『異安心』の問題などは、私自身全くしらべていないものの、あるいは明治期の仏教改革の運動につながりのあるものかも知れない。そして要するに、いつかはそういうものを書いてみたいということが作者のなかにあったことは事実だった。それが順直に表現されないで、いくらか中途半端に綴られたのがこの一篇だと言うことができよう。

ここでも、四高時代の異安心の僧たちとのことは、さりげなく意識的に避けているような感じがする。しかし、「いつかはそういうものを書いてみたいということが作者のなかにあった」という事実や、「それが順直に表現されないで、いくらか中途半端に綴られた」ということが、それこそ順直でなく書かれている。

重治が「梨の花」を執筆していたとき、自分の四高時代の異安心の僧たちとのことどもが、思い起こされていたはずである。重治は、昭和三十年代の初め、五十歳の半ばをすぎて「梨の花」を書くとき、おじさんが異安心の信者であり、それを小学生の良平が少年の目をとおしてみるという二重の安全装置をほどこして、ようやく「順直に表現されない」ながらも、異安心について語ることができたというのは、うがちすぎた見方になろうか。いずれにしろ、「梨の花」での異安心にたいするこだわりようには、四高時代の重治の影が重なってくるように、わたしには思われる。

丸岡町民図書館に寄託されている重治の旧蔵書で、仏教に関係する書物をあげてみる。ただし、『日本思想大系』（岩波書店）などの全集や叢書類の揃いのなかの一冊としてあるものは除く。

①『三国七高僧傳』 編輯人不詳 明治十九年刊。
表紙裏に、「重治 香林坊にて 一九二三年秋」のサインあり。
②『問對寸抄』（月刊誌） 甘庶普薫 明治二十三年三月（創刊号）〜十二月までの十冊を治兵衛が合冊したもの、第七号から「梨の花」に一部引用されている。
③『真宗 在家勤行集 全』 刊行年不明なるも明治期のものであろう。真宗の在家にはこの一冊と「御文章」はどの家の仏壇にもあった。一本田の中野家で使用していた

ものらしい。

④『親鸞聖人』 須藤光暉 大正六年刊 金尾文淵堂 多色刷 木版五葉 写真四葉付き 親鸞の伝記。

⑤『法然上人集』(日本古典全集) 与謝野寛 政宗敦夫校訂 大正十五年刊 重治がカバーをつけ題名を墨書。

⑥『親鸞聖人文集』華園兼秀校訂 有朋堂書店 昭和三年刊。

⑦『縮譯一切経 新譯佛教聖典』 佛教協会 昭和九年刊 古書店で購入したもので書き込みは重治ではない。

⑧『日本佛教史綱』(日本文化名著選) 上下 村上専精 昭和十四年刊 創元社 ローマ字で「なかのしげはる 1943とうきょう せたがや」のサインと印あり。

⑨『真宗教團開展史』 笠原一男 昭和十七年刊 畝傍書房。

《岩波文庫 その他》

①『御文章』 蓮如上人 脇谷撝謙校訂 昭和十一年刊 一九四二年に購入したサインあり。

②『道元禅師清規』 道元 大久保道舟譯註 昭和十六年刊。

③『澤菴和尚書簡集』 澤菴和尚 辻善之助編註 昭和十七年刊。

④『歎異抄』　唯円　金子大榮校訂　昭和二十六年刊。
⑤『般若心経　金剛般若経』　中村元　紀野一義訳註　昭和三十五年刊。
⑥『教行信証』　親鸞　金子大榮校訂　昭和三十五年刊。
⑦『正法眼蔵随聞記』　懐奘編　山崎正一校注　昭和四十七年刊（講談社文庫）。

《岩波新書　その他》
①『玄奘三蔵』　前島信次　昭和二十八年刊。
②『日本の新興宗教』　高木宏夫　昭和三十四年刊。
③『お経の話』　渡辺照宏　昭和四十二年刊。
④『法然と浄土宗教団』　大橋俊雄　昭和五十三年刊（教育社）。

中野の蔵書のなかで、仏教関係の書物が多いか少ないかはさておいて、まず第一に気付くのは、暁烏、藤原、高光の著作や関連する書物が一冊も入っていないことである。ちなみに、暁烏は全集や詳細な伝記もあり、高光には弥生書房から著作集も出ており、藤原も何冊か著書をもっている。また、清沢満之や暁烏らの「精神主義」のよりどころであり、清沢の「三部経」のひとつである「歎異抄」も、大正時代のものはなくて、戦後に刊行されたものである。

また、『問對寸抄』『真宗　在家勤行集　全』は一本田の中野家に在ったものであり、『三国七高僧傳』『親鸞聖人』は四高時代に古本屋で買った通俗的な伝記の読み物である。それから、『日本佛教史綱』『真宗教團開展史』は小山書店が企画した「新風土記叢書」の一冊「越前」の執筆に備えてのものであった。『敗戦前日記』から関係する部分を引き写す。

昭和十八年十月二十二日　金曜日
越前国風土記を書くために二年ほど一本田にこもろうかという事を考える。右風土記には、古代より近世に至る土地隷属関係の通俗史を入れたいと思う。
【欄外】このための文書　実地踏査　地図地形の変化　能面打　刃物　紙　対北方
角鹿津　織豊期　仏教

結局この企画は果たされないままに終わったが、『真宗教團開展史』は、大和興福寺領の越前　河口・坪江庄を中心として、真宗教団が旧仏教寺院領庄園への進出の過程をみる、という内容であるから、「土地隷属関係」を見て行くための参考資料とみてよいだろう。また、『日本佛教史綱』も仏教関係のことを調べる資料の一冊であっただろう。『縮譯一切経　新譯佛教聖典』も一般向けの案内書に近いもので、これなども、「越前風土記」にかかわるものかもしれない。

このようにみてくると、重治の宗教的関心は、必ずしも、重治自身の信仰心によるものではないようである。特に昭和期、それも十七年ごろに入ってから後は、その傾向が強いようである。例えば、昭和十八年ごろ、岩波文庫で、レオン・パジェスの『日本切支丹宗門史』を丹念に読んでいるようだ。これとても、重治のキリスト教の信仰とは全く結び付かないものである。かつて、丸岡藩は九州の延岡から切支丹と縁の深い有馬清純を藩主として迎えている。これも「越前風土記」と関係があるのかもしれないと思ったりする。どうやら、重治の関心は、文化史のなかの仏教、民衆史の側面としての仏教といった、歴史的、社会科学的、思想的関心によるものと考えていいのではないだろうか。

四高時代に三人の異安心の僧たちのところに出入りしたことも、個我の尊重、人間解放を求める心情的でラジカルな急進性に魅せられたことが、より強い要因であったのかもしれない。とすれば、重治が東大に入学後、新人会に入り、急速にプロレタリア文学運動に突き進んで行ったことは、ある意味で自然な成り行きであったともいえるだろう。

今改めて、重治の生涯をたどりながら、浄土真宗とのかかわりを考えてみると、幼少年期一本田で、祖父母に育てられたことが決定的であったように思われる。真宗王国といわれる越前の田舎の村で、とりわけ信仰心の厚い祖父母に育てられた。そこで自然と身に沁み込んだ、素朴で土俗的ともいえる在家仏教の感性は、重治の生涯にわたり伏流水のように流れ続けていた。時として、肉親の死のおりなどに、ひそかに日記という私的なものに顔を出すことはあっても、こころの奥深くに隠されたままで流れ続けていたのではないだろうか。

そして、素朴な日々の暮らしそのものと深く結びついた感性的在家仏教であったために、却って、マルクス＝レーニン主義の思想、理論と正面から対峙することがなかった。そして、そのあいまいさをほかならぬ重治自身が自覚していたがゆえに、正面から自らの内なる「浄土真宗」を作品として書くこともできなかった、同時にまた、否定しきることもできなかった。重治の感性的「浄土真宗」は、心の中で密やかに生き続けるよりほかなかったのである。

中野重治

「蟹シャボテンの花」の背景

「蟹シャボテンの花」は、昭和十四（一九三九）年「改造」の一月号に発表された。重治が三十七歳をむかえようとしたころの作品である。重治にとって、この「蟹シャボテンの花」を書く前の昭和十二、三年はどんな「とき」であったのか。

昭和九年五月、重治は日本共産党員であったことを自ら認め、共産主義から身を退くことを約束し、懲役二年執行猶予五年の判決を受けて、豊多摩刑務所を出所している。そしてその年の十一月、小説「第一章」をかわきりに、ほぼ一年の間に、転向小説の白眉といわれる「村の家」をふくめて、「鈴木・都島・八十島」（十年三月）、「一つの小さい記録」（十年十二月）、「小説の書けぬ小説家」（十年十二月）と、いわゆる転向五部作といわれている小説を次々と発表していった。

またその一方で、貴司山治の「文学者に就いて」にたいして、「『文学者に就いて』について」で、厳しく批判するなど、たじろぐことなく腰を据えた戦闘的ともいえる評論活動を展開して行く。その根底を支えていたのが、よく引用される次の言葉である。

僕らが、みずから呼んだ降伏の恥の社会的個人的要因の錯綜を文学的綜合のなかへ肉づけすることで、文学作品として打ちだした自己批判をとおして日本の革命運動の伝統の革命的批判に加われたならば、そのときも過去は過去としてあるのであるが、その消えぬ痣を頰に浮かべたまま人間および作家として第一義の道を進めるのである。

その「人間および作家として第一義の道」は、昭和十二年十月の発表当時、特に若い人達の間で評判の高かった島木健作の転向小説「生活の探求」にたいする重治の痛烈な批判などにつながっているのであろう。しかし、その批判の締めくくりともいえる「島木健作氏に答え」は、「文藝」の昭和十三年二月号に載るはずであったが、例の「執筆禁止の措置」によって、ゲラ刷りまで回されていながら、原稿がもどされてくる。

昭和十一年二月二十六日の極右的陸軍将校の反乱、この二・二六事件を直接の引き金として、日本は急速にファシズムに追いこまれていくことになった。五月には、思想犯保護観察法が施行される。七月には、平野義太郎、山田盛太郎ら講座派の学者や左翼雑誌関係者ら三十人あまりが、治安維持法違反で一斉検挙され、進歩的思想が危険思想として弾圧され、共産主義は「亡国思想」であり、自由主義すら共産主義の温床だとして危険視する風潮がつくられていくのである。

　そして昭和十二年七月に盧溝橋事件が起き、八年間におよぶ日中全面戦争が始まり、十二月には南京大虐殺が起きた。また、十二月十五日の第一次人民戦線事件では、全国十八府県で、日本無産党の加藤勘十、労農派の山川均、荒畑寒村ら学者評論家、日本労働組合全国評議会幹部など、四百四十六人が治安維持法違反で検挙された。こうして、翌十三年四月に国家総動員法が公布されるようになっていく。

　こうした状況の中で、執行猶予中の重治は、昭和十年十月に、村山知義、窪川鶴次郎らと、風刺文学研究会をつくり、「サンチョクラブ」を発足させる。また、十二月には、林房雄、青野季吉、江口渙などの発起で「独立作家クラブ」が結成されるといち早く参加している。

　翌十一年に、このクラブの性格について、プロレタリア作家に限るか、その他の人々も含めるかで意見が対立したとき、「独立作家クラブについて」（「改造」四月号）で、ひろく自由主義的作家も加えることを主張し、七月の第二回総会で、会員はプロレタリア作家に限らぬことを決定され、重治は幹事に選ばれた。そして、十二年の一月に会報の「作家クラブ」一号を、編集発行兼印刷人・中野重治でだした。そのようないろいろ形を変えてのぎりぎりの抵抗もむなしく、サンチョクラブは、十一年十月に自発的に解散し、独立作家クラブも十三年一月に解散する。さらにそんな中で、重治は、十一年の十一月に、敗戦の時までつづく保護観察処分を受け、約一年後の十三年十二月に、「執筆禁止の措置」まで受けることになる。妻の原泉も十三年七月に保護観察処分を受けている。
いま新版全集第十一巻の「著者うしろ書」によって、この「時」のことを見てみよう。

三七年春には私も「汽車の罐焚き」を書いていた。つまりそれを発表することがかつかつできていた。しかし中国と日本との関係は全く一方的に悪く進んでいた。それは露骨な戦争状態につっこんでいた。蘆溝橋事件は完全で大がかりな日本・中国戦争の開始だった。むろん事は日本側から仕かけられていた。ことがらの性質は、あくる年秋になって、野口米次郎がタゴールに宛てて書いた公開状に、ひどく露骨に、ほとんど肉体的に示されていると言っていい。そこには、中国の二つの力、蔣介石の政権と毛沢東の政権との使いわけさえ出されている。それは日本政府の態度そのものを直接代理するものでもあった。前に触れた五・一五事件、それから二・二六事件と来た日本の軍事・外交政策は、そしてここまで来ると、この年十月はじめ、上海の呉淞《ウースン》クリークで戦死した友田恭助のことなどは話題にするものもいなくなった。無論のこと、その一年まえに亡くなった魯迅のことなどは、あのとき鹿地亘が棺をはこんだうちの一人の日本人だったが、日本の文学世界、その印刷面からほとんど完全に消えていた。

『大阪朝日』の「天声人語」は「三日つづけて『文化人、学者、ペンマン』に訴えて」いた。そして「最後に、『日本はいま「支那」と戦つてゐるのではないのだ。支那に取憑いた「赤化勢力」の駆逐がその全目的であり、防共の指標がそこに高く高く掲げられねばならない。この東亜の運命を荷ふ自衛行進にたれよりも文化人、学者、学生、ペンマンの奮起をのぞむと三度いふ。』」と書いていた。

また同じ「著者うしろ書」で、重治自身の「一身上のことについて」も書いている。

三七年（昭一二）ちゆうは、三六年末から保護観察処分を受けたままそれでも私は書くことができた。八月はじめには戸坂潤と二人で富山へ講演に行つてもいる。ところが十二月になつて例の「執筆禁止の措置」というのが内務省警保局から出てきてそれに引つかかつた。ただしこれは本人に来たのではない。宮本百合子、戸坂潤、岡邦雄ほか何人かには書かせるなという命令が、命令ではなく「示唆」として出版社、雑誌社、新聞社などに与えられたのだつた。それは命令よりも悪質だつた。そして年末ぎりぎりになつてからだつたか、明けて三八年正月とつぱなのことだつたか、ある新聞社から真夜中に叩きおこされて杉本良吉・岡田嘉子の樺太越境のことを知つたのだつた。

三八年になると例の「措置」で早速「島木健作氏に答え」がもどされた。一月はじめには「独立作家クラブ」が解散した。そして私たちは世田谷豪徳寺ちかくへ引越した。その五月、私は東京市社会局調査課千駄ケ谷分室の雇員になり、日曜をのけて日給一円十銭（注）全集年譜には一円八十銭）でかようことになつた。十二月になつて例の「措置」がゆるんでまたぼつぼつ書けることになつた。そして三九年になると二月一日に娘が生まれた。

重治はこの「一身上のことについて」で触れることはなかったが、一本田の中野家は、このころ何ともやっかいな問題を抱え込んでいた。そして重治は中野家の跡取り息子として、いやおうなくそれと向き合わねばならなかったのであった。

それは、鈴子と金龍済との情痴ともいえるような恋愛問題であり、美代子の谷口六一との離縁話のことである。

鈴子と金龍済との恋愛については、「体の中を風が吹く――もうひとりの鈴子――」（「青磁」一〇号）で、既に書いているので、ここでは、そのあらましを記すにとどめる。

昭和十一年、二・二六事件の戒厳令のほとぼりがさめやらぬ三月、プロレタリア詩人金龍済は非転向を貫き通して宇都宮刑務所を出獄した。その出所歓迎会のときから鈴子と金龍済は急速に親しくなっていったという。しばらくして文学者仲間でもそのことがうわさになり、重治の裁断により、鈴子は東京から一本田に帰されることになった。

しかし、一本田に戻されても、鈴子の金への思いはますますつのるばかりで、「無茶を口走り、両親とケンカをし」藤作ほどの人物でも「思案にあまり」、重治を東京から呼び寄せなければならぬほどの、異常な取り乱し方をするようになっていった。

一方の金龍済は、旅費ができないなどと口実をつくり、出獄の条件であった朝鮮帰国を延ばしていたが、十二年七月に強制的に朝鮮へ送還された。

藤作と重治の親子は、鈴子の将来のことを考えて、いくつかの結婚の話もすすめたりするが、結局はうまくいかず、最後には、「家と屋敷と墓地とをおれのものにして、他は鈴子にやることにした」と、相続のことまでも具体的にすすめられていくようになっていた。

それでもなお鈴子は金への思いを断つことができず、昭和十三年の五月、金龍済の後を追って、永住する決意でひとり朝鮮にわたった。しかし、金にはすでに朝鮮に妻子がおり、半月ほどの同居のあと、深い絶望にうちのめされて帰国しなければならなかった。

帰国後も、六月二十三日付けの父藤作に宛てた重治の手紙には、重治に帰省を促すほどの「まことに突然なことで、やり方もまことに突飛」なことを、絶望のあまり鈴子がしでかしたことが書かれていたりする。

鈴子だけでなく、末の妹美代子もまた嫁ぎ先から実家に戻らねばならぬような状態にあった。

昭和十二年十二月二十日付けの、重治に宛てた藤作の手紙には、こんなことが書かれている。

（美代子母子）引き取りの根本は六一さんが不真面目で、とうてい将来の見込なき者と思われたるに起因するものなり。結局はここ三、四年を経ずして乞食になるよりほかに途なき状態にあるものなり。子供もありかつ八カ年も経たることなれば、なんとかと思えども取戻す決心を定め、本日鈴子を迎えに遣わしたり。（母が病気であるから休みにという名儀にて）。この上本人とも相談の上にて実行に移る予定なり。実は大問題であるから一応御身に対談の上に正式離縁の手続きに達したき考えなり。御身は多忙の由にて父が上京の決心をなしたれども、とてもこの寒空では旅行にたえがたきと思われ、これを中止し、御身の帰省まで正式なる手続きを延ばすことになせり。

また、十三年六月、重治に宛てた藤作の手紙にも、こんなくだりがある。

美代子の件は六一さんに何度行っても会えぬので、そのままになっていますが、田植えが済んだら決めたいと思っております。再縁先は農家は面白くないと思うから、そっちで気をつけてもらいたい。

そしてその末尾に、「父もとみに老衰したことを覚えられます」と、藤作にしては珍しく弱気な言葉が書き添えてある。

さらに、十月十一日のハガキには、

二十日から田刈をする予定です。父のケガも直り、この頃稲干場の準備をしております。美代子の病気もまだ薬は用いていますが、大体においては快方したので安心しました。覚悟はしていても〔嫁入り〕道具が戻って来たので、一時悩まされたものと思い、見る目も涙ぐましいことです。清美も子供ながらサミシク思うように見え、いちいち涙の種です。これが人生というものかと思われます。女三人で愚痴をコボスので閉口です。父はただ気界丹田に心を沈めながらも、かれやこれやと迷わされた日暮らしをしております。

まさのの状態はドウデスか、十分に注意を頼みます。

時下ますます大切に。

美代子が戸籍上で離籍するのは、十四年四月のことになるが、実質的にはすでに十二年末に、藤作は「決意を定めて」、美代子を家に連れ戻していたのであった。

藤作ととらとの間には、二男三女の子供がいた。長男耕一は、大正七（一九一八）年東京帝国大学法学部を卒業、すぐに結婚し、朝鮮銀行に就職したが、翌八年、ウラジオストックで赤痢にかかり二十八歳で急死している。重治が福井中学を卒業した年である。

次女のはまをも、昭和七（一九三二）年十一月に二十四歳の短い生涯を終えている。鈴子は、愛する妹の死を、詩「春」に書いている。その一節を書き写す。

ついにお前は嫁入った
小地主のあととりであるつれあいは大都市へ出て僅かな月給をとっていた
正月と盆にはみやげ物をさげ　着飾って村へ帰った
父母は黒くてたくさんあったお前の髪の毛が赤茶けきれていることに気づかなかった
やがてお前は身ごもった
赤児は生まれた

けれどもその時はもう乳房をふくませることも抱くこともできなかった
おまえはあお向いたままむせび泣いた
赤ん坊は夜昼泣きつづけた
梅雨に入ってウミのような便が止まらず
生まれて九か月
しなびた祖母のふところに小さな口を曲げてかたくこわばった
お前はみんなの止めるのをおしのけ床を抜け出し
焼き場へ向かって行く棺のあとをカマキリのような体をよろめきつつ咳入りながら
　追った
日に日にお前は悪くなった
秋おそく　暗い障子あかりのかげに呼吸をひきとった
雨戸が霰にバチバチたたかれながら
いくさおの簞笥　屛風　サンゴのかんざしを
婚家にのこして

昭和十三年、七十四歳になる藤作に、「安らかな晩年」はなかった。五人の子供のうち、長男と次女を亡くし、二人の娘は、上のほうは恋に溺れこんで錯乱状態にあり、下のほうは夫に将来の見込みがなく子供を連れて出戻っている。頼みの息子重治も執筆禁止の措置で作品発表の場を与えられず、糧道を断たれようやく臨時雇いの職をえて窮乏をしのぐ有り様であった。

それでは、重治夫妻はどうであったか。

重治の出所後、二人の間に一時ながれた違和感も消えて夫婦の絆は深く結ばれていくようになっていたようだ。しかし、昭和五年四月に実質的には結婚していたが、一本田での披露はなく、入籍もされていなかった。一本田ではまだ認知されていない状態にあったのである。昭和十一年四月に原まさの（泉）に宛てた手紙にこんな下りがある。

　一度一本田へ来る必要があります。それは、こういう古いくさりかけの百姓家の息子の嫁女として、おやじ・おふくろ様、それから鈴子、福井では美代子、お前さんの側についていえば、松江の両親（そしておっかさんの方は特殊の関係において）、喜美ちゃん喜久子さんとの関係におけるそこの姉娘として、一本田を知らねばならぬのです。

原泉（戸籍上は政野）が正式に入籍したのは昭和十二年六月二十五日になってからのことである。

入籍後の九月に、重治が一本田から原泉に出した手紙のなかで「時々子供がほしいと思うことがある」と書いており、原はその手紙の返事で、「今度の事変（注）鈴子の後始末の件）の見通しがついたら、来年早々に赤ん坊を生むようにしたいと思います。急に赤ん坊が欲しくなったというのではなく、生むのなら早い方がいいし、一人はあってもいいように思えるのです」と応えている。

そして翌十三年の七月、重治が父藤作に宛てた手紙に、妻の懐妊が知らされている。「まさのに赤ん坊が宿りました。いま三月目くらいですが、おそい初産でもあり、からだもまだ熱がつづいているので、目下休んでいます。」

原泉は、新協劇団公演の「火山灰地」に「駒井ツタ」の役で出演していた。久保栄の戯曲「火山灰地」はプロレタリア文学挫折後の最もすぐれたものとして人気を博していた。原は病気をおして、久保栄と心中するつもりで渾身の力を舞台に注ぎ込んだ。そして楽日の夜、高熱で倒れた。そのとき原は、新しい命を宿していたのである。

澤地久枝は、『愛しき者へ』下の解説で、次のように書いている。

　肺浸潤とか肺尖カタルという当時のいい方は、程度の差はあっても肺結核にかかったことであり、安静、睡眠、栄養補給以外に治療の方法はなかった。そこへ妊娠という別な要因がかさなった。

くわえて夫妻の生きていく状況は悪く、さらに悪くなる気配であり、中野夫妻はこの「妊娠」について思案した。すでに原さんは一度ならず妊娠中絶を経験している。中野さんは安田徳太郎を訪ねて意見を求めた。安田博士は内科医である。

「かえって妊娠がプラスになるかもしれないから、生みなさい。」

その一言で事はきまった。ちょうど同じ時期に、内務省警保局は原さんを保護観察処分になすことを決めた。

原は富士見高原の農家へ転地して静養につとめることになり、重治と七十日余りの別居生活にはいる。そのとき、原の仲間たちが、「原泉子を静養させる会」をつくり、資金カンパをしてくれた。

ところで、「蟹シャボテンの花」の執筆は、原の出産をひかえた十三年十二月に入ってのことになる。

十一月二十七日に、原泉から一本田の重治に出した手紙に、こんなことが書かれている。

　室生（犀星）さんが「中野君に当分の間人の悪口はかかないで風景でもかくように……」と稲子さんに言伝たそうです。「革新」の随筆のことを言ってるのでしょう。

二十五日の朝「改造」編集部の人が来て、新年号に一五―二十枚くらいの随筆を来月六日までにほしいと言って来ました。

ようやく執筆禁止の措置がゆるんでかけるようになった重治への、室生さんらしい心遣いであった。重治の原宛ての返事に「室生さんの言葉は拳拳服膺するつもりだ」とある。「蟹シャボテンの花」に「―室生さんに―」と付けられているのは、このことに因るのであろう。

また、この随筆のタイトルになった「蟹シャボテンの花」については、十一月二十八日付けのハガキに「町の床屋でカニシャボテンを見つけた」と書いている。一年前の十二月二日の原への手紙にも「江戸川の花屋で一円五十銭のカニシャボテンを買って来た」とも書いている。

カニシャボテンは、緑色の扁平な茎が一節ずつ伸びて連なり、その先端に十二月から一月にかけて淡紅色の花をつける。重治は、茎の一節を一つの世代に見立て、その先端につける花を、結婚十年目にして初めて生まれるわが子への思いを重ね合わせたのであろう。「蟹シャボテンの花」で、重治は、ゲーテと『キュリー夫人傳』のこんな一節を引いて、こんなことを書いている。

「疑いもなく私たち一家に伝わっている才能」などということは、私は決して言うことができません。しかし私は、ゲーテの言葉のたのしい美しさを感じます。そしてそれは、この言葉が本当を言いあてているためだろうと思います。

「室生さんの言葉は拳拳服膺するつもりだ」と書いた手紙にも、こんなことも書いてある。

渡辺さん男子出生はまことにおめでたい。あまり羨ましがらぬ方がいい。男はいいが、女でもいいじゃないか。うんといい子供にするのだね。『キュリー夫人傳』にかかりましたか？　俺も早く読みたいので、そっちで読み上げるのを待つ。

引用された『キュリー夫人傳』の娘時代の手紙には、「疑いもなく私たち一家に伝わっている才能をこのまま埋もれさせてはなりません。」のことばに続けて、「私達の中の誰か一人を通して顕はれなければなりません。私が自分の事を残念に思へば思ふだけ、兄様達に對する期待は大きいのです……」とある。

重治夫妻はもちろん、藤作夫婦にとっても、生まれる子供に対する期待は大きかった。

しかし一方で、

鈴子はじつに何とも厄介だ。フーテン病院に入れるかわりと思っていうなりにしてやろうという父にサンセイしている。父にも誰にも手に負える代物ではなく、さりとて、子であり妹であるからうちゃるわけにも行かない。父を見ていると、このままドロにしがみついて、普通の貧乏水のみ百姓同様死んでしまうのが正しい（？）とさえ思われてくる。俺としても、これからは大いに気をつけてやって行きたいと思う。

という、解決の糸口さえ見つからぬドロ沼の中にあった。

つまり、

「私なり私たちの世代なりが、わが家の先祖の全弱点を総括する運命にあるということも考えられぬでしょうか」という思いも、重治の心にあったのではないか。

その思いは、「自分の力に堪へない重荷をなほ甘受してゐる」父藤作へと重なって行く。「蟹シャボテンの花」に引用された中川一政のことばは、詩集『見なれざる人』に収められている散文詩「父」の冒頭の一節である。かなり長い詩であり、その終わりは次のように結ばれている。

自分は父を苦めた。自分の過去は自分の不肖から父に苦痛をあたへた生涯だ。自分は浅間しい姿をした父の子であつた。頽廢した少年であつた。けれどもわが父よ。自分にあの浅間しい過去がなかつたら今日の私もなかつた。一粒の麥が地におちて死ななければ唯一つである。私にすべての肉體的の欲望のたよりなさが私を迷はせた。暗い前途を見るに堪へないで父を苦しめた。私は一度死んだ。しかし私はこれから生きてゆく。萬世に生きてゆく緒を見、そして息をふきかへした。

自分は父が折々自分の室に來て、自分の畫を見たり、眼鏡をかけては雜誌にのる自分の書いたものを讀んでゐるのを知る。自分は父に觸られるのはくすぐつたい。しかし自分が偉くなつた時、父が全く自分にたよりきる時があるのを信じる。自分の仕事藝術は終世わからないかも知れない。しかしわが父よ、あなたの善良は子の信仰がいかに動じないものであるかをいつか見る事ができる。私の生涯に於ける幸福の一つは善良にして朴訥な人間がわが恩愛の父である事である。

この中川一政の言葉はそのまま、重治の父藤作への思いに重なり合うであろう。ようやく書くことができるようになったときの随筆「蟹シャボテンの花」は、何よりもまず、わが恩愛の父に読んでもらうものであった。藤作は息子の書いたものを読むのが楽しみであった。「村の家」のときも「五月号『経済往来』を買って読みましたが、父が豪傑すぎて他人にはちょっと見せにくいから、その分だけ切取って他人へ貸すことにした。いわゆる発禁の形です。」などと書き送っている。

また、重治には珍しい「です・ます」調については、一般的には、現時点での個人的な判断という発言の立場を明らかにするといわれている。しかしここでは、室生犀星の心遣いに応えることも含めて、藤作への思いがこの文体で書かせたという気がする。

この随筆には、「中野家文書」がかなり長々と引用されているが、そのことにも触れておきたい。

重治は、昭和九年に出所したころから、一本田に帰省することが多くなってきたようだ。そんなとき家に残されていた文書類を捜し出して整理しながら見ていたのではないだろうか。「村の家」の書き出しのところでも、勉次が「明治になつてからの『宗門改め村人別』を引きだし」て見ているところが出て来たりする。

その当時には資料がほとんど出ていなかったと思われるが、重治は子供のころ祖母からよく聞かされた「みのむし騒動」に強い関心をもっていた。昭和九年十二月の「刑務所で読んだもの」という随筆の冒頭で、「そこで私は日本歴史を読んだ。許可されているものの範囲が非常にせまいため、近代プロレタリアートの姿を求めることは容易にできなかったが、過去の農民の姿はかなりあざやかに描かれていた。年貢、飢饉、一揆、打毀しのようすには殊にひかれた。」と書き出し、祖母から聞いた「みのむし騒動」のあらましを書いている。

十一年四月ごろ、原に宛てた手紙にも散見する。

おれはすばらしい小説の種子を見つけた。もっとも昔から書きたいと思っていたこと――お前さんにも話したかも知らぬが、ミノムシ騒動という奴だが――資料がなかなか得られなかったのが、それを調べる手がかりが見つかったのだ。手がかりだけで、調べるのがなかなか骨らしいが、タノシミだ。今年中に書き上げる。》

金沢ではミノムシの資料の手がかりを大分手に入れました。まだ手がかりだけだが。

今日は雨の中を（雨と風だ）となり村へミノムシの話を聞きに行った。百姓はひどい雨の日でもないと家にいないからね。まあ、ちょっと聞けた。

この騒動については小説に書かれることはついになかったが、よく知られる「梨の花」でかなりまとまったエピソードとして使われている。このミノムシ騒動とは、明治六年三月に起きた越前護法大一揆といわれているものである。

ところで、「祖母のいわゆるクジ事件」は明治八年から十一年にかけてのものである。村有地としてあった丸岡藩の組屋敷が、廃藩置県になっても返還されず、年貢ももらえず、かえって租税が課せられたことから、村人たちが起こした訴訟であった。

ミノムシ騒動とは直接関係はないものの、時代的に極めて近いので、重治は、中野家に残された「クジ事件」の文書をていねいに読んでいたに違いない。ちなみに、重治没後、丸岡町民図書館の中野重治記念文庫に寄託された文書類の中に、「大審院関係（玉野）中野治兵衛書類」と表書された封筒にこの訴訟に関係するものが一括して収めてあった。

また、「蟹シャボテンの花」を収めた新版中野重治全集第二六巻の扉の写真に、この訴訟の「帰村願」がカラー写真で使われている。この巻以外の扉の写真は全部重治の肖像がモノクロで載せられている。これをみても、「クジ事件」への重治の思い入れが深く、長く持続していたように感じられるのである。

◇付記
旧中野蔵書を参照したもの
『キュリー夫人傳』エーヴ・キュリー著　川口篤・河盛好蔵・杉捷夫・本田善代治共譯　昭和十三年十一月五日　白水社刊
『詩集　見なれざる人』中川一政著　大正十年二月三日　叢文閣刊
「中野家文書」類　中野重治記念文庫蔵
その他の参照引用した書籍
『愛しき者へ』下　中野重治　解説　澤地久枝　昭和五十九年四月三十日　中央公論社刊

☆公刊されているとはいえ、鈴子に関することで、誤解をまねくおそれがあり、引用にはためらいがあったが、あえてふみきることにした。
『中野鈴子全詩集』　中野鈴子著　一九八〇年四月三十日　フェニックス出版刊
新版『中野重治全集』　筑摩書房刊　第一〇巻、第一一巻、第二六巻
『中野重治短篇集』　中野重治研究会編　一九九一年八月二十日刊

☆拙文は中野重治・丸岡の会での読書会の発表をもとにしたものである。その際テキストとして使用。

中野鈴子

体の中を風が吹く

――もうひとりの鈴子――

近ごろ、同人誌「子午線」六号（一九九三年八月）で金龍済の小説「幻像」を読んだ。小説とはいいながら、登場人物はすべて実名であり、自伝、回想記といったほうが適当な作品である。この作品の後半に書かれている金龍済と中野鈴子との恋愛は、早くから漠然とした形では知られていたことである。

大牧冨士夫氏は、同人誌「幻野」に、「中野鈴子ノート」を精力的に書き継いできた。その中で、金龍済のことも徐々に明らかにしてきた。鈴子の遺稿ノートの発表や、原泉さんと同行して韓国を訪れ、金龍済とも会い、鈴子渡韓のときの足跡をたどったことなども書いている。

また、昨年、大村益夫氏の『愛する大陸よ　――詩人金龍済研究』（平成四年三月刊）が上梓された。金龍済の初めての本格的研究であり、この著作の中に、中野鈴子との恋と強制帰国、帰国後の金の動静が具体的に書かれている。

私は、このような一連の経緯を知った上で小説「幻像」を読んだのである。従って、金龍済本人によって、さらに具体的に生ま生ましく回想されていることへのある感慨はあったが、書かれた内容や事柄は予想されたことで驚くべきこととは感じなかった。むしろ、金が自己防衛の本能を働かせて、「哀れに、悲しくも　美しい恋」に美化しているのではないかと感じられるところもあった。ただひとつ、私には、四季折々の押し花の入れられた鈴子の恋文が、昭和二十年の敗戦まで九年間つづいていたというそのことが心にしみた。

大牧冨士夫氏は、「幻像」のあとに寄せた「感想ひとつ」で次のように書いている。

敗戦と朝鮮の解放からくる混乱は、「鈴子の押し花の便りを断ち切ってしまったことは確かである。混乱の中で鈴子はどう手を尽くしたらよいか分からなかっただろう。朝鮮から引き揚げた友人の渡辺芳子さんには事情をたしかめることはあったらしいがなす術もなかった。」

そして鈴子は、「金龍済との絆を失った空白も容易に埋められなかったままに、」「その九年の行動の事実の一つひとつに身をさいなまれる日々であったと思われる。」「そこに鈴子の慟哭を聞く思いがするといっても言い過ぎではなかろう。」

私は、大牧氏の苦渋に満ちた「感想ひとつ」を粛然たる思いで読んだ。そして、私の中に思い浮かんできたことばは、鈴子の詩の一句であった。

体の中を風が吹く

それは、直接に、「日は照るわたしの上に」という詩の中の一句としてではなかった。佐多稲子の小説「体の中を風が吹く」を収めた佐多稲子全集第八巻の作者自身の「あとがき」を通してのことである。

佐多稲子は、全集の「あとがき」の中で、自分の小説の題名として、「体の中を風が吹く」が欲しかったいきさつをのべ鈴子の詩「陽は照るわたしの上に」の四連の全部を引用する。

片われものは
封を切って破ろうとしたが
封は切れずに自分の爪が割れるのだった
片われものの手はひからび
体の中を風が吹く
そして　ぼんやりひとりごとを口走る

中野鈴子

この引用のあと、「切実な悲哀の籠もる愛の詩で、私の、中野鈴子をおもうときいつも浮かび出るものになった詩だが、四章だけでもその抒情は伝わるだろう。この一行を、中野鈴子に頼んで私が貰った。」と佐多は結んだ。

そして、さらに次のように書き継いでいる。長くなるが、私にとって心に刻まれたことばなので引用する。

このようなことで「体の中を風が吹く」は一九五七年一月に四ヵ月連載で終ったが、自分の詩の一行を私に許した中野鈴子は丸一年後の一九五八年一月五日、五十二歳で亡くなった。十二指腸潰瘍、胃の一部切除の手術、再手術などの末、最後は肝硬変であった。神田和泉町の三井厚生病院で、死の前日、すでに意識の混濁した鈴子のつぶやいたうわ言を私は書きとめている。「鳥がまっ黒にいっぱい飛ぶ、暗い山に花が咲いとるわい。ああもう駄目、死ぬんじゃ。あれ、まだ命あったんか。人間はこうして死ぬんかいや。もう泣かんわい。毎日泣いとったから」

そう、とぎれとぎれにつぶやいた。一行々々が詩のようであり、自分の死を知ってもいた。鳥が飛ぶ、と云うときの、もう視力の失われた目の前を無意識に払うのが見ていて悲しかった。嫂の原泉さんと壺井栄がいっしょにいた。そして、私は、中野鈴子が私の「体の中を風が吹く」が終ったときつぶやいたという言葉を胸において、一層せつなかった。それは四日前に見舞いにきたとき、鈴子の妹の美代子さんに逢い、美代子さんが私に伝えた言葉である。姉はこう云っておりました、と美代子さんは云って、福井の方言で鈴子の言葉を真似た。

「なアんも、体の中を風が吹いとりゃせんわいの」

私は鈴子の云う意味をそのままにうなずいた。痛烈な批判だが、それだけに私は、中野鈴子の、詩の一行に籠めた切実さを、自分の作で汚した、という責めを負わねばならなかった。うわ言の中にも彼女のこの想いは吐き出されている。

死の前日、すでに意識の混濁した鈴子がとぎれとぎれにつぶやいたうわ言、まっ黒にいっぱい飛ぶ鳥はどこに向って飛んでゆこうとしたのであろうか。暗い山に咲く花の「花」は何を暗示するのであろうか。

また、「体の中を風が吹く」という「詩の一行に籠めた切実さを、自分の作で汚した、という責めを負わねばならなかった。うわ言の中にも彼女のこの想いは吐き出されている」という佐多稲子のことばをどのように受けとめればよいのだろうか。

佐多稲子が朝日新聞夕刊に連載した小説「体の中を風が吹く」は、作者の代表作とはいえないものの、当初作者の意図した筋が途中で改変されたものの、決して失敗作ではなかった。全集第八巻の月報に、「日本読書新聞」にのせた、平野謙の「新聞小説時評」が再録されている。当代一流の読み手平野謙は、その中で次のように書いている。

今月読んだ七篇のうち、いちばん感心したのは佐多稲子の『体の中を風が吹く』である。新聞小説という制約のなかで、丹羽文雄のような強引な力わざでなしに、その制約をこえようとして、ほとんど成功している点が私には印象的であった。(以下略)

読者からの反響があったことを作者も記しており、単行本になった折のオビには、松竹で映画化されることも書かれている。

しかし、佐多稲子は、「体の中を風が吹く」という詩の一行に籠めた鈴子の切実さに、「自分の作で汚した、という責めを負わねばならなかった。」と書いた。「うわ言の中にも彼女のこの想いは吐き出されている」ということばを重ねあわせて考えると、自作の謙辞だけとは受けとり難い。

いま、「陽は照るわたしの上に」の全部を引く。『中野鈴子全詩集』の解題によれば、一九四八(昭和二十三)年三月の執筆で、「社会評論」に「行手」として発表され、改題して詩集『花もわたしを知らない』に収録されたものである。

人々は待っていた

すべてのいのちは待っていた
夜をねむりながら
遠くの山をながめながら
木の枝のようにしずかにかざす
やさしい人の手を

そして手は
人に向かって差し出すのを待っているのだった
人に差し出し
そして人から差し出される
互いの呼吸のふりかかるのを待っていた

人々は生れながらに一組の積み木であって組みあわさなければ形づくられない
形づくられないならば
片われものと言わねばならなかった
そして片われものは
片われものであることによって

中野鈴子

やさしい生き生きとしたもの
あふれてこぼれるもの
それらの美しい心身の激流を封じられた

片われものは
封を切って破ろうとしたが
封は切れずに自分の爪が割れるのだった
片われものの手はひからび
体の中を風が吹く
そして　ぼんやりひとりごとを口走る

わたしは片われもののひとりだ
わたしははばまれている　隔絶されている
人々の不幸は孤独のなかに発生する
孤独の上にあつまる

わたしはたしかにふしあわせと言わねばならない

わたしはたしかにふしあわせと言わねばならないのに
どうしてこんなにいそいそとなるのだろう
目に泪があふれても泣き沈むことができない

わたしは朝はやくはね起きる
わたしは夜明けが
明けようとする薄あかりが好きだ
私は鍬を振り
道を歩く
本を読む
夜は首をひとふりして深くねむる

陽は照る　わたしの上に
わたしはついてゆく
ひとびとよ
わたしの手を組ましめよ

わたしはついてゆく
陽は照る　わたしの上に

この詩は、これまで、鈴子詩の代表的作品として、詩の題「陽は照るわたしの上に」から、詩の後半の四連に重点がおかれて評されてきたように思う。前半は後半の内容を強く支える序章として考えられてきたようだ。詩の構成、流れからみて、当然のことであったかも知れない。

やさしい生き生きとしたもの、あふれてこぼれるもの、それらの美しい心身の激流を封じられた。わたしはたしかにふしあわせと言わねばならないのに、目に泪があふれても泣き沈むことができない。常に前方に灯りをみつけようとする鈴子、ひたむきに前に向って歩もうとする鈴子は、夜明けが、明けようとする薄あかりが好きだ、ひとびとと手を組んで、わたしもついてゆく、その時、陽はわたしの上にも、さんさんと照るだろう。簡潔で力強い表現、（特に文末の断定的な言い切り方）は、見事に、「陽は照る　わたしの上に」に収斂してゆく。ここでも鈴子詩の特徴である物語性はひろがりとうねりをもって、ドラマチックに生かされている。

しかし、鈴子が九年間にもわたって、金龍済への思いを断ちきることができず、海を越えて、押し花の添えられた手紙を送り続けたことを、佐多稲子の引いた鈴子詩の第四連目に投影させ、死の前日、うわ言でつぶやいた「もう泣かんわい、毎日泣いとったから」を重ねあわせることが許されるならば、おのずから別の読み方もできるのではないか。

詩の流れの中では、「封を切って破る」は前の連の「心身の激流を封じられた」ものの封を切って破ることになる。が、第四連を独立した内容のものと読むとき、まちこがれた金龍済からの手紙を、鋏で切る間ももどかしく手の爪で封を切って破ろうとした。しかし、慣れぬ農作業の田の草とりなどで、ひからびた手のすりへった爪はうすく、手紙の封を切るのにさえ割れるのであった。しかし、手紙には、自分の期待していたことばは見出すことができず、そのことは、母親にも言うことはできず、ぼんやりとひとりごとを口走るほかなかった。

私は、いまさらのように、佐多稲子の全集第八巻の「あとがき」のことばを噛みしめるのだ。

私には昭和十一年以降の中野鈴子の詩を考える場合、金龍済との恋愛を抜きにすることができないように思われる。

ここで、金龍済との恋愛の経緯を、同人誌「幻野」に連載した大牧冨士夫氏の「中野鈴子ノート」と、大村益夫氏の『愛する大陸よ　――詩人金龍済研究』を一部借用させてもらいながらたどってみたい。

鈴子と金龍済が深く結ばれたのは昭和十一年。プロレタリア文学運動は相継ぐ弾圧の中で、主な作家は転向をよぎなくされすでに解体壊滅の情況にあった。兄重治も昭和九年五月日本共産党員であったことを認め、共産主義運動から身を退くことを約束して、豊多摩刑務所から出所した。出所後、「村の家」を頂点とする転向小説を書き、「小説の書けぬ小説家」を書き、自らの転向を消えぬ痣《あざ》として、「その消えぬ痣を頬に浮かべたまま、人間および作家として第一義の道」を探ろうとしていた。金龍済は昭和七年六月、コップ、日本プロレタリア作家同盟の一斉検挙で捕えられ、そのような情況の中で非転向を貫き通して、昭和十一年、二・二六事件の戒厳令のほとぼりがさめやらぬ三月、宇都宮刑務所を出獄した。金の出獄歓迎会のおり出席した鈴子は眼鏡の奥で終始無言で涙を流していたという。この時期から二人は急速に個人的に親しくなっていったという。

出所した金は貴司山治の紹介で「文学案内社」に勤めるようになる。下宿も鈴子がみつけてくれたという柏木町の光陽荘に五月ごろ移った。光陽荘は中野重治の家の近くにあり、文学案内社へ通うのも便利であった。鈴子はよく遊びにいき、やがて深い関係になり、泊ってゆくこともあるようになった。しばらくして文学者仲間でうわさになり、兄重治の知るところとなり、金は、重治に呼び出された。金は、そのことを次のように回想する。

ある時、重治に呼び出され、家にたずねていくと、すでに鈴子が兄の前に両手をついてかしこまっていた。あの事だなとすぐにわかった。わたしも神妙に重治の前に座った。しかし重治は妹を激しく責めるだけで、わたしには一言も言わなかった。わたしは彼女を弁護するわけにもいかず、また自己弁明するわけにもいかず、ただ、鈴子がひどく叱られているそばにいるのが辛かった。重治が金君は鈴子を本当に好きなのかと、ついにたずねた。文学の友人として好きです、と逃げた。そんな意味じゃない、鈴子といっしょになれるかってきいているんだ、と叱られた。それでも最後には、一人口は食えないが、二人口は食えるというから、二人でまじめにやれ、と許してくれた。

この年、昭和十一年の秋、金は第一詩集『大陸詩集』を計画し、中野重治の序文をもらったが、四度目の検挙にあい流産する。検挙の折、不起訴・釈放を条件に朝鮮帰国を強要される。二十九日間留置され、「不本意ながら東京を離れる決心をした。」。一方、鈴子は、たぶん秋の終り頃から、「結核の療養をかねて」ということで一本田へ帰郷している。『愛しき者へ』には、こんなエピソードも入っている。昭和十二年三月、銭湯へ行った重治は脱衣場へ出るところですべりガラス戸に左腕をつっこんで大怪我をした。「原さんは芝居を休んで夫につきそった。看護に専念できるよう金龍済に手伝いを頼んだ。」

金は朝鮮帰国を旅費のくめんができないなどと口実をもうけて延ばしていたが、七月（金の小説「幻像」では六月初め）東京から強制的に送還されることになった。この間のことを金は「幻像」の中で次のように書いている。

もしもこの永久生別の悲報を知らせたら、彼女はあわてて上京して泣き嘆くばかりでなくどんな狂態を演ずるか知れなかったからだ。なぜならば、彼女の神経過敏な性格は、興奮するとヒステリックなさわぎをひき起こしはしないか。そんな心配があった。私はそんな兆候を感得した経験があった。

兄の重治もそんなさわぎを予想したのか、この重大問題を妹に知らせなかった。

一方、金の朝鮮帰国をあとで知った鈴子はどうであったか。ひと言でいえばはっきりしない。具体的にはわからないのだが、『愛しき者へ』の手紙をたどってゆくと、おぼろげながらその姿が浮かびあがってくる。

澤地久枝は、解説の中で書いている。

前年（昭和十一年）に鈴子が東京を引揚げたのは、病気療養（肺結核）のためといわれるが、妹のある「不行跡」に対しての、中野重治の裁断でもあった。

具体的に、誰となにがあったかは書くことができない。しかし、よほどの決意で生きてゆかなければ、食うにことかく日も来ようと兄が考えていたとき、鈴子はおのれ一身の悩みにのめりこんで、前後の見さかいなしという状態に身をゆだねていたようである。

昭和十二年八月十二日、一本田より原泉あての手紙の一節。

一本田の家のことや鈴子のことについてもかえってから話します。家はひどく貧乏になっているらしい。しかし前途が暗いのとは違う。われわれとしては大いに奮闘の生涯に入るつもりになりたいと思います。

同、八月三十日、原泉あての手紙の一節、

鈴子のことは以下の通り。彼女はこの前上京するつもりでいたらしい。それが上京は止めるがいいだろうと俺がいったためかなりガッカリした。しかもそれがもっともと思われるだけにガッカリした。その後結婚の口もいろいろにあったが結局うまく行かず、将来のことを考え、ヒステリーが嵩じた。そして無茶を口走り、両親とケンカをし、一日に何度も考えが変り、父がよく話せば分るが、分るとまたガッカリするという具合になり、また親たちとしても、鈴子が悪条件に取りかこまれていることがよく分るので、あわれにも思い何とも手のつけようがなく、その意味で「思案にあまる」（藤作から重治へ）と手紙に書いたものだった。

同九月十九日、原泉あての手紙の一節、

鈴子とおふくろ様とは同じ世界観を持ち、父は一人でイジメられてる形だ。父もお気の毒だが致し方なし。家と屋敷と墓地とをおれのものにして、他は鈴子にやることにしたが、これで「家督」はおれが相続するということになるのらしい。法律というものはなかなかよく出来ているが、一面はなはだ面倒臭いものだ。

同十一月一日、中野鈴子あての手紙の一節、

結婚の話があるような書き振りだったが、話があって、自分でも気が進むようだったら、あまりあれこれと考えずに実行したらどうか?
お母さんの心配もさることながら、お母さんくらいは、よく事わけを話して説得す

るのがいいと思う。やはり自分を生かすのが肝腎で、これは、人生を自分で工夫して楽しく暮らすことだ。生活を楽しくするとは、無駄に享楽主義に走ることではない。昔の言葉でいえば、天からさずかったものを正しく生かすということだ。

このように、『愛しき者へ』の中から昭和十二年の重治の手紙をひろいあげてゆくと、重治の「裁断」によって、一本田へ帰らされた鈴子の姿のいくつかが浮かびあがってくる。ひとつは、あれほど腹のすわった人物である父藤作をもってしても、思案にあまり、重治を東京から呼び寄せなければならぬほど、鈴子の取り乱し方が異常であったことである。また、事態を収拾するために（と考えられるが）、鈴子にいくつかの結婚話が持ちあがっていたが、多分鈴子の方の事情によって、結局はうまく行かなかったことがあるということ。そして三つめは、鈴子に対して、中野家の遺産相続が、具体的になされようとしたことなどである。

そして、あくる昭和十三年五月、鈴子は金龍済のあとを追って、永住する決意でひとり朝鮮に渡った。遺産相続のことから察すれば、かなりの大金を持って、思案にあまるほどの両親を無理やりに説得しての渡航であった。純粋で一途な鈴子の、一方的な金龍済との生活を夢みる希望と願望、祈りにも似た思いが、決意を支えていたものと思われる。しかし、現実に、金龍済と会うことで、鈴子の思い込んでいたことが、ひとつ一つくだかれてゆく。ソウルでの半月ほどの同居のあと、失意のうちに帰国しなければならなくなった。いま、「失意のうちに帰国」と書いたが、鈴子の心に受けた傷の深さは、失意とか傷心とかのことばでは片づかないものであっただろう。昭和十三年六月二十三日付けの父藤作にあてた重治の手紙の書き出しはこうである。

お手紙拝見しました。鈴子からの手紙もよく読みました。まことに突然のことで、やり方もまことに突飛だと思いますが、いまは腹を立ててばかりいる時でもないと思います。私がすぐ帰って相談にのれるといいのですが、勤めの関係上それも出来ず、また、新米のことですから、あまり我慢は、なるべくやりたくもないのです。いずれそのうち帰省できる折りはすぐ帰省しますが、帰省の件はいま少しお待ち下さい。なお、鈴子には、もすこし具体的な手紙を私宛て書くように言って下さい。こういうふうにして、それからこういうふうにした、そして今後は、こういうふうにして、それからこういうふうにするつもりだ、ということを、具体的に書くように言って下さい。（後略）

またしても、藤作が重治に帰省を促すほどの、突然のまことに突飛なこととは何か。金の小説「幻像」には、その内容を窺わせることが書かれている。

しかし、私のこの文章の目的は、鈴子のかくされた秘密をあばくことにあるのではない。鈴子の詩を読みとくことにある。その意味では、鈴子の「詩の秘密」がわかれば充分なのである。最初にも書いたように、鈴子がそれでも、なおかつ、金龍済を恋い慕う手紙を敗戦にいたるまで九年間ものあいだ、四百五十余通も、出し続けてきたこと、すべてをささげつくした恋が鈴子の詩にどんな影を落としているかを分ることができればよいのである。

さて、詩人中野鈴子が歩んできた跡をたどることにしよう。

昭和四年、意にそわぬ二度の結婚に失敗した鈴子は上京して兄重治のところに身を寄せる。それはプロレタリア文学運動の高揚期にあたり、ことにナップが結成されてからは、小林多喜二、徳永直など有能な新人が登場し、兄重治もまた常任委員となり中心的な活動を続けていた。鈴子はすっぽりとその文学活動に入り込んでゆき、「鍬」「味噌汁」などのすぐれた詩を発表、有望な詩人として注目されるようになる。それから、プロレタリア文学の退潮期重治の東京控訴院の法廷での転向をみすえた「わたしは深く兄を愛した」までをプロレタリア文学期の作品と考えるならば、意外にその詩の数は少ない。昭和五年が一篇、六年が五篇、七年が三篇、九年に二篇、十年の三篇を入れても、六年で十四篇にしかならない。

それが、金龍済との恋愛関係が生じ深い関係にいたった昭和十一年には、十四篇、翌十二年には九篇と旺盛な詩作がみられる。『中野鈴子全詩集』に収められた作品数が八十四篇であることをみても、二年間で二十三篇、生涯の詩篇の四分の一以上が創られたことになる。しかし、量的には豊かでも、鈴子の代表的な作品は含まれていないようだ。

そのなかに、「一片の花弁」と題する詩がある。鈴子の詩の中では珍しく文語体である。パセティックな心情を吐露するのに自然に選ばれた文体なのであろう。昭和十一年七月の執筆で発表誌は不詳であるが、詩集『花もわたしを知らない』には収められている。

一片の花弁

われ幼きより
なにものかにあくがれ
少女となり燃えぬ
村の壁さえぎり閉ざしぬ
わが新たなるものすべて伐りはらわれぬ

幾年経しとき

兄都よりきたりて
われを連れ立ち　村を出でけり
雪はげしかり
小さき停車場
赤きマントの妹
手を振りて立ちつつ
荷物も持ちし兄の肩　重く力に充てり

われ兄の机下にうずくまりぬ
手を延べて見守られつつ
放たれる小兎のごとく

離れ住みしおり
われに与《ママ》えし兄の手紙ことごとく
選ばれたる文字をもって綴らる
兄は知る
あわ《ママ》れにも一片の花弁　散りのこりてあるわれなるを

中野鈴子

行き暮れて佇《た》ち　あるいはくじけんとする時
兄の手紙とり出し額にあてぬ
兄の言葉きらめきわれを包みぬ
目をあげて立ち明日に向かい《ママ》ぬ

ある日ある時
あまりにも予期せざりし
なし得ざる事実をわれはなしたり
石降りかかり
錐刺し刻みぬ
われも石をとり　頭を割りぬ
血流れい《ママ》るために
命のあるという《ママ》ことを憎めり

兄の手紙とり出し
額にあてるとも今はおそし
一片の花弁　われみず《ママ》から踏みにじりたるなり

ひとびとら
十指の花ととのい《ママ》　熟れたる実香気を放つ

この詩の主題は第六連の「ある日ある時／あまりにも予期せざりし／なし得ざる事実をわれはなしたり」にあるのは明白であるが、「なし得ざる事実」が具体的に推測できなければ、パセティックな心情のみがさきばしり、何とも理解しにくい詩である。

さらに、同じ年の九月に執筆、金龍済が編集記者として勤めていた「文学案内」十月号に載った「闇と光と」を引く。なお鈴子が「文学案内」誌に発表した作品の数は、翌十二年の三月号まで入れると全部で六篇にものぼる。また、金が東京を追放されてからは一篇の発表もない。翌昭和十二年には変って、朝鮮で発行されていた「東洋の光」への寄稿三篇が目立つ。これまで「東洋の光」への寄稿は不可解とされてきたようである。金は昭和十五年には転向していて、「東洋の光」誌の主幹に就任している。金は、鈴子の詩を「東洋の光」に紹介したことはないとはいっているが、金への一途な思いが、寄稿させたのかも知れない。

闇と光と

中野鈴子

時間は流れていたのだ
囚われたまま
盲目となったままに

恐ろしい事実の成立
その日々
よみがえった自覚
日にさらされ
心を閉じ
身をさいなむ
このように
絶対な
過失　捺印
日にいく度
生きがたい闇の淵に立つ

しかもなお

胸に抱く
一つのかがり火
ひろがり照る
時代の暗雲に堪え
辛苦と犠牲を越えて
高く広く
新しき世界
新しき建設
困難とはげましと遠い長い里程
小さい大きいたくさんの仕事
仕事に役立つ
小さき働き手としての願い
一つのあくがれ
信念の星
最後の最大のかがり火

闇に立つ

中野鈴子

わたしを呼ぶ
立ちはだかって呼ぶ

この作品は、詩としては必ずしもすぐれた出来とは言えない。事実鈴子の詩集には収録されなかったが、一面では、鈴子の心情をストレートに伝えているとも言える。絶対な過失として恐ろしい事実が成立した。生きがたい闇の淵に立ちながら、しかもなお、最後の最大のかがり火として胸に抱く想念を消すことはできない。鈴子は闇と光の両極をひき裂かれるように激しく揺れるのである。

そして、昭和十三年の二篇の詩を書いてから敗戦の二十年まで「国民文学」に発表した「あつき手を挙ぐ」一篇をのぞけば、七年間の詩の空白がくる。「国民文学」は朝鮮京城で創刊された文芸誌で詩の小特集「徴兵の詩」のひとつとして発表されたものである。鈴子の唯一の戦争を肯定した詩でもある。しかし七年にわたる詩の空白は鈴子の詩心の衰えとみることはできないだろう。すでに鈴子が詩を発表できる場は全く失われていた。時流に迎合して詩を書けるほど鈴子の生き方は器用ではなかった。沈黙を守ることが良心を汚さないせめてもの手だてだったのである。この期間鈴子は一本田に在って、十六年に父を亡くして以後母と慣れない百姓仕事に精を出して働いた。忘れてならないのはこの間にあっても、金への手紙だけは続いていたことである。『愛する大陸よ』の中に、金の詩「婚儒」

（昭和十四年十月「詩建設」）が日本語訳で載せてある。その詩の中に、鈴子の手紙の一節が出てくる。

太陽も暗闇も　あらゆるものが　悲しみの種をまきます。玄界灘のそちらにまでも　空は断たれず続いているのでしょうか　わたしたちが離れているのは　生命への罪悪です

また、『愛しき者へ』の昭和十七年五月二日、重治の中野鈴子・美代子あての手紙は次のような書き出しで始まる。

「朝鮮から返事が来ましたから送ります。僕には意味の分らぬ点が多く、全体として僕の問うたことに対する答えになっていないけれども、鈴子の方ではまた鈴子としての解釈があるかと思うから、鈴子本人の判断に任せたいと思う。鈴子には黙っていてくれというような意味の言葉もあるがどういう意味かサッパリ分らぬ。いずれにしても、見込みはあるらしく思われるがそれも一応の見込みというところかと思う。いずれにしても万事鈴子の判断にまかせる。」。また、「敗戦前日記」の昭和十八年八月二十四日の項に「金村氏来訪」とある。大牧氏によれば、第二回大東亜文学者大会に参加するため渡日したときのことで新聞紙上で知った鈴子は母親同道で京都駅頭で待ち、本願寺宿坊で一夜を語り明かしたと

いう。以上のことからは、具体的な事柄は見えてこないものの、鈴子と金との関係が連綿として続いてきたことの証左にはなると思う。

二人が取り交わした手紙は、金から鈴子へあてた「重要な手紙」一通を除いて、それぞれが愛の秘密を守るために処分してしまったという。鈴子が金龍済からの手紙を処分したのは、恐らく、敗戦によって、金との連絡が断たれ手紙がとだえてしまった時ではないだろうか、と思う。そのことによって、ようやく鈴子の心の中にひとつの区切りがついたのではないだろうか。「陽は照るわたしの上に」の詩は、そのように読むことはできないだろうか。

敗戦によって、それまで封殺されてきた言論は自由となり、文学団体、新しい雑誌が次々と生まれた。かつてのプロレタリア文学運動の担い手であった人たちによって「新日本文学」も誕生した。新しいこころざしをもって会員となった鈴子の旺盛な詩作が始まる。昭和二十一年には三篇、二十二年には九篇の詩が発表される。この時期鈴子の代表的詩篇が次々と書かれる。「なんと美しい夕焼けだろう」は昭和二十一年の十月（発表は翌二十二年の「新日本文学」九月号）、「花もわたしを知らない」は昭和二十二年の八月、「学生評論」に発表されたときの原題は「父はわたしを知らなかった」である。そして翌二十三年三月に「陽は照るわたしの上に」（原題は「行手」、「社会評論」七月号）を書いている。

私は、以前から「花もわたしを知らない」に素朴な疑問を持っていた。「父はわたしを知らなかった」がどうして「花も」に変ったのか。「花も知らない」が「誰もわたしを知らない」と並列におかれることのいぶかしさ。愚かにも「花」は何の花であろうか、春、木に咲く花で鈴子の庭にあるのは何か、などとたわいもないことを考えたりした。また、この詩が鈴子の唯一の詩集の題としてどうして選ばれたのか。なんとなく腑におちなかった。

昭和十一年の鈴子の詩。翌十二年の『愛しき者』の手紙に垣間見られる父親と鈴子の姿。手紙にいくらことばを書きつらねてもあふれこぼれる思いを、四季折々の押し花に託すしかなかった金龍済への手紙。箪笥《たんす》、長持ちが運ばれてくるほどに進行したかは定かではないとはいえ、結婚の話も確かにあった。それらを重ねあわせながら、私はいま、「花もわたしを知らない」を詩集の中で読み返してみる。

花もわたしを知らない

春はやいある日
父母はそわそわと客を迎える支度をした
わたしの見合いのためとわかった

中野鈴子

わたしは土蔵へかくれてうずくまった
父と母はかおを青くしてわたしをひっぱり出し
戸をあけて押し出した　ひとりの男の前へ
まもなくかわるがわる町の商人が押しかけてきた
そして運ばれてきた
箪笥　長持ち　いく重ねもの紋つき

わたしはうすぐらい土蔵の中に寝ていた
目ははれてトラホームになり
夜はねむれずに　何も食べずに
わたしはひとつのことを思っていた
古い村を抜け出て
何かあるにちがいない新しい生き甲斐を知りたかった
価値あるもの　美しいものを知りたかった
わたしは知ろうとしていた

父は大きな掌ではりとばしののしった

父は言った
この嫁入りは絶対にやめられないと

とりまいている村のしきたり
厚い大きな父の手

わたしは死なねばならなかった
わたしはおきあがって土蔵を出た
外はあかるかった
やわらかい陽ざし
咲き揃った花ばな

わたしは花の枝によりかかり
泣きながらよりかかった
花は咲いている
花は咲いている
花もわたしを知らない

中野鈴子

誰もわたしを知らない
わたしは死ななければならない
誰もわたしを知らない
花も知らないと思いながら

敗戦は、鈴子にとって、金龍済との全身全霊をかけた恋の終焉であった。同時に、新しい志の中で再び立ちあがる出発でもあった。ならば、「花もわたしを知らない」の一篇は、その恋のレクイエムではなかったか。

四十八年間が
いまここに
子供のように立たされる
　一九五五年五月

これは、詩集『花もわたしを知らない』の詩篇が書き出される最初におかれたことばである。

■初出一覧

南信雄

詩人南信雄の私的回想　「角」五三号　二〇二〇年五月～五六号　二〇二一年五月

詩人南信雄の原風景　丸岡高校「研究紀要」一五号　一九九八年三月

岡崎純

詩人岡崎純私記　「角」五七号　二〇二一年十一月～五九号　二〇二二年七月

小辻幸雄

追悼　小辻幸雄の青春をたどる
―福大学生から敦高教員時代まで―　「角」三三号　二〇一四年七月

敗戦直後の三国の文化運動

中野重治と三好達治の出会い　「角」九号　二〇〇五年十月

特攻隊と「なつかしい日本」　「角」一〇号　二〇〇六年五月

三国地方文化会の昂揚　「角」一一号　二〇〇七年六月

中野重治の「五勺の酒」の背景　「角」一四号　二〇〇八年三月
「愛居」での句会―虚子、愛子、達治―　福井県高校国語研究会「国文学」一五号　一九七〇年三月

中野重治
在所の感性―中野重治の原点―　「福井新聞　文化欄」一九九四年一月～四月　十五回掲載
福井地震・公安条例・中野重治　「青磁」九号　一九九二年十月
―未公開「北陸方面震災　資料」から―
中野重治と浄土真宗　「青磁」一一号　一九九四年十一月
「蟹シャボテンの花」の背景　「中野重治・丸岡の会」一号　一九九六年六月

中野鈴子
体の中を風が吹く―もうひとりの鈴子―　「青磁」一〇号　一九九三年十月
↓「中野重治研究会会報」一〇号　一九九四年三月

あとがき

私はこれまで文学でもそれ以外でも多くの先輩、知人、友人に恵まれてきた。南信雄さん、岡崎純さん、小辻幸雄さんに出会えたのは、文字通り有り難いことであった。

南さんは、彼の大学入学から気を許して話し合える終生の友であった。資料に使った同人詩誌も彼から直接貰ったものが多い。

岡崎さんとは、岡崎詩の原点になる『重箱』刊行からで、敦賀高勤務の二年間「つるが文学の会」の集いは楽しく充実していた。その十年後、詩誌「角」七号から同人になり、時折柔らかであるが核心をついた励ましと助言を頂いてきた畏敬する詩人である。

小辻さんは、高校まで理系で文学とは無縁であった私に文学の手解きをしてくれた一年上の貴重な先輩で、彼との出会いで私の文学の方向が見えてきた。

その三人の方々に先立たれた。三人のそれぞれの作品を読み返しながら足跡をたどり、書き残すことは、生かされてきた私のせめてもの役目であろう。私的回想、私記とした所以でもある。

敗戦後の三国の文化運動では、三国町郷土資料館準備室の文学関係調査員であったことが背景にある。この調査で敗戦直後の三国の文化活動に参加していた人たちから具体的な様子を聞くことができた。

重治との出会いは、「新潮」に連載した「梨の花」に魅了されてからで、刊行中の最初の十九巻全集を購入し読み続けた。

教員になり敦賀高校から丸岡高校への転勤で、中村隆信さんと大崎栄太さんに出会った。二人は重治や鈴子と親しく行き来があり、その話を聞けたのは幸運であった。書物で知るより重治像が身近になった。私は重治と直接会ってないので尚更である。この丸岡高の九年間で中野文学の原点が在所の感性にあると確信できた。

中野鈴子には、大学の同人誌「野火」の合評会にお招きして、批評してもらったことが二回ある。鈴子の最晩年になる。私の習作ともいえぬ駄作にも、率直な感想をとつとつと話してくれた。その飾らぬ実直な人柄に親しみを感じたのを想い出す。

出版に際して、詩誌「角」の現代表の金田久璋氏、土曜美術社出版販売の高木祐子社主、「詩と思想」編集委員の方々に格段のご理解とご協力を頂きました。ここに衷心よりお礼申し上げます。

二〇二三年二月

関　章人

著者略歴

関　章人（せき・しょうど）

一九三七年　福井県生まれ。

著書　詩集『在所』（二〇一九年）

『あわら市　北潟の暮らしと歴史』（二〇二二年）

編著　『文学アルバム　中野重治』中野重治研究会（一九八九年）

『北潟村民誌』北潟歴史探訪の会（二〇一七年）福井県文化振興事業団「野の花文化賞」受賞

復刻版『北潟村誌』北潟歴史探訪の会（二〇一八年）

所属　詩誌「角」同人。福井県詩人懇話会会員。

現住所　〒九一〇―四二七二　福井県あわら市北潟二八―二二

[新]詩論・エッセイ文庫24

ふくいの戦後《せんご》詩《し》断章《だんしょう》

—南信雄 岡崎純 中野重治 中野鈴子—

発行 二〇二三年五月三十日

著者 関 章人

装丁 高島鯉水子

発行者 高木祐子

発行所 土曜美術社出版販売

〒162-0813 東京都新宿区東五軒町三—一〇

電話 〇三—五二二九—〇七三〇

FAX 〇三—五二二九—〇七三二

振替 〇〇一六〇—九—七五六九〇九

印刷・製本 モリモト印刷

ISBN978-4-8120-2770-7 C0195